일곱 개의 마검이 지배한다

VI

Seven Swords Dominate

우노 보쿠토

illustration 미유키 루리아

Character **등장인물**

2학년

올리버 혼

본편의 주인공. 재주는 많으나 대성할 그릇은 아니라는 평가를 받는 소년.
이머니를 살해한 일곱 명의 교사에게 복수를 맹세했다.

나나오 히비야

동방(에이지아)에서 온 사무라이 소녀.
올리버를 검의 길에서 만난 숙명의 상대로 보고 있다.

캐티 알토

연맹의 일국, 호수국(팡랜드) 출신의 소녀.
아인종의 인권 문제에 관심이 많다.

가이 그린우드

마법농가 출신의 소년.
솔직하고 붙임성이 좋은 성격. 마법식물을 다루는 데 능하다.

피트 레스톤

비마법가정 출신의 근면한 소년.
성이 반전되는 특이 체질.

미셸라 맥팔렌

마법명가 맥팔렌 가문의 장녀.
문무에 능하며 동료를 잘 돌본다.

툴리오 로시

표표한 성격의 소년.
정석에서 벗어난 검술을 사용한다. 올리버와의 대결에서 패했다.

유리 레이크

전학생을 자칭하는 소년.
상식이 결여되어 있지만 호기심이 강하며 누구에게나 친근하게 다가간다.

- 리처드 앤드루스
- 스테이시 콘월리스
- 페이 윌록
- 조셉 올브라이트

5학년

인권파 마녀.
캐티를 두고 올리버 일행과 일전을 벌인 후, 그들에게 관심을 보이고 있다.

교내 최고의 빗자루 경기 선수 중 한 명. 빗자루 기수로서 두각을 보이는 나나오에게 주목하고 있다.

6학년

학생총괄.
다른 학생들에게 '연옥'이라 불리는 마법사. 차원이 다른 화력을 자랑한다.

부드러운 분위기의 여성.
올리버의 사촌 누나.
'신하'로서 그의 암약을 보조한다.

호방한 성격을 지닌 애시베리의 옛 캐처. 연구 대상으로 삼았던 이계의 화염이 그의 몸을 좀먹고 있다.

과묵한 청년.
올리버의 사촌 형.
'신하'로서 그의 암약을 보조한다.

이전 학생회 진영의 보스. 과거 학생총괄 자리를 두고 고드프리와 싸우다 얼굴 오른쪽 절반에 화상을 입었지만 아직 고치지 않고 있다.

1학년

올리버에게 충성하는 부하로, 밀정으로서 복수에 협력한다. 감정을 겉으로 표현하지 않으며 종잡을 수 없는 성격.

교사

킴벌리 학교장. 마법계의 정점에 군림하는 고고한 마녀.

에스메랄다

마법생물학 교사. 방약무인한 성품 탓에 학생들에게 두려움의 대상이 되고 있다.

바네사 올디스

큰 부상을 입을 우려가 큰 부조리한 과제만 던지는 마도공학 교사.

엔리코 포루기에리

셰라의 아버지로, 나나오를 킴벌리로 초대했다.

테오도르 맥팔렌

- 데메트리오 아리스테이디스
- 프랜시스 길크리스트
- 루터 가랜드
- 더스틴 헤지스
- 다리우스 그렌빌 사망

제1장

스트레인저
전학생

교실에 들어설 때 학생의 표정을 보면, 그곳에서 무슨 수업이 진행될 것인지 대충 짐작할 수 있다. 긴장감과 기대감이 1대 1로 섞여 있다면 마법검, 2대 1이라면 주문학….

그런 식으로 이 자리에 있는 학생들의 표정을 들여다봤을 때… 공포와 각오라는 감정이 섞여 있고, 비율은 대략 1대 4 정도였다.

"다들, 준비는 됐겠죠?"

주변의 면면을 둘러보며 셰라가 말하자 다섯 명이 말없이 고개를 끄덕여 그에 답했다. 이제는 모두에게 익숙한 긴장감이 감돌고 있다. 엔리코 포루기에리가 맡은 마도공학 수업 직전의 광경이었다.

"…오늘은 다들 팔다리가 멀쩡했으면 좋겠는데."

"과제에 달렸지."

책상에 앉아 독서를 계속하며 피트가 말했다. 담담한 그 목소리에 놀란 캐티가 그의 얼굴을 빤히 쳐다보았다.

"…차분하네, 피트. 이전에는 그렇게나 무서워했으면서."

"어떤 과제가 나오든 해야 할 일은 똑같으니까. …잘 관찰하고, 분석해서, 온 힘을 다해 대처할 뿐이야."

그렇게 답하며 피트는 조금 전까지 읽고 있던 책을 탁, 하고 덮었다. 동시에 복도에서 요란한 웃음소리가 들려와, 학생들은 일제히 임전태세에 돌입했다. 머지않아 교실의 문이 힘차게 열리더니 그곳에서 작은 몸집의 노옹(老翁)이 나타났다.

"캬하하하하하! 여러분, 좋은 아침입니다! 곧바로 오늘의 과제를… 이라고 말하고 싶지만."

교단 앞에 선 엔리코가 일단 말을 끊었다. 지금 당장 목숨을 건 싸움이 시작되는 건 아닐까 생각하던 학생들이 의아한 표정을 지은 가운데, 노옹이 그들을 향해 말을 내뱉었다.

"그 전에, 오늘은 중요한 소식을 말씀드리도록 하지요.

…사실! 저는! 죽어 버렸습니다!"

말한 순간, 덜컥 소리와 함께 엔리코의 턱이 어긋나 아래로 떨어졌다. 복화술에서 사용하는 인형처럼 입 부분이 달칵달칵 오르내렸다. 그 이상한 광경 앞에서 학생들은 아무 말도 하지 못하고 굳어 있을 수밖에 없었다.

"…어?"

떨리는 목소리가 피트의 입에서 새어 나왔다. 엔리코의 형태를 지닌 무언가가 그대로 말을 이어 갔다.

"지금 여러분의 눈앞에 있는 건, 생전의 제가 만든 더미 골렘입니다! 저와의 연락이 두절된 상태로 일정 기간이 지나면 자동적으로 기동하도록 설정해 두었지요! 시체를 확인한 건 아니지만 상황상 죽었을 가능성이 커요! 여러분도 그렇게 알아 두십시오! 캬하하하하!"

설명을 계속하는 중에도 그 두 눈에서는 용수철 달린 안구가 안경과 함께 띠용~ 하고 튀어나왔다. 이야기의 내용과 우스꽝스러운 모습의 격차에 학생들은 더더욱 혼란스러워졌지만, 동시에 묘하게 납득이 되기도 했다. …그 노옹이라면 자신의 죽음을 알릴 때조차도 우중충한 분위기를 풍기지 않을 거다.

"그러나 안심하십시오, 수업 자체는 더미 골렘이 할 겁니다. 창조성은 없지만 생전의 저의 지식은 거의 다 이 기체에 넣어 두었으니까요! 현재 여러분의 수준을 가르치는 데에는 부족함이 없을 겁니다! 이전과 마찬가지로 가차 없이 몰아붙여 드리죠오!"

"…저, 저기!"

피트가 허둥지둥 자리에서 일어섰다. 튀어나온 안구를 두 손으로 일굴에 쏘옥 끼워 넣은 후, 더미 엔리코가 웃는 얼굴로 그를 바라보았다.

"미스터 레스톤. 질문이 있으신가요?"

"어, 어째서 죽은 거죠?"

모두의 의문을 대변하듯 피트가 물었다. 그 말을 들은 더미 엔리코가 두 팔을 활짝 펼치며 답했다.

"현재 조사 중이지만… 확실히 **누가 저를 죽일 수 있었을지**. 그건 매우 흥미로운 문제로군요오."

기계장치 노옹이 즐거운 듯 말했다. 멀거니 선 피트의 등 뒤에서 롤 헤어 소녀가 옆에 앉은 소년에게 속삭였다.

"…올리버. 이건."

그 말을 들은 소년이 심각한 얼굴로 팔짱을 끼더니 그대로 고개를 가로저었다. 정보가 너무 적어서 지금은 섣부르게 뭐라 말할 수가 없다. …굳이 소리 내어 말하지 않아도 옆얼굴이 그렇게 말하는 듯 보였다.

그렇다. 미간에 잡힌 주름, 살짝 기울인 목의 각도. 그 모든 면에서, **누가 보아도 숙고 중인 올리버 혼 그 자체인 듯한 동작으로**.

같은 날 같은 시각. 미궁 1층 '고요한 미로', 셔우드 남매의 비밀 공방.

"…끄아아아아아아아아아아아아아아아아아아아악!"

완전하게 차음 처리가 된 공간에 소년의 절규가 끊임없이 울려 퍼졌다.

아수라장이 따로 없었다. 수술대에 구속된 올리버가 광란 상태에 빠져, 있는 힘을 다해 날뛰고 있는 것이다. 내버려두면 자신의 힘에 의해 육체가 붕괴될 거다. 그런 사태를 피하기 위해 그의 사촌 형과 누이는 치유에 소양이 있는 동지들을 동원해 쉬지도 자지도 않고 처치를 계속하고 있었다.

"적반초(赤斑草) 마취약을 세 배로 투약! 팔다리의 힘줄에 마비주문을 70퍼센트 출력으로! 서둘러! 이대로 가면 몸이 터져

나간다!"

"…윽……!"

차라리 잠재울 수 있었다면 편했을 거다. 그러나 혼백융합(소울 머지)의 거부반응은 결코 수면으로 이겨 낼 수 있을 만큼 미적지근한 것이 아니다. 오히려 그 반대로, 멀쩡한 의식을 유지한 채 단속적으로 찾아오는 발작에 저항해야만 한다. 그런 의미에서도 올리버는 그야말로 싸우고 있는 중이었다.

그를 구하고 싶은 인간에게 허락되는 행위는 두 가지뿐. 그 싸움 속에서 망가져 버리지 않도록 소년의 몸을 지키는 것, 그리고 마법약과 주문으로 조금이라도 고통을 완화시켜 주는 것뿐이다. 그것들을 완벽하게 해내며 올리버를 믿고 기다리는 수밖에 없다. 이미 사흘 밤낮으로 이어진 그의 사투를 지켜보는 수밖에 없는 것이다.

"교대해라, 그윈."

피폐해진 상대를 보다 못한 동지 중 한 명이 말했다. 쉬지도 자지도 않은 것은 물론이고 벌써 한나절도 더 식사와 물을 섭취하지 않았다. 이대로 가면 쓰러지리라는 것을 자각하며 그윈이 수술대에서 한 걸음 물러났다.

"…얼굴 좀 씻고 오지. 섀넌, 너도 다른 사람과 교대하고 쉬어라."

올리버를 사이에 두고 반대쪽에서 치료를 하고 있던 섀넌에게도 그렇게 말했지만, 그녀는 완고하게 고개를 가로저을 따름이다. 무슨 소리를 해도 듣지 않으리라는 것은 알았던지라, 그윈은 그녀를 그대로 둔 채 우선 처치실을 나와 옆방의 개수대로 향했다. 정착시킨 정령에게 얼어붙기 직전의 차가운 물을 만들게 해서, 정신을 차리기 위해 얼굴에 끼얹는다.

"…처절하네에."

같은 일을 반복하던 중, 옆에서 귀에 익은 여학생의 목소리가 들려왔다. 동지이자 그윈과 같은 학년이기도 한 6학년 자넷 다울링이다. 옆에 자리한 처치실에서 들려오는 절규에 귀를 기울이며 그녀는 말을 이었다.

"싸움으로부터 꼬박 사흘이 지났는데 아직도 상태가 안정되질 않네. 겁나는걸, 혼백융합이라는 거."

"……."

"뭐, 네 얼굴도 어지간하지만. 지금 당장 자기 목을 졸라 죽어버리고 싶어 미치겠다는 얼굴이야."

그렇게 말하며 그윈의 얼굴로 손을 뻗었다. 그렇게 상대의 턱끝을 잡아 자신을 바라보게 하더니… 짧은 침묵 후, 자넷은 쓴웃음을 지었다.

"…힘 좀 풀어. 이런 말은 좀 그렇지만. 네가 아무리 괴로워해봐야 귀여운 동생의 괴로움이 줄어드는 건 아니잖아."

딴사람이 된 듯 다정한 목소리로 말했다. 그윈은 말없이 상대의 손을 뿌리치고 차가운 물을 계속 끼얹었다. 자넷이 대화의 방향을 틀었다.

"위장 쪽은 괜찮아? 싸움의 뒤처리나, 로드 쪽이나. 벌써 사흘이나 수업에 안 나간 거잖아?"

"그쪽에는 대역이 가 있다. 며칠 정도는 걱정 없어. …오래 갈 것 같다면 다른 방법을 써야겠지만."

입술이 파래지도록 차가운 물을 뒤집어쓴 후에야 그윈은 손을 멈췄다. 비치되어 있던 수건으로 얼굴을 닦으며 동지의 질문에 대답해 나갔다.

"싸움의 뒤처리 쪽은, 오히려 이제부터가 고비다. 우리와 관련된 직접적인 증거는 모두 없앴지만 엔리코 본인의 실종 사실만은 얼버무릴 방도가 없지. 커버할 스토리를 준비할 필요가 있어."

"마에 삼켜진 걸로 하려고?"

"그게 가장 자연스럽기는 하겠지. 실제로 기계장치 신(데우스 엑스 마키나)은 그렇게 됐어도 이상할 게 없을 정도의 위험성을 띠고 있었다. …하지만 킴벌리 교사들의 눈을 속이려면, 그것만으로는 부족하겠지."

거울에 비친 자신을 노려보며 그윈이 말했다. 몹시 초췌해지기는 했지만 그 눈은 이미 다음 싸움을 바라보고 있었다.

"다리우스 때도 그랬지만… 이곳에서 교사가 살해당했을 경우, 가장 먼저 의심을 받는 건 같은 교사들이다. 단순하게 생각하면 그 가능성이 가장 높으니까. …그 경향을 이용해서 다른 녀석에게 혐의를 씌우는 거다."

"잘만 하면, 저쪽의 내분을 유도할 수도 있을 테니까?"

그 말이 함축하고 있는 바를 자넷이 추측해 내뱉었다. 그윈이 무겁게 고개를 끄덕였다.

"녀석들이 서로 죽이게 하고 싶다. …이번과 같은 싸움을 반복하다가는, 노르가 버티질 못해."

굳게 움켜쥔 주먹의 뼈가 삐걱댔다. 자넷은 조용히 눈을 가늘게 떴다. 어쩌면… 동생의 몸보다 그의 마음이 먼저 부서질지도 모른다.

"모략전(謀略戰)이네. 이거 벌써부터 좀이 쑤시는걸."

자넷이 대담하게 웃으며 말했다. 거기에 덧붙여 이야기를 하려던 순간, 희미한 기운이 문득 그윈의 등 뒤에서 느껴졌다. 돌아보니… 밀정 소녀가 어쩌면 좋을지 모르겠다는 얼굴로 안절부절못하며 그곳에 서 있었다.

"뭐 하는 거냐, 테레사. …지금은 여기 오지 말라고 했을 텐데."

그윈이 엄격한 투로 물었다. 그 눈빛에 테레사는 얼마간 말을 어물거렸다.

"…로드의 용태를, 살피고자…."

"보고 싶으냐. 피를 토하고 비명을 지르며 몸부림을 쳐 대는 노르의 모습을."

몹시도 냉정하게 그윈이 말했다. 조용히 숨을 죽인 소녀에게 그는 가차 없이 말을 이었다.

"이곳에 네가 할 수 있는 일은 아무것도 없다. 별도의 명령이 있을 때까지 교사로 돌아가 수업을 받아라. 그게 지금의 네 임무다."

"……."

"대답은?"

"…알겠습니다."

눈살을 잔뜩 구기며 테레사가 답했다. 불만스러운 기색이 표정과 목소리에 가득했다. 그대로 몸을 돌려 방 밖으로 사라지는 그녀의 뒷모습을 자넷이 흥미롭다는 듯이 지켜보았다.

"…불만이 한가득인 것 같네. 저런 타입이었던가, 저 애?"

"노르를 만나고서부터 분위기가 바뀌었다. …사모하는 것이겠지, 저 나름대로."

그윈의 목소리가 다소 부드러워졌다. 그러자 자넷은 가볍게 신음하며 고개를 갸웃했다.

"훈훈한 이야기이긴 한데… 그건 좀 위험한 거 아냐? 로드 쪽도 정이 든 건 아니고? 여차할 때 버림돌로 쓸 수는 있는 거야?"

"그런 판단을 노르에게 요구할 생각은 없어."

철에 새겨 넣듯 단호한 투로 그윈이 즉답했다. 여자는 쓴웃음을 띤 채 어깨를 으쓱했다.

"지저분한 역할은 형이 대신해 주시겠다? …하여간 우애도 좋네."

마지막으로 힘껏 위로를 해 주고자 상대의 등을 탁, 하고 때린 후 그녀는 출구를 향해 걸어 나갔다. 뒷모습을 바라보는 그윈의 시선 반대편에서 자넷은 흉악해 보일 만큼 대담한 미소를 지은 채 중얼거렸다.

"그래, 좋아. 너희만 진흙탕에 구르게 두지 않을 테니 안심해.

여기서부터는 우리한테 맡겨 두라고. …킴벌리 제3신문부가 나설 때가 됐어."

배가 부르면 정보에 굶주리게 되는 법. 그것은 보통 사람과 마법사에 공통된 인간의 본능이라 할 수 있다.

"어디 보자~ 어떤 기사를 낼까요, 편집장님."

좁은 공간에 책상이 빽빽하게 늘어서 있고 그 위와 바닥에는 자료용 서류며 사진이 너저분하게 널려 있는 가운데, 학생 기자가 펜 끝을 날름 핥으며 말했다. 킴벌리에는 학생이 발행하는 신문이 여럿 있고, 필연적으로 그 숫자만큼의 신문부가 존재했다. 미궁 안에 본부를 둔 이곳도 그중 하나다.

"으음~… 이런 건 어떨까요? 상당히 과격하지만 우리 신문의 방향성과는 맞을 것 같은데."

"오호호호. 여기저기서 혼나지 않았으면 좋겠네요오!"

신문 1면을 장식한 표제를 보고 기자들이 흥분해서 소리쳤다. '엔리코 선생님 실종! 내분의 조짐이 보이는 킴벌리'… 척 봐도 가십지(gossip紙) 같은, 무책임하면서도 자극적인 문구가 그곳에 쓰여 있었다. 자세한 사정도 모르건만 사고가 아니라 사건이라고, 심지어 조직 내부의 분쟁으로 인한 것이라고 단정 짓는, 그야말로 황색언론의 표본 같은 기사다.

"…미적지근해."

하지만 자넷은 그 표본을 한마디로 일축했다. 백장을 휘둘러 지면에서 문자를 걷어 내고, 그 공백에 자신의 펜으로 문자를 써 나간다. 주변에 있던 기자들의 눈이 동그래졌다.

"…어?" "오오?"

"나라면, 이렇게 할 거야."

자넷은 거침없는 필치로 표제를 적어 냈다. 기자들의 시선이 거기에 집중되었다.

'동료 살해자는 누구인가! 알려지지 않은 킴벌리 교사들의 불화'.

완전히 선을 넘은 내용에 그들조차도 마른침을 꼴깍 삼킬 수밖에 없었다.

"제정신이심까, 편집장님…." "오호호, 공격적이네요오…!"

이게 신문으로 발행되어 교사들의 눈에 들어간다면. 그런 미래를 상상했을 뿐인데 식은땀이 그들의 등을 타고 흘러내렸다. 하지만 그런 반면, 누구도 말리려고는 하지 않았다. 기사의 정확성은 둘째 치고 **권력에 굽실거리지 않는다는 점만 놓고 보면**, 킴벌리 제3신문부는 교내 제일의 망나니였기 때문이다.

"우리를 뭐라고 생각하는 거야. 120년의 역사를 지닌 유서 깊은 3류 가십지잖아. …이런 화제가 있으면 사정없이 부채질을 해야지."

그녀들이 쓴 기사는 그날 인쇄되어, 사람들이 많이 모이는 시간대를 노려 기숙사 곳곳에서 당당하게 뿌려졌다.

"호외요, 호외! 엔리코 선생님의 실종에 관한 최신 뉴스가 나왔습니다아!"

정보에 굶주린 학생들이 앞다투어 호외를 집어 들었다. 변변한 증거도 없을 뿐더러 80퍼센트가 억측으로 된 그 기사를 계기로, 그들 사이에서 격렬한 토론이 시작되었다. '엔리코 선생님 실종 사건'으로 전해지던 뉴스는 그 흐름을 타고 교내를 떠돌며 조금씩 '교사에 의한 동료 살해 사건'으로 뒤바뀌기 시작했다….

심야 2시. 기나긴 저항 끝에 기절했던 올리버가 천천히 눈을 떴다.

"…………."

눈을 뜨고서 몇 초 동안 그는 당황했다. 격통이 온몸에 느껴지지 않아, 오히려 그 상태에서 위화감이 느껴졌다. 주변을 둘러보니 이미 자신의 몸은 수술대 위가 아니라 청결한 시트가 깔린 침대 위에 눕혀져 있었다. 그리고… 그 옆에 자리한 의자에서는 누이가 그의 손을 잡은 채 꾸벅꾸벅 졸고 있다.

"…누나."

상체를 일으켜 나직하게 상대를 불렀다. 그 순간, 섀넌은 눈을 번쩍 뜨고 침대 위에 있는 동생을 응시했다.

"…노르, 깨어났어…!"

퉁퉁 부은 눈으로 다시 눈물을 글썽거리며 그녀는 달려들 듯이 눈앞에 있는 소년을 끌어안았다. 귓가에서 흐느껴 우는 누이의 모습을 보니 요전까지 자신이 얼마나 끔찍한 모습이었을지가 상상되어서 올리버는 말문이 막혔다.

"…며칠 지났어? 그 후로…."

"나흘하고도 열두 시간. 아무 문제도 없을 범위다. 그대로 누워 있어."

방으로 들어온 그윈이 바로 대답하고는 그대로 동생이 누워 있는 침대로 다가왔다. 그의 얼굴도 초췌하기 그지없었지만, 지금은 그를 웃도는 안도감이 배어 나오고 있었다. 물론 올리버가 무사히 눈을 뜬 것에 대한 안도감이다.

"몸에서 불편한 곳이나 위화감이 느껴지는 부위는 있나."

섀넌에게 안긴 채로 질문을 받은 소년이 자신의 온몸을 의식해 보았다. 팔다리에 힘이 들어가지 않는 것은 마취의 영향이 남아 있는 탓이고, 그걸 제외하면 특출나게 불편함을 호소하는 곳은 없었다. 다만… 손가락 하나하나에 이르기까지, 온몸의 감각이 묘하게 낯설었다.

"통증은, 없어. 하지만… 위화감투성이야. 몸이 통째로, 다른 걸로 바뀐 것 같달까."

말을 조금 골라 가며 올리버는 자신의 감각을 그렇게 표현했다. 그윈이 고개를 끄덕였다.

"무리도 아니지. 이번 혼백융합 전후로 네 몸은 명백하게 바뀌었다. 눈에 보이는 범위에서 말하자면 키가 2센티미터 정도 컸다. 근골, 장기, 마력류… 그 모든 면에서 무수히 많은 크고 작은 변화가 있었겠지."

"……."

"경과는 지속적으로 확인할 거다. 혼백융합에 따른 육체의 변화에는 미지수인 점이 많다. 하지만 한 가지 확실한 것은…."

"…수명이 크게 줄어든다는 건가."

소년이 나직하게 중얼거렸다. 그 말을 들은 새넌은 무심결에 동생을 더욱 세게 끌어안았다. 올리버는 쓴웃음을 지었다. 누이의 마음은 너무도 잘 알겠지만, 그래도 이 상태로는 제대로 움직일 수가 없다.

"조금 몸을 움직여 볼게. …누나, 슬슬."

"싫어."

"누나…."

"싫어!"

거절을 반복할 때마다 새넌은 더더욱 힘껏 끌어안았다. 마취 효과가 남아 있는 올리버의 몸으로는 떼쳐 낼 수도 없었고, 무엇보다도 누이에게는 절대로 그런 짓을 하고 싶지 않았다. 곤경에 처한 동생에게 그윈이 훗, 하고 웃으며 말했다.

"잘됐군, 그대로 같이 자 버려라. 새넌도 결국 그 후로 한숨도 못 잤으니."

"자… 자라니, 같은 침대에서?"

"따로 자도 상관없고. 네가 지금의 새넌을 떼어 낼 수 있다면 말이야."

모든 것을 꿰뚫어 보고서 내뱉은 말이었다. 새넌의 몸이 동생을 끌어안은 채로 침대에 쓰러지듯 드러누웠다. 나란히 누운 두 사람의 몸에 살며시 모포를 덮어 준 후, 그윈은 가볍게 몸을 돌렸다.

"좀 더 우리에게 기대라. …안 그러면 우리 속이 터질 거다."

그렇게 말하고서 그가 떠나자, 밀착 상태로 침대 위에 누운 올리버와 섀넌만이 그곳에 남았다. 모포 안에서 몸의 방향을 조정한 섀넌은 정면에서 올리버의 머리를 품에 안았다. 달콤한 냄새가 코로 들어오자 올리버의 심장이 두근거렸다.

"후후. 오랜만, 이네. 같이 자는 거."

"……."

"그 표정도, 옛날이랑 똑같아."

올리버는 꼼짝도 할 수 없는 상태에서 새빨개진 얼굴을 상대가 보지 못하게 필사적으로 돌리려 했다. 그것을 다정한 눈빛으로 지켜보던 중… 음, 섀넌의 허리 부근에서 위화감이 느껴졌다. 그녀는 살며시 모포를 들쳐 안을 들여다보고는.

"…아. 여기도, 똑같아."

"…윽…!"

실수를 했다는 걸 알아챈 올리버는 울상이 되었다. 평소 같았다면 이 정도 생리현상은 완전히 제어해 냈겠지만, 지금은 사투를 벌인 지 얼마 되지 않은 시기인 데다 마취의 영향도 강하게 남아 있다. 허둥지둥 몸을 뒤로 빼려 했지만 섀넌은 그 허리에 손을 둘러 놔주지 않았다. 단단해진 올리버의 **그것**이 허리에 닿았음에도 불구하고.

"도망치면, 안 돼. …잘 거야. 같이, 잘 거야."

미약하게 솟아난 욕정도, 누이의 품에서 느껴지는 온기와 안도감으로 순식간에 녹아 없어졌다. 다른 선택지도 없어서 섀넌의 애정에 가만히 몸을 맡기고 있다 보니… 어느샌가 올리버는 다시금 잠에 들고 말았다.

결국 그가 다시 눈을 뜬 것은 그로부터 다섯 시간 후였다. 곤히 잠든 섀넌을 남겨 두고 침실을 뒤로하여 세수를 하고 몸단장을 한다. 그러고서 몸 상태를 확인할 겸 운동과 주문을 순서대로 시험해 보았다. …양쪽 모두 정밀도가 처참했는데, 무엇보다도 다른 사람의 몸을 조종하는 것처럼 위화감이 심했다. 하지만 이와 같은 일은 어린 시절에 했던 훈련 중에도 있었다. 계속 움직이다 보면 금방 적응이 될 거다.

이렇다 할 이상은 없다. 그렇다면 언제 학교로 돌아갈까…. 그런 생각을 하던 중 암호와 함께 공방의 문이 열렸다. 그리고 **복장부터 얼굴 생김새까지 본인과 똑같은 또 한 명의 올리버**가 나타났다. 그가 자리를 비운 동안 학교에서 활동하고 있던 대역이다. 4학년으로 이름은 테오 예슈케라고 하며, 그 이외의 나이나 성별 등에 관한 정보는 거의 없었다.

"부활 축하해. 대역은 완벽하게 해냈다고."

"…그래. 덕분에 살았어."

주문을 외워 눈앞에서 꼬물꼬물 다른 모습으로 변신하며 이야기하는 테오에게 올리버는 진심 어린 감사 인사를 했다. 변화를 마치자 조금 전과 딴판으로 털털한 인상의 여학생 모습이 되었지만, 그것도 본래의 모습은 아닐 거다. 이 동지의 변신 전 모습은 올리버조차 알지 못했다.

"쾌차한 기념으로 첫 대역을 한 인상을 보고하겠어. 좀 오래 걸릴 거야."

그윈의 허가도 받지 않고 테이블에 진을 치고 의자에 책상다리를 하고 앉더니 테오는 올리버에게도 자리를 권했다. 그가 그 말에 응하자 상대는 곧장 보고를 시작했다.

"솔직히 말해서 완벽하게 네 행세를 하는 건 난이도가 상당히 높아. 평소에 주변 사람들과 깊은 관계를 구축해 둔 탓에 허점이 드러나지 않도록 행동하기도 힘들어. …아아, 딱히 나무라는 건 아니야. 오히려 감탄했지. 그렇게까지 타인과 성실하게 어울릴 수 있다니 대단해."

한숨 섞인 투로 그렇게 중얼거린 후, 올리버의 대역은 말을 이어 갔다.

"주변에 있는 친구들도 만만치가 않더라. 누구 할 것 없이 사람이 좋은데, 그런데도 눈이 옹이구멍인 녀석은 한 명도 없어. 특히 그 사무라이 소녀, 그 녀석이 물끄러미 쳐다봤을 때는 등줄기가 다 오싹했지. 뭐, 내 변신을 간파해 낼 리가 없지만 말이야."

그 감각은 올리버에게도 매우 익숙했다. 매사를 꿰뚫어 보는 나나오의 통찰력은 얕잡아 볼 수가 없다.

"하지만 이건 기억해 둬. …변신술의 원칙상, 어떤 달인도 자신 이외의 누군가로 '완벽하게 변할 수는 없어'. 나처럼 엄청난 천재라도 그건 마찬가지라, 무슨 수를 써도 완전히 속일 수 없는 부분은 화술 같은 걸 써서 적절하게 얼버무려 보충하고 있지. 기본적으로 뒤바뀌어 지내는 기간이 길어질수록 발각될 위험성도 높아진다고 생각해 줘. 물론 상황에 따라 다르기는 하지만."

꼼꼼한 충고에 소년이 고개를 끄덕여 답하자, 테오가 팔짱을 낀 채 웃으며 말했다.

"뭐, 하지만 며칠 정도의 대역이라면 걱정할 것 없어. 필요할 때 가볍게 부탁하라고. 아, 그리고 이번에 입을 맞춰야 할 것들을 말하자면…."

올리버가 학교로 돌아가기 전에 그동안 대역을 맡은 테오가 주변 사람들과 나눈 대화를 파악해 둘 필요가 있었다. 15분 남짓에 걸쳐 그걸 전달하고 나자, 정보 인수인계는 문제없이 끝났다. 올리버가 한차례 더 감사 인사를 하고서 방을 나서려던 순간, 문득 생각이 났다는 듯이 테오가 말했다.

"어이쿠, 맞다. 한 가지 주의할 게 있었지. 어지간한 사정이 아니라면 시험 기간 중에 대역 부탁할 생각은 말라고. 그런 건 스스로 노력해야지, 후배."

"명심할게, 선배."

쿡, 웃으며 그렇게 답하고서 올리버는 사촌 남매의 공방을 뒤로했다. …사투의 기억이 새로운 시기인 탓에 저렇게 긴장을 풀어 주는 말이 고마울 따름이었다. 사후관리까지 완벽한 대역에게 감사하며 소년은 교사를 향해 힘차게 미궁을 걷기 시작했다.

"오, 왔냐, 올리버." "오늘은 양갈비가 맛있소!"

저녁 식사 시간에 맞춰 평소의 멤버들과 합류했다. 그들에게는 평소와 같은 광경이지만, 올리버에게는 사선을 넘어 며칠 만에 만나는 친구들이었다. 북받치는 감정을 억눌러 숨기며 자리에 앉아, 셰라가 권한 홍차를 입으로 옮기며 그는 주변을 슬쩍 둘러보았다.

"…분위기가 어수선한걸."

"엔리코 선생님이 실종됐다는 소문 때문이겠죠. 신문부가 낸 호외로 인해 단숨에 퍼져서, 지금은 어딜 가나 그 얘기뿐이에요."

그렇게 말하며 셰라는 테이블에 놓여 있는 문제의 호외를 내려다보았다. 올리버도 그것을 보고 눈살을 찌푸렸다. …'동료 살해자는 누구인가!'라는 표제는 너무도 선정적이라 한눈에 제3신문부의 손을 거친 기사라는 걸 알 수 있었다. 그곳의 편집장은 동지 중 한 명이니 이것도 정보전의 일환일 거다. 교사들 간의 내분이라고 생각하도록 교내의 분위기를 유도하고 있는 것이다.

곳곳에서 사건에 관해 수군거리고 있는 주변 학생들의 모습을 보며 롤 헤어 소녀가 한숨을 내쉬었다.

“작년 다리우스 선생님에 이어 2년 연속으로 교사가 실종됐으니. 이런 의심이 싹트는 것도 무리는 아니겠죠.”

“돌아 버리겠네. 학생들의 자잘한 싸움만으로도 충분히 흉흉한데, 거기다 선생님들까지 죽고 죽이기 시작했다고?”

“…정말로, 그런 일이 벌어지고 있는 걸까?”

캐티가 의아한 투로 대화에 끼어들자, 셰라가 담담하게 설명을 덧붙였다.

“사상의 대립으로 인해, 혹은 자신의 마도를 추구하기 위해… 마법사들이 서로 죽고 죽이는 것 자체는 딱히 드문 일이 아니에요. 하지만 킴벌리의 교사들이 그렇다면 이야기가 달라져요.

우리 학생들을 물고기로 비유하자면, 선생님들의 존재는 활어조예요. 선생님들이 있기에 학생들은 교내에서 마음 놓고 헤엄쳐 다닐 수 있는 건데 그런 틀 자체가 망가져 버리면 이곳에는 아무런 질서도 남지 않아요. …아버지가 교사라서 하는 말은 아니지만. 그 기사처럼 교사 간의 내분은 아니었으면 좋겠네요.”

심각한 표정으로 말하는 셰라를 곁눈질하며, 여태껏 가만히 생각에 잠겨 있던 피트가 나직하게 입을 열었다.

“…범인이 교사가 아니라면, 어떻게 된 일이라고 봐야 할까?”

"미궁 심층에서 사고를 당했거나, 혹은 마도를 탐구하는 과정에서 마에 삼켜졌거나. 가장 가능성이 높은 건 이 두 가지겠죠. 2년 연속이라는 점 때문에 납득은 안 가지만요."

"학생에게 당했을 가능성은 없을까. 이곳에는 겁나는 선배들이 한가득이잖아."

가이가 과감한 가설을 입 밖에 냈다. 셰라는 더더욱 복잡한 표정으로 손깍지를 끼었다.

"실종된 두 분은 전선에서 돌아온 이단 사냥꾼(그노시스 헌터)이에요. 설령 상급생의 상위층이 한꺼번에 덤빈다 해도 승부가 될지 어떨지. …예를 들어, 지금의 제가 백 명이 되어 덤빈다 해도 아버지는 당해 낼 수 없어요. 요컨대 그런 거예요."

올리버는 가만히 고개를 끄덕였다. 그 표현에 어떠한 과장도 없다는 것을, 지금의 그는 너무도 잘 알기 때문이다. 테이블에 침묵이 깔린 것을 알아챈 롤 헤어 소녀가 이야기를 정리했다.

"어찌 되었건, 이건 그야말로 이상사태예요. 교장선생님도 본격적으로 대책에 나서겠죠. …해결까지 그리 오래 걸리지 않을지도 모르겠네요. 킴벌리의 마녀가 제대로 마음을 먹는다면."

같은 시각. 교사 3층 회의실에서 킴벌리 직원회의가 열렸다.

"…한 명씩 견해를 말해라."

커다란 타원형 테이블의 상석. 이 학교에서는 옥좌나 다름없는 위치에 앉은 은발의 마녀가 그렇게 명령했다. 그러자 그녀의 대각선 우측에 진을 친 폭군이 가장 먼저 답했다.

"견해고 나발이고 없어. …이 중의 누가 죽였겠지. 안 그래?"

마법생물학 교사, 바네사 올디스가 직설적으로 말을 내뱉었다. 그녀는 다리우스 때부터 같은 교사에 의한 범행이라는 설을 일관되게 주장해 왔다. 하지만 그 말에 테이블을 사이에 끼고 우측에 앉은 다른 교사가 충고하듯 말했다.

"얼토당토않은 소리 말라고, 미즈 올디스. 무슨 득이 된다고 그런 짓을 하겠어."

당당하게 반론한 것은 빗자루술 담당 교수인 더스틴 헤지스였다. 이의를 제기한 그에게 바네사가 날카로운 눈빛을 날린 순간, 에스메랄다의 대각선 좌측에 앉은 교사가 대화에 끼어들었다.

"더스틴 군의 의견에도 일리가 있어. 우리 마법사들에게 이곳 킴벌리는 일종의 이상향이니까. 그걸 자진해서 부수려 하는 인간이 이 중에 있을 것 같지는 않거든."

세련된 진갈색 슈트를 입은 비상근 교사, 테오도르 맥팔렌의 발언이었다. 더스틴과 마찬가지로 그 역시 교사가 범인이라는 생각에는 동의할 수 없다는 뜻을 밝힌 것이다. 그러자 고풍스러운 로브를 걸친 젊은 교사가 입을 열었다.

"그러나 다리우스와 엔리코는 실제로 사라졌다. 2년 연속으로 두 명의 교사가 '우연히' 마에 삼켜졌다고 보기에는 무리가 있지. 그 의견에는 여기 있는 모두가 동의할 거다."

천문학 담당 교사, 데메트리오 아리스테이디스가 지적했다. 그의 말에 고개를 끄덕이며 노년의 마녀가 말을 보탰다.

"교내에 적대자가 존재해요. 그자, 혹은 그자들은 그 둘을 쓰러뜨릴 만한 전력을 지녔습니다. 어찌 되었건, 그걸 전제로 이야기를 진행해야 하겠죠."

천 년을 산 마녀이자 주문학 담당 교사, 프랜시스 길크리스트가 이야기를 한층 구체화시켰다. 하지만 몇 초 동안의 침묵 후… 한 여성이 쭈뼛거리며 말했다.

"괘, 괜한 걱정일 수도, 이, 있지 않을까요. 다리우스 선생님도, 엔리코 선생님도, 어쩌면 내일쯤 훌쩍 돌아오거나 할 수도…."

테이블의 말석에서 목소리를 쥐어짜듯이 하며 의견을 내놓은 것은 교사의 도서실에서 사서를 맡고 있는 다소 통통한 여성 직원, 이스코 리카넨이었다. 교사가 아닌 탓에 다른 이들보다 발언력은 떨어졌다. 그 내용에 몇몇 사람이 실소하자, 그녀의 바로 옆자리에 앉은 교사가 말을 덧붙였다.

"그래, 이스코. 네 심정은 아주 잘 알지. 두 사람이 무사하다면 그게 제일일 거야. 하지만 지금은 그렇지 않을 경우의 대책을 논의해야지."

다리우스 대신 연금술을 담당하게 된 남성 교사, 테드 윌리엄스가 부드럽게 타일렀다. 그 말에 풀이 죽은 사서가 고개를 푹 숙이자 또 다른 곳에서 낮은 목소리가 들려왔다.

"…누가 범인이건, 상관없어. 문제는… 내 화단이, 어지럽혀질지 아닐지, 다."

음산한 눈빛으로 일동을 노려본 것은 마법생물학의 파생교과인 마법식물학을 담당하고 있는 남성 교사, 다비드 홀츠바르트였다. 검은 풀숲 같은 앞머리를 사이에 두고 동료 교사들을 바라보는 그 눈은, 수상한 자는 자신의 정원에 얼씬도 못 하게 하기로 결심한 원예가의 그것이었다.

"잔소리 말고 시체를 가져와. 그래야 마법의(魔法醫)가 실력 발휘를 할 것 아냐."

짧고 깔끔한 금발의 여자가 팔짱을 낀 채 요구했다. 킴벌리의 교의(校醫), 히셀라 존네벨트. 떨어져 나간 학생들의 팔다리며 내장을 셀 수 없을 만큼 제자리로 돌려놓은 의무실의 주인이다. 어지간한 일로는 의무실에서 나오지 않는 것으로 유명한데, 본인의 말에 따르면 '이 의무실까지 오지도 못한다면 그건 그놈 팔자'라고 한다.

말을 섞을수록 험악해지는 분위기를 보다 못해, 테이블 중앙 부근에 앉아 있던 교사가 일어나 의연하게 소리쳤다.

"서둘러 이야기를 진행할 필요는 없어. 다리우스 때와 달리 엔리코 선생의 실종에는 흔적이 있으니까. 그 점부터 확인하지."

하얀 로브를 걸친 마법검 담당 교사, 루터 가랜드였다. 그의 시선이 테이블 위를 지나 이전까지 엔리코 포루기에리가 앉아 있던 의자에 자리한, 노옹과 똑 닮은 더미 골렘을 바라보았다.

"더미 엔리코 선생, 현장의 상황을 말해 봐."

"캬하하하하! 맡겨만 주십시오!"

더미 엔리코가 흔쾌히 승낙하고서 몸을 한껏 젖히더니, 빠각 소리와 함께 좌우로 활짝 열린 가슴에서 다리가 넷인 소형 골렘이 나타났다. 그것이 테이블 위를 타박타박 걸어 나가 중앙에 도달한 참에 움직임을 멈췄다. 상부에 탑재한 사각뿔 형태의 수정이 빛을 발하더니, 공중에 이곳이 아닌 어딘가의 풍경을 입체적으로 비추었다.

그렇게 교사들의 앞에 울퉁불퉁한 바위산과 그곳에 쓰러져 있는 규격 외의 거대 골렘이 모습을 드러냈다. 데메트리오가 나직하게 입을 열었다.

"…5층. 11번 회랑 직후인가."

"아주 제대로 쓰러졌네, 영감이 그렇게나 자랑하던 데우스 엑스 마키나가 말이야. 꼴이 말이 아니네."

인상적인 광경을 보고 바네사가 깔깔 웃었다. 한편, 연금술 담당인 테드가 뚫어져라 영상을 바라보았다.

"크게 손상된 곳은 머리뿐인 것 같군요. 원인은, 열에 의한 용해… 일까요."

"오른손에도 용해된 흔적이 있습니다! 따라서 이건 본체의 주광(呪光)에 의한 자멸일 가능성이 높을 것 같군요오!"

더미 엔리코가 영상을 조작해 확대하자, 오른쪽 손바닥과 머리의 모습이 크게 보였다. 그것들을 유심히 확인하며 빗자루 비행술 담당인 더스틴이 흥, 하고 콧방귀를 뀌었다.

"알고 보니 골렘 구동 실험 중 폭주에 의한 사고였던 건가."

"있을 수 없는 일이에요. 그 아가가 그런 시답잖은 실수를 할 리가 없어요."

주문학 담당인 길크리스트가 단정적으로 발언했다. 모두가 영상을 주시하는 가운네, 가랜드가 문득 입을 열었다.

"…몸통을 확대해 주겠어?"

더미 엔리코가 요구에 응해 영상을 조작하여 쓰러진 기계 신의 몸통을 확대했다. 수많은 흠집이 새겨진 아다만트 장갑이 비춰지자 테오도르가 흠, 하고 신음했다.

"발톱자국이 남아 있군. 장소로 미루어 대지룡(린트부름)과 익룡(와이번)의 것인가."

"뭐가 신경 쓰여서 그러는데, 꼬마 가랜드?"

바네사가 물었다. 용종의 발톱은 온갖 물질 중에서도 상위의 강도를 자랑해서 아다만트 장갑에 손상을 입힌 것도 이상한 일은 아니다. 가랜드도 그 사실은 당연히 알았지만 그의 두 눈은 그대로 얼마간 영상을 응시하고 있었다.

"…아니. 여기서 보기에, 부자연스러운 점은 없는 것 같군."

가랜드가 관찰을 중단하더니 침묵했다. 그러자 더미 엔리코가 덧붙여 말했다.

"미즈 무웨지카밀리의 힘을 빌려 현장은 보전해 두었습니다만, 크기도 큰 데다 장소도 장소인지라 기체 회수와 분석에는 얼마간 시간이 걸릴 것 같군요오. 새로운 단서가 발견되면 바로 연락 드릴 테니, 안심하십시오."

"부탁 좀 하지. 현시점에서 유일하다 할 수 있는 물증이니까."

고개를 끄덕이며 테오도르가 말했다. 영상 표시를 중단한 소형 골렘이 에스메랄다 쪽으로 걸어가, 그대로 자신을 증거물로 그녀에게 바쳤다. 킴벌리의 마녀, 그 강철 같은 옆얼굴을 흘끔거리며 롤 헤어 교사가 이야기의 방향을 돌렸다.

"그나저나 아무래도 지금 당장 확인할 수 있는 단서는 없는 것 같군. …좀 더 본격적으로 조사해 보는 게 어떨까, 교장?"

가벼운 투로 제안하자 에스메랄다가 엄중한 투로 말을 내뱉었다.

"교내감사를 실시한다."

교사들의 얼굴에 긴장감이 퍼졌다. 천문학 담당인 데메트리오가 가장 먼저 질문을 했다.

"…몇 차로?"

"1차나 2차로는 어렵겠지. 이 단계라면 최고 수준인 제3차이려나."

테오도르가 조건을 한정했다. 그 말에 침묵으로 긍정을 표한 후, 킴벌리의 마녀는 말을 이었다.

"사건 당시의 시각과 상황을 추측한 후 거기에서 역산되는 참고인물을 추려 내라. 교사와 학생, 그 외의 교원들까지 모두 포함시켜서. 특히 중요하다고 생각되는 상대는 내가 직접 감사하도록 하겠다."

그것은 본격적인 조사를 개시하겠다는 선언과 다름없었다. 동시에 교사들은 확신했다. 지금부터는 자신들이 움직이면 그 동향도 빠짐없이 감시당하리라고. 현재 가장 유력한 용의자가 교사인 이상, 이 수사는 색출 작업을 겸하고 있다고 생각해야 할 거다.

장중의 긴장감이 단숨에 고조된 가운데, 또다시 테오도르가 태연하게 말했다.

"찬성이긴 하지만. 이 광대한 학교를 조사하려면 우리만 가지고는 손이 모자라. 무엇보다도 교사들의 눈이 닿지 않는 곳도 있고. 그렇게 생각하지 않아?"

"본론을 말해라."

에스메랄다가 단적으로 재촉했다. 그 말에 롤 헤어 교사가 장난스럽게 혀를 내밀어 보이고서 답했다.

"실은 말이야, 이미 잠복시켜 뒀거든. **학생들 쪽에**."

"맛있어!! 뭐야, 이거. 진짜 진수성찬이잖아!"

저녁때를 맞아 북적이는 '우의의 방'에, 그 떠들썩한 소리를 밀어내고 유달리 커다란 목소리가 울려 퍼졌다.

"너희 진짜 치사하다, 맨날 이렇게 맛있는 것만 먹고 있다고?! 이러니 킴벌리 졸업생들이 강해질 수밖에! 식사는 생명, 생명은 힘! 기본 중에서도 기본이잖아! 다른 학교도 본받아야 해!"

올리버 일행도 식사하던 손을 멈추고 그 목소리가 들려온 방향으로 눈을 돌렸다. 엄청 요란하게 혼잣말을 하며, 한 남학생이 접시를 양손에 든 채 테이블 이곳저곳을 오가고 있다. 새로운 요리를 발견할 때마다 분별없이 접시에 쌓아 올린 탓에 두 개의 접시에는 이미 음식이 수북하게 쌓여 있었다.

기묘한 것은, 그가 입고 있는 건 2학년 교복인데 올리버 일행 중 그 누구도 그 학생을 본 적이 없다는 점이었다. 이토록 요란한 언동을 하는 상대라면 오히려 잊기가 더 어려울 텐데도.

"어이쿠, 빈 테이블이 없네! 붐비는 시간에 와 버린 모양이야. 어쩌지이, 이거 낭패네! 나중에 다시 오려 해도 두 손은 요리로 가득하고, 무엇보다 배가 고파 죽겠는데 말이야!"

남학생은 작위적으로 소리치며 주변을 둘러보았다. 눈을 마주칠 뻔한 학생들이 일제히 고개를 돌려, 그는 테이블 사이에 오도카니 남고 말았다. 올리버 일행이 얼굴을 마주 보고서 눈짓으로 각자의 의견을 주고받은 결과 '불쌍하니까 끼워 주자'라는 의견이 '뭔가 기분 나쁘니까 내버려두자'라는 의견을 근소한 차이로 앞섰다.

무언의 회의에서 도출된 결과에 따라 셰라가 고개를 돌려 문제의 인물에게 말을 걸었다.

"…거기 계신 분. 이쪽 테이블에 빈자리가 하나 있어요."

"어, 정말로?! 하하하, 이런이런! 혼잣말을 한 게 들렸나 보네!"

남학생이 싱글벙글 웃으며 다가왔다. 음식이 산더미처럼 쌓인 접시를 테이블에 턱 내려놓고서 여섯 명을 향해 몸을 돌린 그는, 과장스러운 동작으로 가슴에 손을 대고서 큰 소리로 말했다.

"나는 2학년인 유리 레이크! 오늘 보통 사람 학교에서 킴벌리로 온 전학생이야!

친절한 첫 친구들! 너희 이름도 알려 주겠어?"

그의 자기소개를 들은 순간, 여섯 명은 완전히 똑같은 인상을 받았다. …진짜 수상쩍은 녀석이네.

제2장

시크릿 퓨드

암투

어느 빗자루 경기의 톱 플레이어가 남긴 말이 있다. …빨리 날면 날수록 주변 사람들은 멀어지기 마련이다. 무엇보다도 무서운 것은 그로 인한 고독이다. 기록 경신을 해야 한다는 압박감보다도, 온갖 사고의 위험성보다도.

"…후우…!"

빗자루 기수라면 모두가 아는 그 말을 실질적으로 맛볼 수 있는 자는 결코 많지 않다. 지금 연습장 상공을 날고 있는 마녀는 그 몇 안 되는 이들 중 하나였다. 바람을 가르는 소리에 온갖 소리들이 파묻히고, 좁아진 시야 속을 모든 풍경들이 눈 깜짝할 새에 떠내려간다. 비유가 아니라 그야말로 별세계라 할 영역이다.

"…어이, 애시베리! 잠깐 쉬었다가…."

지상에서 소리치는 팀원의 목소리도 양측의 세계를 가로막는 벽에 튕겨져 나갔다. 충고를 끝까지 말하기도 전에 멀어져 버린 뒷모습을 바라보며 블루 스왈로의 선수들은 어깨를 으쓱했다.

"…늘 저렇지. 말을 안 듣는다기보다는 애초에 말이 귀로 들어가지도 않으니까."

"집중력이 저렇게 오래 지속되는 것도 신기하단 말이지. 하지만 벌써 다섯 시간이나 지났잖아. 캐처 녀석들도 지쳤으니, 이제 그만 쉬게 해야 할 텐데."

선수들은 그렇게 설명하며 뒤를 돌아보았다. 그들의 시선이 와일드 기스의 유니폼을 입은 2학년 여학생에게 집중되었다.

"그런고로. 지이인~짜로 미안하지만 부탁 좀 해도 될까? 미즈 히비야."

동방(에이지아)의 소녀는 그 말에 조용히 고개를 끄덕이고는 천천히 빗자루에 걸터앉았다.

"알겠소. 허나… 애초에 나란히 날 수나 있을지."

상공을 나는 애시베리를 빤히 쳐다보며 몇 차례 심호흡을 했다. 그렇게 집중력을 끌어올린 후, 나나오는 두 발로 땅을 박차고 날아올랐다. 엄청난 출발 속도로 코스에 진입하여 그대로 팍팍 속도를 높인다. 기술적인 면에서 1학년 때보다 월등히 발전한 그 모습에 지상에 있던 선수들은 팔짱을 낀 채 탄성을 흘렸다.

"…으음…!"

그러나 그 속도로도 블루 스왈로의 에이스를 따라잡기는 어려웠다. 코스를 두세 바퀴 돈 것 정도로는 같은 속도의 영역에 도달할 수조차 없다. 나나오의 입가에 미소가 떠올랐다. 이런 걸 두고 그림자도 못 따라잡을 만큼 빠르다고 하는 것이리라. 모든 기술에서 압도적인 차이가 있었다.

"후읍…!"

그렇기에 그런 뒷모습을 쫓을 수 있다는 것이 그녀는 기뻤다. 사나운 마력에 검은 머리가 하얗게 물들고, 전력을 쏟아부은 빗자루 아마츠카제가 더욱 빠른 속도로 하늘을 가로질렀다. 다섯 바퀴, 여섯 바퀴, 일곱 바퀴, 여덟 바퀴… 지상에 있는 선수들은 코스를 돌 때마다 확연히 줄어드는 주파 기록을 보고 숨을 죽였고, 바로 아래에 자리한 지면에서 대기 중인 캐처들의 얼굴에는 긴장감이 퍼졌다. 이미 하급생에게 허용된 속도를 넘어선 지 오래이기 때문이다.

하지만 동시에, 그것은 나나오가 앞서가는 마녀의 세계에 한 발을 내디뎠다는 것을 의미하기도 했다. 그녀의 존재를 인식한 애시베리의 빗자루가 아주 잠시 속도를 늦추고 궤도를 조정하여 같은 코스에서 동방의 소녀와 나란히 날았다. 지상에 있는 선수들이 박수를 쳤다. 나나오가 추격을 시작하고서 실로 열두 바퀴째에 벌어진 일이었다.

"…무슨 일이야, 미즈 히비야."

바로 옆에서 마녀의 목소리가 들려왔다. 아슬아슬하게 속도를 유지하며 나나오가 그 말에 답했다.

"귀공과 잠시 대화하고 싶소. 일단 내려가 주시겠소, 애시베리 공."

"나중에. 지금은 너랑 놀아 줄 시간이 없어."

쌀쌀맞게 그렇게 말하더니 애시베리는 다시 속도를 높여 손쉽게 나나오를 따돌렸다. 지상에서 낙담 섞인 탄성이 터져 나왔지만 동방의 소녀는 조금도 포기하지 않았다. 최대한의 속도로 코스를 따라서 계속 날아… 이윽고 한 바퀴 앞선 상대가 다시 가까워진 순간, 그 옆으로 스르륵 미끄러지듯이 붙었다.

"그런 말씀 마시오. 노는 것은 중요한 것이니."

"…끈질기긴."

애시베리는 아예 상대도 하지 않고 또다시 눈 깜짝할 새에 빠져나가 버렸다. 본인은 떼쳐 내기 위해 취한 대응이었지만, 나나오는 반대로 더없이 단순하게 생각하고 있었다. **한 번 옆에 붙으면 한마디를 나눌 수 있다**. 그렇다면 그걸 반복하자. 상대의 마음이 바뀔 때까지 몇 번이고, 몇 십 번이고.

그리고 그녀는 정말로 그 생각을 실행에 옮겼다. 몇 바퀴가 되었건 조금도 속도를 늦추지 않고 코스를 따라 날다가 상대와 나란해진 타이밍에 반드시 말을 걸었다. 코너를 돌 때마다 덮쳐드는 중력과 관성에 뼈가 삐걱댔지만, 뺨 안쪽 살을 깨물어 실신하기 직전의 의식을 붙들어 맸다. 불과 몇 초의 기회를 얻기 위해 계속해서 날았다.

"소생의 나라에는! 급할수록 돌아가라는 속담이!"

"……."

무시하고 따돌리며 애시베리는 입술을 깨물었다. 말의 내용보다 상대의 우직한 태도 그 자체가 거슬렸다. 대화라고도 할 수 없는 이런 교류를 위해, 저 소녀는 얼마나 힘을 쏟을 생각인가? 왜 저렇게까지 온 힘을 다하는 것인가?

그런 생각을 하는 동안 한 바퀴가 더 지나가고, 몇 번째인지도 모르겠지만 나나오의 빗자루가 그녀의 바로 옆으로 붙었다. 한계를 넘어선 지 오래인 탓에 거의 빗자루에 들러붙다시피 한 자세로 소녀는 입을 열었다.

"…때로는…! 기분전환을 하는 것도…!"

"……아아, 정말!"

그 순간, 결국 마녀는 끈기 싸움에서 지고 말았다. 애시베리가 앞장서서 코스를 벗어나자 나나오도 그 뒤를 따라, 두 사람의 빗자루가 공중에서 큰 호를 그리며 지상으로 내려갔다.

"어울려 줄게! 하지만 딱 10분만이야! 그러면 되지?!"

"…영광이오…."

힘없는 목소리로 나나오가 말했다. 그렇게 해서 몇 초 후, 지상에 있는 선수들의 환호성을 받으며 착지한 순간… 그녀는 땅바닥에 철퍽 쓰러졌다.

요컨대 뇌빈혈이었다. 고속 영역에서의 공중기동(매뉴버)으로 인해 체내의 피가 지나치게 쏠려서 일어나는 이 증상은 빗자루 기수들에게 그리 보기 드문 것이 아니었다. 그 증상에 익숙한 선수들의 손에 운반되어, 그녀는 그대로 바람이 잘 통하는 나무그늘에 눕혀졌다.

"여기, 마실 거."

"고맙소…."

벌렁 드러누운 나나오의 입에 애시베리가 병에 든 음료를 천천히 부었다. 꼴깍꼴깍 소리를 내며 마시고서야 소녀는 겨우 한숨을 돌릴 수 있었다. 여자는 어이가 없다는 듯이 콧숨을 내쉬며 말했다.

"나 참…. 10년은 이르다고, 타임어택 중인 나와 나란히 날기에는."

"확실히, 그건 지금의 소생으로서는 따라잡지 못하겠소…. 무지막지한 속도더구려."

조금 전까지 뒤쫓고 있던 등을 떠올리며 나나오가 솔직한 감상을 입 밖에 냈다. 애시베리도 그 옆에 앉으며 답했다.

"당연하지. 빗자루 전쟁(브룸 워)과 빗자루 경주(브룸 레이스)는 요구되는 최고 속도의 영역이 근본적으로 다르니까. 빗자루의 최고 속도는 애초에 마법사라 해도 인간의 육체가 견딜 수 있는 게 아니야. 처음부터 그를 위해 만들어진 몸이 아니고서는."

"처음부터, 말이오?"

나나오의 시선이 옆으로 이동하여 그곳에 있는 상대의 몸을 머리끝부터 발끝까지 빤히 쳐다보았다. 군더더기를 전부 덜어낸 듯한 육체는 극한까지 벼린 칼날 같았다. 나날이 꾸준히 훈련하는 것은 물론이고 생활을 몽땅 거기에 바친 자만이 얻을 수 있는 몸이다.

그러나 짧은 침묵 후, 애시베리는 직전에 자신이 했던 발언을 되짚어 보고는 살며시 고개를 가로저었다.

"아니, 그 말조차도 정확하지는 않아. 실제로는 태어나기 전부터야. …육체부터 영체에 이르기까지, 내 몸은 그것을 위해 디자인됐어. 여러 세대에 걸친 품종개량에 품종개량을 거듭해서."

'처음부터'라는 표현으로도 부족하다고 마녀는 말했다. 본래 마법사는 한 세대 동안 도달할 수 없는 성과를 이루기 위해 아이를 낳고, 가문을 이어 가는 존재다. 그녀가 태어나기 한참 전의 시공(時空), 그 마도가 시작된 순간이 그녀의 스타트 지점인 것이다.

"마법사 가문의 아이는, 대부분 그 생애의 목표를 가진 채로 태어나. 우리 가문… 애시베리의 경우에는 '빗자루 비행술에서 가장 빠른 속도'. 그걸 달성하지 못하면 그 인생은 통째로 실패작이 돼."

"…실패작."

동방의 소녀가 앵무새처럼 나직하게 그 말을 되풀이했다. 그 옆에서 오로지 빨리 날기 위해 태어난 여자는 땅이 꺼져라 한숨을 내쉬었다. 어쩐 일로 자조 섞인 얼굴을 한 채.

"그렇건만. …다른 사람도 아닌 내가, 브룸 워라는 놀이에 너무 정신이 팔려 있었어."

그 시선 끝에 자리한 하늘에서 그녀의 팀원들이 찌르기봉(클럽)을 쉴 새 없이 부딪히며 싸우고 있었다. 그 광경은 어이가 없을 만큼 야만적이면서 언제나 즐거워 보였다. 떨어뜨리는 쪽도, 떨어지는 쪽도 그는 없이 환한 얼굴을 하고 있다.

브룸 워라는 게임은 본질적으로 그러한 것이다. 마법사들에게 주어진 온갖 억압과 책무… 그러한 것들로부터 잠시나마 해방되는 거다. 그렇기에 규칙 정비도 최소한으로만 이루어져, 선수들은 마음껏 자유롭게 하늘을 나는 것이다. 마치 아이들이 막대기로 하는 칼싸움의 연장선처럼. 아무리 경기의 수준이 높아져도 그 근본은 바뀌지 않는다. 당사자인 그들이 결코 바꾸고 싶어 하지 않을 거다.

문득, 옆에서 나나오가 보내오는 시선을 알아챈 애시베리가 정신을 차리고 그녀에게로 고개를 돌렸다.

"아… 착각하지 마. 딱히 브룸 워를 얕잡아 보는 건 아니야. 단순히 개인적인 우선순위를 말한 것…."

"음, 알고 있소. …실력 향상에 대해 고민을 하는 데에는, 뭔가 이유라도 있는 것이오?"

상대를 물끄러미 쳐다보며 나나오가 묻자, 애시베리가 그 시선에 입술을 삐죽거리며 답했다.

"…나한테 그런 걸 망설임 없이 물어보는 그런 부분이 네 강점이겠지."

물어본 것이 다른 상대였다면 그녀는 일고도 하지 않고 뿌리쳤을 거다. 하지만 이 후배의 말에는 야유하려는 의도나 가시 같은 것이 들어 있지 않다. 같은 하늘을 몇 번이나 날다 보니 저절로 알게 되었다.

뿌리칠 수 없다면 받아들이는 수밖에 없다. 체념 섞인 한숨을 한 번 내쉰 후, 애시베리는 후배의 물음에 답했다.

"…친한 캐처가 있었어, 예전에."

특출한 재능을 최상의 미주(美酒)로 비유한다면. 그것을 담을 만큼의 '격'을 지닌 그릇 역시 희귀할 수밖에 없다.

"…흥."

킴벌리에 입학한 지 얼마 안 되었던 시기의 애시베리가 바로 그러했다. 쉽게 말하자면 팀 안에서 눈에 띄게 고립되어 있었다.

입학 직후에 모든 빗자루 경기 팀으로부터 열렬한 가입 권유를 받은 끝에, 그러한 팀들 중에서 개인의 실력을 무엇보다도 중시한다고 알려진 블루 스왈로를 선택해 들어갔다. 그녀의 성격상 지극히 당연한 선택이었다. 하지만… 그럼에도 눈에 띄게 겉돌았다.

그녀 말고는 아무도 없는 연습장. 눈앞에 펼쳐진 쌀쌀한 새벽 하늘이 그녀의 처지를 단적으로 말해 주는 듯했다.

"이것 봐, 잠깐만. 아직 아무도 안 왔잖아. 캐처도 없이 날려고?"

애시베리는 개의치 않고 빗자루에 걸터앉았지만, 문득 등 뒤에서 누군가가 말을 걸어왔다. 누가 있을 줄은 몰랐던 탓에 그녀는 의외라 생각하며 슬쩍 시선을 돌렸다. 유달리 덩치가 큰 남자가 그곳에 서 있었다. 체격이 너무 좋은 나머지 손에 든 빗자루가 몹시도 작아 보일 정도였다.

"누구야, 당신."

"글쎄, 누구일까. 너랑 같은 팀의 2학년 중 한 명 같은데."

남자는 능청스럽게 말했다. 그 말을 들은 애시베리가 그가 누구인지를 기억해 내고는 아아, 하고 입을 열었다.

"…그러고 보니 있었지, 유달리 무식하게 큰 녀석이. 너무 눈에 띄어서 오히려 잊고 있었어. 그 몸은 아무리 봐도 빗자루 경기에 안 맞잖아."

"너에 비하면 모두가 다 그렇겠지. 하지만 안심하라고, 나는 애초에 캐처 지망이니까. 그래서 지금도 여기 있는 거고."

남자는 태연하게 웃으며 말했다. 그 말에 애시베리가 코웃음을 쳤다.

"그러고서 또 사흘 만에 질질 짜려고? …벌써 당신이 여덟 명째야. 이제 지긋지긋해. 도움도 안 되면서 아래에서 어슬렁거리기만 할 거면, 캐처 따위 없는 게 나아."

"미운털이 단단히 박힌 모양이군. 하지만 그것도 걱정 마. 정신 사납게 널 쫓아다니지는 않을 테니. 지금까지의 비행은 봤으니까. **떨어질 때만** 아래에 있으면 그만이야."

남자는 거리낌 없이 말했다. 네가 어떻게 나는지는 이미 다 파악했다는 듯한 태도에 울컥한 애시베리가 상대를 노려보았다.

"자신감이 대단하시네. …좋아, 정 그렇다면 시험해 주겠어. 지금부터 다섯 시간 동안 같이 연습하다 보면, 허세인지 아닌지 다 알게 되겠지."

"유감이지만 오늘은 두 시간밖에 못 해. 나는 나대로 할 일이 있으니까."

"뭐어? 할 일이라는 게 뭔데."

"미궁미식부의 바비큐 파티야. 매번 다른 고기를 먹을 수 있어서 얼마나 좋은데."

남자는 신이 나서 답했다. 그 말을 들은 순간, 애시베리는 울컥한 정도가 아니라 이마에 퍼런 힘줄이 튀어나올 만큼 화가 치밀었다.

"나를 보조하는 것보다 괴짜들 쪽이 우선이다 이거지? …배짱도 좋네, 당신."

"카카캇! 뭐 그렇게 화내지 말라고, 두 시간은 딱 붙어서 어울려 줄 테니까. 그 시간 동안에는 어떤 식으로 떨어지든 확실하게 받아 내 주지. 마음껏 추한 모습을 보여 봐."

남자는 계속해서 도발하듯 말했다. 그 불쾌한 얼굴에서 앞으로 다시 시선을 돌린 애시베리가 땅을 박차고 단숨에 하늘 높이 날아올랐다. 한 번이라도 실수하면 거기서 끝이다. 얼굴에 발차기를 박아 넣은 뒤 이름도 묻지 않고 연습장에서 쫓아내 주겠다고 결심하며.

결과적으로 두 시간 동안의 연습 후, 그녀는 상대의 이름을 알게 되었다.

빗자루 경기를 잘 모르는 자들 중에는 '캐처에게 고도의 기술이나 플레이어와의 상성 같은 게 필요한가'라는 의심 어린 시선을 보내는 이도 있다. 그들이 생각하기에 캐처란 시합장이나 연습장 전역에 골고루 배치되어 우연히 자신의 위로 떨어진 선수를 주문으로 받아 낼 뿐인 존재이기 때문이다.

물론 그것은 명확하게 실상과 다르다. 만약 넓은 필드 전역을 '우연히 위로 떨어진 상대를 받아 내는' 능력밖에 없는 캐처로 메우려면, 가볍게 백 명도 넘는 인원이 필요할 거다. 하지만 실제로 배치되는 건 열세 명. 한 사람이 맡은 범위의 넓이는 굳이 말로 설명하지 않아도 될 것이다.

"쉬익!" "후우읍!"

옆에서 애시베리가 클럽으로 날린 일격을 적 팀 선수가 강하해 종이 한 장 차이로 피했다. 상대를 처치하지 못한 여자가 혀를 차자, 눈앞에서 사냥감이 소리쳤다.

"후우~ 큰일 날 뻔했네! 하지만 그렇게 쉽게 떨어져 줄 수는 없지!"

"후우…."

상대의 말에 반박하듯 그녀는 지금 당장 떨어뜨려 주기로 결심했다. 강하한 적 선수를 뚫어져라 쳐다보면서, 애시베리가 그를 향해 고도를 낮췄다. 땅에 닿을 듯 말 듯한 곳에서 상승하기 시작한 상대를 그 상승 타이밍에 대각선 위쪽에서 덮친 것이다.

"…어? 잠깐, 야!"

한 박자 늦게 그 움직임을 알아챈 적 선수는 눈이 휘둥그레졌다. **지면 바로 위에 있는 자신을, 위쪽에서 기세를 실어 내려친다**. 그 행위가 의미하는 바는 너무도 자명해서.

"하아아아아아앗!"

예상대로 그녀가 클럽으로 적의 몸을 때린 순간. 무슨 수를 써도 피할 길이 없는 장해물… 요컨대 압도적인 면적을 지닌 **지면**이 그 눈앞을 가로막았다.

"후우우우우우욱!"

빗자루 끝이 풀밭에… 닿기 직전, 애시베리는 강제로 빗자루의 앞부분을 올려 풍압으로 잔디를 흩뿌리며 땅에 닿을 듯 말 듯하게 날았다. 억지스럽기 그지없는 궤도에 내장이 뒤집힐 듯한 부하가 온몸을 덮쳐, 제어가 불안정해진 빗자루가 덜컥덜컥 흔들렸다. 그 모든 것을 억누르며 재상승을 시도한다.

"……큭!"

하지만 한계는 그 타이밍에 찾아왔다. 상승을 위해 빗자루의 앞부분을 올린 탓에 빗자루의 꼬리가 가라앉아, 바로 아래 있던 지면에 접촉하고 만 것이다. 아슬아슬하게 유지되고 있던 균형이 결국 무너졌고 순간적으로 중심을 다시 앞으로 옮기려 했지만, 그 기세는 죽일 수 없어 수직으로 회전하고 말았다. 낙법을 하고 말고 할 여지가 없는 자세로 그녀의 몸이 땅바닥으로 빨려 들려던 순간….

"**기세여 줄어라—엘레타다우스**. …엇차."

그녀가 추락하는 방향에서 대기하고 있던 모건이 주문과 굵은 두 팔로 당연하다는 듯이 애시베리의 몸을 받아 냈다.

"정말로 예상을 배신하는 법이 없군. 방금 건 과한 추격의 시범 같던데?"

"…시끄러, 멍청아."

단단히 품에 안긴 자세로 욕지거리를 하며 그녀는 상대의 가슴을 주먹으로 때렸다. 그녀의 캐처는 그 정도로는 꿈쩍도 하지 않고 이를 드러내며 씨익 웃어 보일 따름이었다.

"…인정하고 싶지 않아. 인정하기는 싫지만."

지나간 시간에서 현재로 시점을 되돌려, 씁쓸한 얼굴로 마녀가 말했다. 자신의 나약함을 되돌아보는 행위는 상처에 손가락을 쑤셔 넣는 것과 다를 바가 없었다.

"그 녀석이 사라지고서, 전속력을 내는 게 무서워졌어. 속도가 일정 영역을 넘어서면 마음 어디선가 제동을 거는 게 느껴져. 그 앞으로는 가기가 싫어. …정말이지, 미칠 것 같아."

노골적으로 짜증을 내며 애시베리가 머리를 쥐어뜯었다. 그 모습을 물끄러미 쳐다보며 나나오가 조용히 물었다.

"…다시 한번 그분을 모실 수는 없는 것이오?"

"미궁에 들어가서 벌써 2년도 더 소식이 없어. 연구하고 있던 내용이 좀 그래서, 진작 마에 삼켜졌다 해도 놀랄 일이 아니야. 아마 내년 즈음 합동 장례식에 슬그머니 관이 추가되지 않을까."

나나오는 침묵했다. 처음 1년을 보내며 그녀도 실감했듯이, 킴벌리란 그런 곳이기에.

"설령 살아 있다 해도… 다시 그 녀석을 의지할 생각은 눈곱만큼도 없어."

마녀는 콧방귀를 뀌며 그렇게 말하고는 입을 다물었다. 두 사람 사이에 침묵이 흐르더니… 이윽고 그걸 떨쳐 내듯 애시베리가 말했다.

"…말을 너무 많이 했네. 아니, 듣고만 있지 말고 네 얘기도 좀 해. 너는 앞으로 어떻게 할 거야."

"소생의 장래 말이오?"

“그래. 빗자루를 타고 살아갈 거라면 일찌감치 목표를 정해야지. 프로 빗자루 경기 플레이어를 목표로 해도 좋고, 마법공전(魔法空戰)의 에이스를 목표로 해도 좋아. 너라면 어디서든 빛날 수 있을 테니까. 떨어뜨리는 게 사람이냐 마수냐만 다를 뿐이지.”

화제가 상대에 관한 것으로 바뀌자마자 그녀는 수다스럽게 말을 쏟아 냈다. 프로를 목표로 할 거라면 어느 팀이 좋을지, 선수층이 두터운 건 어디고, 지도자가 우수한 곳은 어디고, 반대로 마음에 안 드는 곳은….

그렇게 전문지식을 차례로 늘어놓았다. 그러나 자신의 장래에 관한 선택지인 듯한 여러 가지 전망을, 나나오는 남의 일인 양 계속 듣고만 있었다. 귀로 들어오는 모든 내용에서 현실감이 느껴지지 않았다. 며칠 후라면 모를까… 한참 뒤의 미래에 관해 생각하는 것이, 그녀는 아직 낯설기만 했다.

“관심 있으면 더스틴 선생님한테 물어보도록 해. 그 사람이라면 좋아라 하며 상담에 응해 줄 테니까. 계속 널 지도하고 싶어서 근질근질한 눈치였거든.”

상대의 그런 심경도 어렴풋이 알아챘지만, 애시베리는 씩 웃으며 말을 덧붙였다. 나나오는 순순히 고개를 끄덕였다. 충고의 내용보다 그녀는 단순히… 눈앞에 있는 선배의 배려가 기뻤던 것이다.

같은 날 수업 후. 우의의 방에 모여 평소처럼 여섯 명이 저녁 식사를 하고 있는데, 문득 장신의 소년이 포크를 움직이던 손을 멈추고서 말했다.

"좀 물어보고 싶은 게 있는데, 나나오."

테이블을 사이에 끼고 대각선 자리에 앉은 소녀를 향해 가이가 입을 열었다. 어째서인지 친구의 얼굴이 진지하기에 나나오는 놀라며 시선을 보냈다.

"음? 무슨 일이오, 가이?"

"아아, 그게 말이야. …애시베리 선배, 지금 어떻게 지내냐? 왜, 네가 시니어 리그 데뷔전에서 붙었던 블루 스왈로의 에이스 말이야. 최근 들어 시합에 안 나오는 것 같아서."

그녀에게는 기억에 새로운 인물에 관한 이야기였다. 낮에 있었던 일을 떠올리며 나나오는 답했다.

"오늘도 말을 나누고 온 참이오. 지금은 브룸 위에서는 거리를 두고, 빨리 날기 수련을 하고 있는 듯했소만."

"아~ 타임어택 쪽에 집중하고 있구나. 좀 어떤 것 같아?"

가이가 거듭 묻자, 그의 시선 끝에서 나나오는 팔짱을 낀 채 고개를 푹 숙이고 말았다. 롤 헤어 소녀가 의외라 생각했는지 대화에 끼어들었다.

"별일이네요. 나나오가 말하기를 망설이다니."

"흐음. 말하기를 망설인다기보다는… 어디까지 이야기해도 될는지."

소녀를 고민케 한 것은 다름이 아니라 분별력과 예의였다. 블루 스왈로의 에이스가 자신의 약점을 타인에게 드러내는 것은 결코 흔한 일이 아니다. 그 사실을 알기에 낮에 나눈 이야기를 여기서 입 밖에 내는 것이 주저되었다. 매사에 관대한 듯하지만 그러한 선은 잘 지키는 것이 나나오라는 인간이었다.

그렇게 말하니 가이도 꼬치꼬치 캐물을 수가 없었다. 두 사람의 대화가 난항을 겪고 있는 것 같자, 안경 쓴 소년이 조용히 도움의 손길을 내밀었다.

"…그냥 호기심에 물어본 게 아니야. 내가 이야기할게, 가이, 캐티."

그렇게 말하며 피트가 두 친구에게 눈짓을 했다. 각자 고개를 끄덕여 답하는 것을 확인한 후, 안경 쓴 소년은 그대로 사정을 설명하기 시작했다.

2층을 탐색하던 중에 마수의 공격을 받았다고, 그러다 가이가 거대수(일루민술)에서 떨어져 궁지에 빠졌었다고, 그런 상황에서 모건이라는 상급생이 도와줬다고. 이야기가 진행될수록 그때까지 가만히 있던 올리버의 얼굴에 놀란 빛이 역력해졌다.

"…2층에서 그런 일이 있었구나."

"그래, 한심하게도 말이야. …아무튼 그 사람은 블루 스왈로의 에이스가 지금 어떻게 지내는지를 알고 싶어 했어. 생명의 은인의 부탁이기도 하다 보니 아주 무시할 수는 없어서 말이야. 앞으로도 종종 2층에 오겠다고 해서, 다음에 만나면 애시베리 선배의 현재 상황을 보고해 주고 싶었는데."

"그래 주시오!"

가이가 이야기를 마친 순간, 나나오가 테이블 위로 몸을 내민 채 소리쳤다. 놀란 다섯 명의 시선이 집중된 가운데, 동방의 소녀가 진지한 얼굴로 말했다.

"…옛 캐처에 관한 이야기를 들었소. 아마도 가이가 만난 그분일 것이오.

살아 계시다니 다행이오. 가능하다면 당장에라도 만나게 해 드리고 싶소."

나나오가 힘 있는 목소리로 자신의 희망을 입 밖에 냈다. 그 말을 들은 가이는 난감하게 됐다는 듯이 팔짱을 끼고서 모건이 했던 말을 떠올렸다.

'사실은, 별로 괜찮지가 않아. 난 곧 죽어.'

'화염에 좀먹히고 있거든. 카캇. …억제할 수 있다고 생각했는데 말이지.'

"동감이기는 하지만. 좀 전에 말했던 이유로 모건 선배 쪽은 미궁에서 나올 수가 없단 말이지…. 이거 어쩌면 좋을까."

그렇게 말하며 문제를 해결하기 위한 지혜를 구하고자 올리버와 셰라를 바라보았다. 두 사람은 얼굴을 마주 보더니 순서대로 자신들의 생각을 내놓았다.

"우리끼리 고민해 봐야 뾰족한 수는 없어. 우선은 본인들에게 상황을 전달해야지."

"맞아요. 애시베리 선배 쪽에는 나나오가 간다 치고, 모건 선배 쪽에는… 가이, 캐티, 피트, 다음에 만나면 말을 좀 전해 주시겠어요?"

"그래, 그럴게." "가이를 구해 준 은혜가 있으니까." "원래부터 그럴 생각이었어."

세 사람이 힘찬 목소리로 승낙했다. 그 모습을 본 올리버가 다른 걱정 때문에 입을 열었다.

"그렇게 답변해 주니 믿음직하지만… 세 사람 모두, 2층을 탐색하는 데 문제는 없는 거야?"

그렇게 물은 순간, 조금 전까지 의욕이 넘쳐 나던 세 사람의 움직임이 딱 멈췄다. 고개를 푹 숙인 캐티와 피트의 입에서 조금 전과는 딴판으로 작아진 목소리가 흘러나왔다.

"…아직 거대수를, 못 넘었는데요…."

"…8부 능선까지는 갔어. 거의 성공할 뻔했다고."

"내려가는 길도 남아 있다는 걸 잊지 말라고, 피트. …뭐, 아마도 두 달 이내로는 성공할 것 같지만."

"맞아맞아! 성가시단 말이지, 그 커다란 나무!"

낯선 목소리가 세 사람의 말 뒤에 따라붙었다. 놀란 여섯 명이 소리가 난 방향으로 시선을 돌리자, 그곳에는 요전에 알게 된 전학생… 유리 레이크라는 소년이 그늘 없는 미소를 띤 채 서 있었다.

올리버는 물끄러미 그 얼굴을 바라보았다. 고의적으로 경계심이 전해지도록 하며 그는 입을 열었다.

"…대화에 끼고 싶으면 하다못해 양해를 구해 주겠어, 미스터 레이크?"

"유리라고 불러도 돼! 이야, 미안미안, 미궁 이야기를 하기에 끼고 싶어서. 사실은 나도 2층에서 험한 꼴을 당한 참이거든. 여기, 이것 좀 봐."

그렇게 말하며 딱딱한 깁스를 한 왼팔을 내밀었다. 부상을 당한 마법사치고는 너무 과장스러운 그 모습에 올리버는 눈살을 찌푸리며 물었다.

"…골절 정도로는 그렇게 되지 않을 텐데. 뜯겨 나간 거야?"

"응, 당했어! 조롱의 부리에 으지직 하고 말이야. 사흘 동안은 깁스하고 있으라더라. 무진장 불편해!"

"벌써 미궁에 들어간 건가요? 킴벌리에 온 지 얼마 되지도 않았는데.”

“선배들도 무모하다고 했지만, 그렇게 재밌어 보이는 곳을 어떻게 그냥 지나쳐! 팔이 나으면 바로 재도전하려고!”

유리는 의욕을 내비치며 그렇게 말했다. 그러더니 문득 올리버 일행에게 슬쩍 의미심장한 눈빛을 보내며 목소리 톤을 낮춰서 말을 이었다.

“하지만 확실히, 혼자서는 살~짝 불안해서 말이야. 같이 가줄 동료가 있으면 든든할 것 같은데에…. 어떻게 안 될까?”

“단호하게 거절하겠어.” “무슨 일이든 순서가 있는 법이에요, 미스터 레이크.”

올리버와 셰라가 단호하게 거절했다. 그 말에 유리가 호들갑스럽게 어깨를 축 늘어뜨렸다.

“크윽, 매정하긴! …어쩔 수 없지, 그럼 미궁에서 보자! 안녕!”

유리는 간단히 물러나 깁스를 한 왼팔을 붕붕 흔들며 떠나갔다. 다 낫지도 않은 팔이 떨어지면 어쩌려고 저럴까, 생각하며 올리버는 또 다른 지인에게 의견을 구했다.

“로시. 미스터 레이크에 관해 어떻게 생각해.”

“…아니, 왜 딴 테이블에 있는 나한테 묻고 그런디야.”

옆 테이블에서 화국(유타리) 사투리를 쓰는 소년이 파스타를 돌돌 말던 포크를 멈추며 대꾸했다. 올리버는 개의치 않고 답했다.

"초면에 수상쩍게 구는 게 똑 닮은 것 같아서."

"너, 요즘 나를 너무 막 대하는 거 아녀?!"

불평을 하면서도 로시는 의자를 올리버 일행이 있는 쪽으로 돌렸다. 우의의 방을 나서는 유리의 뒷모습을 곁눈질하며 그는 흥, 하고 콧방귀를 뀌었다.

"기대에 못 미쳐서 미안허지만, 초록이 꼭 동색이란 법은 없당께. 저건 내가 봐도 기분 나뻐야."

"…무슨 뜻이죠?"

셰라가 되묻자 로시가 한쪽 눈의 눈꺼풀을 손가락으로 잡아 위아래로 벌렸다.

"**눈이 글러먹었어**. 이짝을 보는 저놈 눈이, 딱 개미집을 들여다보는 어린애랑 똑같구먼."

그렇게 말하고 당사자가 떠나간 방향으로 시선을 고정한 채, 소년은 노골적으로 표정을 구기며 말을 이었다.

"예를 들어서 말이여… 저거는 내가 느닷없이 얼굴을 후려쳐도 실실거릴 것이구먼. 기분 나쁘다는 건 그런 뜻이랑께."

이 정도면 알아들었을 거라는 듯이 로시는 다시 식사를 하기 시작했다. 올리버가 복잡한 얼굴로 턱에 손을 댔다.

"…참고가 됐어. 방해해서 미안해, 로시."

"됐어야~ 그보다 잊지 말어야, 내일모레 오후 7시여."

"그래. 늘 보던 곳에서 보자."

가볍게 답하고 로시에게서 시선을 뗀 올리버는 같은 테이블에 앉은 면면에게로 다시 고개를 돌렸다. 가이가 그의 귓가에 입을 대고서 조용히 말했다.

"…꽤 잘 지내는 것 같다, 저 녀석하고도?"

"뭐… 일주일에 한 번 정도 결투를 하다 보면 싫어도 조금은 가까워질 수밖에."

"…으음. 부럽구려."

나나오가 입술을 삐죽거리며 중얼거렸다. 올리버와 가볍게 검을 섞을 수 없는 그녀의 입장에서는 지금의 로시가 더없이 부러울 따름이었다.

그런 그녀의 기분을 달래 주기라도 하듯, 옆에서 셰라가 토닥토닥 그녀의 등을 두드리던 중… 또다시 테이블 밖에서, 이번에는 귀에 익은 목소리가 끼어들었다.

"오, 여기들 있었네. 안녕, 얘들아. 테이블에 끼어도 될까?"

"어, 밀리건 선배?"

한쪽 눈을 앞머리로 가린 마녀, 베라 밀리건이 그들의 테이블로 걸어오고 있었다. 놀란 캐티 옆에서 셰라가 곧장 그녀를 위한 자리를 준비했다.

"여기 앉으세요. 별일이네요, 우의의 방을 찾으시다니."

"고마워. 교내에서 얼굴을 좀 팔아 둘 필요가 생겼거든."

"얼굴을… 팔아요?"

의미심장한 표현에 캐티가 고개를 갸웃했다. 나머지 다섯 명도 흥미로운 시선을 보내는 가운데, 셰라가 권한 차로 입술을 적신 후 밀리건은 고개를 끄덕이며 입을 열었다.

"순서대로 말할게. 교사 두 명의 행방불명도 큰 사건이기는 하지만, 우리 학생들에게는 훨씬 직접적인 문제가 있다는 걸 잊어서는 안 되지. 뭔지 알겠니?"

밀리건이 거꾸로 되묻자 캐티, 가이, 피트, 나나오, 넷은 어리둥절한 표정을 지었고, 나머지 두 사람은 상대가 무슨 말을 하려는 것인지 알아채고 진지한 표정을 지었다. 그 모습을 확인한 마녀가 빙긋 웃었다.

"올리비 군과 셰라 양은 눈치를 챈 것 같네. 그래, 그건…."

"고드프리의 후계 문제에 관해 결론을 내야만 해."

같은 시각. 문 위에 걸린 학생회 본부(스쿨 포스 헤드쿼터스)라는 간판이 위엄을 뽐내는 방 안에서 현 킴벌리 학생회의 면면들이 회합을 가지고 있었다.

사각형으로 붙인 책상 주변을 멤버들이 거의 빈틈없이 메우고 있다. 베테랑인 상급생부터 신입인 하급생, 전선팀부터 지원팀까지 모두 모인 그 광경은 이날의 모임이 얼마나 중요한지를 여실히 말해 주고 있었다. 그런 가운데, 상석의 좌측에 앉은 현역 최고참에 해당되는 핵심 멤버 중 하나인 6학년 여학생, 레세디 잉웨가 말을 이었다.

“우리 6학년은 내년이면 졸업해. 인수인계 기간을 염두에 두자면 학생총괄의 임기는 1년도 안 남았지. 성질 급한 녀석은 다음 총괄 선거에 대비해 움직이기 시작할 시기야.”

“…그래. 우리도 누굴 지지할지 정해야겠지.”

두 측근 사이에 앉은 학생총괄, ‘연옥’ 알빈 고드프리가 엄격한 표정으로 손깍지를 낀 채 말했다. 모두가 그 심경을 공유한 듯 실내의 분위기가 무거워진 순간… 문득 고드프리의 우측 자리에서 분위기와 맞지 않는 밝은 목소리가 울려 퍼졌다.

“표정이 왜 그렇게 심각해요, 선배! 당연히 저를 지지하셔야죠!”

“닥쳐, 독살마! 그럴 수가 없어서 다들 이런 표정을 짓고 있는 거잖아!”

레세디가 책상을 두들기며 소리쳤다. 옆에 앉은 금발의 5학년… 팀 린턴이 놀란 표정을 짓는 것을 곁눈질하며 고드프리는 매우 거북한 투로 목소리를 쥐어 짜냈다.

“…팀. 내 뒤를 이어 주려 하는 그 마음은 솔직하게 기쁘다. 기쁘기는 하지만….”

“말을 돌리려 하지 마, 고드프리! 확실하게 말해 주라고, 이 녀석한테는 인망이 너무 없다고!”

레세디가 직설적으로 지적했다. 그러자 말석에 앉은 동료들이 동의하는 목소리를 냈다.

"누구에게나 맞지 않는 일이 있기 마련. 그런 거야, 팀."

"우의의 방에서 독을 퍼뜨렸던 사건은 지금도 다들 기억하니까 말이지…. 하다못해 그 일만이라도 없었다면, 이제라도 억지로 밀어붙일 수 있었겠지만."

학생회 멤버들이 하나같이 떨떠름한 얼굴로 고갯짓을 주고받았다. 침통해진 분위기를 다잡듯, 고참 상급생 중 한 명이 손뼉을 쳤다.

"뭐, 그건 그거고. 이제 와서 팀을 나무라 봐야 소용없잖아. 무난하게 4~5학년에서 적임자를 찾자고. 아, 참고로 나는 사양할게."

"나도 사양이야…." "솔직히 말해서 이어받을 자신이 없어."

테이블을 둘러싼 멤버 중 대략 절반에 해당되는, 주로 활동의 후방 지원을 담당했던 학생들이 저마다 같은 의사를 표명했다. 예상했던 반응이기는 했지만 그 말을 들은 레세디가 머리를 싸쥐었다.

"…착각하지 마라, 너희. 딱히 '연옥'의 뒤를 이으라는 게 아니야. 학생총괄로서 학생회를 이끌어 주기만 하면…."

"아니~ 그게 말이 쉽지." "보나마나 비교당할 거 아냐, 전임 총괄이랑."

"지금의 킴벌리는 빈말로도 평화롭다고 할 수 없는 상태이기도 하고."

"상응하는 무력이 필요해. 최소한 상급생 중 상위 3분의 1에는 들어야지."

냉정한 분석이 멤버들의 입을 통해 돌아왔다. 부정하고 싶은 마음은 굴뚝같았지만 레세디도 고드프리도 그럴 수가 없었다. 그들 역시 겁이 나서가 아니라 자신의 역량이 부족하다는 것을 솔직하게 인정하고서 내린 결단이기 때문이다.

하지만 모두가 그렇지는 않았다. 잠시 후… 나머지 절반의 멤버가 하나둘씩 손을 들기 시작했다.

"…저에게 자질이 있다고는 생각지 않지만. 다른 지원자가 없다면… 제가 할게요."

"저도 마찬가지입니다. 총괄이 어렵게 만들어 준 흐름을 여기서 끊기게 할 수는 없으니까요."

"…저도요!"

학생들이 힘찬 목소리로 자원하고 나섰다. 그 모습에 고드프리는 미소를 지어 보이며 답했다.

"고맙다. …너희의 목소리가, 너무도 든든하군."

"으음…. 예상은 했지만 역시 대부분 전선팀인가."

레세디가 고민스러운 얼굴로 턱에 손을 가져다 대었다. 방금 손을 든 면면은 대부분 지금까지의 학생회 활동에서 전선(前線)

을 맡고 있던 이들… 요컨대 현장에서 실력을 행사해 온 강자들이었다. 무력과 배짱만 보면 믿음직한 반면, 능력이 그쪽에 편중되어 있어 정치적인 면에는 적성이 없는 이가 많았다. 고드프리도 결코 요령이 좋은 편은 아니었지만 그에게는 그런 단점을 보충하고도 남을 만큼의 구심력과 인망이 있었다.

"팀보다는 훨씬 낫지만 누굴 선택해도 승리를 장담할 수는 없겠는걸, 이거. …일단 이야기의 방향성을 바꾸지. 학생회 외부 입후보자들에 관한 예측 작업은 어떻게 되고 있지?"

회의가 난관에 봉착했다고 판단한 레세디가 다른 문제를 언급했다. 그 말을 들은 한 멤버가 그녀의 앞에 서류를 꺼내 놓았다. 여러 학생들의 이름이 적힌 명부다.

"역시나 **이전 학생회** 파벌에서 입후보를 표명한 이들이 많습니다. 멤버만 보아도 제대로 칼을 갈았네요, 이거."

"그렇겠지. 저들에게는 3년 만의 복권(復權)이 걸린 일이니."

고드프리가 무겁게 고개를 끄덕였다. 그렇게 더욱 무거워진 분위기를 두고 볼 수가 없었는지, 명부를 손에 든 학생이 그 속에서 밝은 주제를 찾아내어 언급했다.

"아, 하지만 입장이 우리와 가까운 입후보자도 꽤 있어요. 그럭저럭 유력한 사람을 꼽자면…."

"…차기 학생총괄 베라 밀리건. 듣기만 해도 멋지지 않아?"

대담한 미소를 띤 채 사안(蛇眼)의 마녀가 말했다. 그 말을 들은 순간, 올리버를 비롯한 여섯 명은 눈이 휘둥그레졌다.

"…어, 그러면." "입후보하시려고요?"

"응. 재미있을 것 같아서. 킴벌리 최초의 인권파 학생총괄을 노려 보는 것도."

그렇게 말하며 밀리건은 홍차에 입을 댔다. 올리버와 셰라는 조용히 생각에 잠긴 끝에 그녀의 의도를 헤아려 냈다.

"…고드프리 총괄의 후계자가 정해지지 않았다면, 이번 선거에서는 상당한 혼전이 벌어지겠네요."

"거기에 선배의 입장을 대입시키면… 실질적으로 현 학생회와 손을 잡고 싸우시려는 겁니까."

"둘 다 정말 날카롭네. 바로 맞혔어. 정세가 이러면 선거의 분위기에 따라서는 나한테도 승산이 있지 않겠어?"

과연. 올리버도 고개를 끄덕였다. …결정적인 후보가 없는 선거에서는 종종 뜻밖의 인물이 당선되기도 한다. 그것은 킴벌리에서도 예외가 아니다. 밀리건 역시 그 기회를 잡으려는 사람 중 한 명인 것이리라.

"뭐… 무슨 수를 써서든 이기고 싶냐고 하면, 그렇지는 않지만. 굳이 말하자면 '현 학생회가 지지 않았으면 좋겠다'는 생각이 커. 나는 지금의 킴벌리가 그럭저럭 마음에 드는 사람이라

고드프리 총괄이 취임하기 이전의 상황으로는 돌아가지 않았으면 해.”

“…이전의 상황, 말인가요?”

“응. 너희도 알겠지만 킴벌리에서는 선거로 선출된 학생총괄에게 학생회를 조직할 권한이 주어져. 어떤 직책에 누구를 임명할지는 완전히 학생총괄의 재량이라 단 한 번의 선거로 학생회가 완전히 다른 조직이 될 수도 있지. 다름이 아니라 고드프리 총괄도 그렇게 해서 지금의 학생회를 구축했고.

현 학생회의 중심 멤버와 나는 그 당시부터 친분이 있었어. 저들이 아직 아무런 뒷배도 없는 자경단에 불과했던 시절부터 이어신 인연이지. 이런 상황에서 편을 들어주고 싶어질 만도 하잖아?”

밀리건은 공감을 구하듯이 말했다. 하지만 완전한 거짓말은 아닐지 몰라도 그것이 입후보를 하는 주된 목적이라고 믿을 만큼 올리버 일행도 무르지 않았다. 그녀에게는 그녀 나름의 목적이 있어서 학생총괄의 입장을 노리고 있다고 봐야 할 거다. 문제는 그 사실 앞에서 그들이 어떻게 대응할 것인가다.

한편, 이곳에 있는 여섯 명 중 가장 고민스러운 입장에 있는 것은 곱슬머리 소녀였다. 긴 침묵을 거쳐, 나름대로 큰 결심이 필요한 상황에 대한 갈등 끝에 그녀는 가녀린 목소리로 답을 쥐어 짜냈다.

"………………응원, 할게요."

"고마워, 캐티 양. 너라면 그렇게 말해 줄 줄 알았어."

밀리건이 두 손을 뻗어 사랑스럽다는 듯이 소녀의 머리카락을 휘저었다. 그와 동시에 마녀는 나머지 다섯 명에게로 시선을 옮겼다.

"나한테 표가 모이면, 그 표를 필요에 따라 현 학생회 측의 입후보자들에게 넘길 수도 있어. 하지만 선거전의 분위기에 따라서는 저들이 나한테 표를 넘기게 될지도 모르지. 손을 잡고 싸우겠다고 한 건 그런 뜻이야."

확실히 그렇게 될 수도 있겠다고 올리버도 생각했다. …지금까지 들은 바에 따르면, 지금의 밀리건은 '선거의 분위기에 따라서는 승산이 있을지도 모른다'는 수준이고, 다른 이들보다 특출하게 유력한 후보는 아닌 듯하다. 당연히 그녀도 자신이 승리하는 것에 대한 집착이 그렇게 크지는 않을 거다. 현 학생회 진영에 빚을 지워 두기만 해도 두고두고 얻을 게 많을 테니.

그렇게 올리버가 말없이 그녀의 의도를 짐작하고 있는 가운데, 가이가 손을 번쩍 들었다.

"질문 하나 해도 되겠습까."

"물론이지. 뭐든 물어봐, 가이 군."

"넵. 선거가 내년이면, 누군가가 당선되는 것도 내년이죠? 그때면 선배는 이미 6학년일 테고, 만약 학생총괄이 돼도 다음 연도가 끝나면 졸업해야 하고요. 그럴 경우, 바로 다음 선거를 치릅니까?"

"아아, 과연, 시스템에 관한 이야기구나. 결론부터 말하자면 그렇지는 않아. 우선 학생총괄의 임기는 3년으로 정해져 있는데, 그동안 본인이 졸업할 경우 후배 중에서 후임을 자유롭게 지명해서 나머지 임기를 이어받게 해. 그래서 4학년에서 6학년까지 누구든 입후보할 수 있는 거고. 아무리 그래도 7학년은 무리지만."

"아, 그런 식이었습니까. 요컨대 선배는 임기 도중에 졸업해도 마음에 드는 상대에게 뒤를 맡길 수 있다 이거죠?"

"바로 그거야… 라고 하고 싶지만, 완전히 내 마음대로 정할 수는 없겠지. 학생총괄이 되는 데 성공한다 쳐도 그 후에 고드프리 파벌의 힘을 빌리게 될 게 뻔하니까. 그래도 강하게 추천할 수는 있겠지. 캐티 양, 너는 어떠니? 내가 졸업할 때면 5학년인데."

"스톱! 머리가 터질 것 같아요! 지금은 더 이상의 고민거리를 떠안기지 말아 주세요!"

캐티가 양쪽 귀를 손으로 막고 정보를 거부했다. 그 모습을 흐뭇하다는 눈으로 바라본 후, 밀리건은 같은 테이블에 앉은 모두에게로 시선을 돌렸다.

"이래 봬도 인망은 있는 편이라고 생각해. 당선될지는 둘째 치고, 그냥 들러리 노릇이나 하다 끝낼 생각은 없어. 하기로 한 이상 나도 제대로 할 거야.

그런고로 너희의 힘을 빌리고 싶어. 너희는 하급생 중에서도 존재감이 있는 편이고, 같은 학년과 후배들에게 적지 않은 영향력도 지녔잖아. 뭔가 특별한 걸 해 달라는 게 아니고 '베라 밀리건에게 투표할 거다'라는 뜻을 표명해 주기만 해도 돼. 그것만으로도 분위기는 만들어질 테니까."

상황 설명을 마친 후, 본격적으로 선거 활동에 협력해 달라고 부탁했다. 서로의 표정을 살피는 여섯 사람을 향해 밀리건은 온화한 투로 말을 이었다.

"물론 강요하려는 건 아니야. 너희는 고드프리 총괄에게도 신세를 졌을 테니, 현 학생회에서 나온 입후보자 중 지지하고 싶은 인물이 있다면 그쪽에 투표해도 돼. 하지만 방금 설명했듯이, 나한테 투표한다는 건 그들을 응원하는 데에도 유효한 수단이야. 그 점은 기억해 주면 좋겠어."

거기까지 이야기한 후, 사안의 마녀는 조용히 자리에서 일어났다.

"이야기는 이로써 끝이야. 그럼… 나는 여기서 좀 더 하급생들에게 얼굴을 팔아 볼까."

그렇게 말하며 밀리건은 선뜻 물러갔다. 남겨진 여섯 명이 한동안 그 뒷모습을 바라보던 중… 안경 쓴 소년이 가장 먼저 입을 열었다.

“…난 저 사람에게 투표하겠어. 어차피 딱히 응원하고 싶은 상대도 없고… 살바도리 사건 때 도움을 받았던 걸 생각하면 거절할 수가 있어야지.”

“그런 식으로 치면 그때 기숙사에 남았던 나도 거절 못 하겠군….”

“거절할 이유가 없으니. 소생은 밀리건 공을 응원하겠소.”

피트에 이어 가이, 나나오도 밀리건을 응원하겠다는 뜻을 밝혔다. 그들의 반응을 살핀 후 셰라가 고민스럽게 고개를 푹 숙였다.

“…캐티를 납치했던 일을 잊은 건 아니지만, 저분에게는 그 이후로 몇 번이나 신세를 졌지요. 무엇보다도 캐티 본인이 응원하겠다고 했고요. …하지만 저는 일단, 다른 후보자들의 상황을 보고서 결정하고 싶네요.”

그렇게 말하고서 올리버를 흘끔 쳐다보았다. 오래지 않아 소년도 입을 열었다.

“…나도 보류해 두겠어. 확인하고 싶은 것도 있어서.”

신중을 기해 올리버가 말했다. 학교 전체의 변화가 걸린 일인 이상, 그는 그걸 가볍게 결정할 수 있는 입장이 아니다. 셰라도 가볍게 고개를 끄덕이고서 식어 가는 자신의 홍차를 집어 들었다.

“…어찌 되었건, 선거에서 혼전이 예상된다니, 또 어떤 사람들이 입후보할지 궁금하네요….”

밀리건의 말대로 킴벌리에서는 선거로 선출된 학생총괄에게 학생회를 편성할 권한이 주어진다. 어떤 직책을 두고, 거기에 누구를 임명할지… 그러한 것들은 모두 학생총괄이 지닌 인맥에 의해 정해진다.

당연히 믿을 만한 동료도 없이 학생총괄에 뜻을 두는 학생은 없다. 그들 중 대부분은 다수의 지지자… 당선되는 즉시 학생회의 전신이 되는 집단을 이미 이끌고 있다. 고드프리의 경우에는 과거에 조직했던 교내 자경단이 그에 해당되며 팀 린턴이나 레세디 잉웨, 지금은 고인이 된 카를로스 위트로와 같은 핵심 멤버도 그 당시부터 알고 지낸 사이였다.

한편, 여기에는 그 반대의 패턴도 존재했다. 애초에 인맥이 집단을 낳는 것이니, 학생회라는 틀이 사라진다 해도 그로 인해 멤버들 간의 교류까지 사라진다는 법은 없다. 즉… 하나의 학생회가 해산한 후, 그 멤버들이 계속해서 강한 영향력을 지닌 집단으로서 남는 경우도 간혹 있는 것이다. 그 상태에서 **재기**를 노리는 경우 또한 마찬가지다.

미궁 제1층 '고요한 미로'. 상급생부터 하급생까지, 학내의 비공인 거점이 다수 자리하는 계층. 그 비밀의 방 중 하나에 숙련된 솜씨로 셰이커를 흔드는 경쾌한 소리가 울리고 있었다.

"다 됐습니다. 개전을 앞두고 사기를… 아니, 미리 마시는 승리의 축배라고나 할까요?"

날씬한 남자가 그렇게 말하며 손을 멈추더니, 눈앞에 늘어선 세 개의 잔에 완성된 칵테일을 따랐다. 그는 그렇게 채운 잔의 다리를 잡아, 다트용 화살을 던지듯 그것을 세 방향으로 투척했다. 술은 빙글빙글 돌며 한 방울도 흐르지 않고 날아가 각자의 손안에 들어갔다.

"완승(完勝) 이외의 결과는 있을 수 없어. 준비하는 데 몇 년을 들였는데."

벽에 등을 기대고 선 여학생이 그렇게 말했다. 피부가 하얀 것으로 알려진 대영마법국(이에르그란드)의 사람과 비교해도 한층 흰 피부, 그리고 무엇보다도 길고 뾰족한 귀는 그녀가 엘프라는 것을 말해 주고 있었다. 셰이커를 내려놓은 남학생이 쓴웃음을 지어 보이며 말을 받았다.

"3년 정도는 엘프에게 눈 깜짝할 새일 텐데요."

"나는 성질이 급해. 그래서 숲에서 나왔지. 몇 번을 말해야 알겠어, '취사(醉師)'."

씨익 웃으며 말한 후, 엘프 여학생은 입에 댄 잔을 단숨에 기울였다. 혀를 타고 목으로 미끄러져 내리는 주정(알코올)을 말없이 맛보고, 도취되고, 감복했다. 교내의 술꾼들에게 '1만 베르크의 한 잔'이라 불릴 만한 실력이다.

"모두 물리쳐 보이겠습니다. 고드프리가 옹립하는 후보도, 그 이외의 어중이떠중이들도."

몹시도 진지한 분위기의 남학생이 손에 든 술에 입을 대지 않고 테이블에 내려놓더니, 방 안쪽에 앉은 한 상급생 앞에 무릎을 꿇으며 말했다. 극진한 태도의 그 말을 들은 남자가 긴 금발을 흔들며 조용히 고개를 끄덕였다. 늘씬하게 큰 키와 이목구비가 또렷한 아름다운 얼굴을 지녔지만, 오래된 화상으로 인해 절반이 검붉게 짓물러 있었다. 원판이 완벽하다고 할 수 있을 정도로 아름다웠던 탓에 그 모습에서는 이상할 정도의 박력이 느껴졌다.

"그래, 그래야지. '연옥'에게 우리의 배움터를 맡겨 두는 건 올해가 끝이다.

너의 당선을 계기로 선언하자. 옛 교풍의 부활을. 소리 높여 부르짖자…. 우리가 진정한 킴벌리 학생회라고!"

아름다운 얼굴을 처절하게 일그러뜨리며 남자가 말했다. 그 이름은 레온시오 에체발리아. 이전 선거에서 알빈 고드프리와 학생총괄의 자리를 두고 싸운 남자였다.

'보고 싶으냐. 피를 토하고 비명을 지르며 몸부림을 쳐 대는 노르의 모습을.'

가슴이 욱신거린다. 그윈의 말이 머리에 울려 퍼질 때마다 터무니없는 무력감이 소녀를 괴롭혔다.

'이곳에 네가 할 수 있는 일은 아무것도 없다.'

굳이 말하지 않아도 너무도 잘 아는 사실이다. 아니… 이제는 무엇을 하고 있건 떠올랐다. 광노(狂老)와의 사투 중, 목숨 바쳐 지켜야 할 주군이 자신의 목숨을 불살라 싸움을 이어 가던 모습이.

그 광경이 모든 것을 말해 주고 있었다. 지금은 고인이 된 어머니에 대한 끝없는 그리움, 그녀와는 너무도 다른 자기 자신에 대한 끝 모를 부정과 절망. 그 격정과 혼돈에 진심으로 전율했다. 애모(愛慕)란 것이, 고통이란 것이, 모순이란 것이, 갈등이란 것이, 이렇게까지 한 사람의 인간 안에 응축될 수 있는 것이던가.

넋을 놓고 빠져들 듯이 바라보고 있었다. 기계 신이 출현하여 그의 영혼융합이 시작된 후부터는, 일개 밀정에 불과한 자신이 할 수 있는 일이 아무것도 없었다. 그 사실을 자각한 순간부터 자신은 구제불능의 허수아비가 되었다.

저 고통에 다가서고 싶다.

저 괴로움을 달래 주고 싶다.

저 사람의 마음에 더욱 가까이, 다가가고 싶다.

그렇건만 그러기 위한 수단은 하나도 알지 못했다. 숨고, 엿보고, 때때로 기습을 하는 것. 밀정으로서 자신이 익힌 기술은 그게 전부인 까닭이다. 그 이외의 것은 불필요하다는 가르침에 따라 모두 버렸다.

그래서. 지금 건넬 위로의 말 한마디도 이 머리에는 떠오르지 않는 것이다.

"……사? 저기, 테레사?"

하급생들로 붐비는 담화실 한구석에 친구를 걱정하는 소녀의 목소리가 울렸다.

허공을 바라본 채 미동도 하지 않는 테레사를 같은 학년인 리타 애플턴이 불안한 얼굴로 들여다보고 있었다. 그럼에도 상대가 아무런 반응을 보이지 않자 답답했는지, 그녀의 맞은편에 앉은 딘이 테이블을 두드렸다.

"…야! 리타가 부르잖아!"

힘 있는 목소리로 소리치자 그제야 테레사의 눈동자가 초점을 맞추기 시작했다. 길가에 있는 돌멩이라도 바라보는 듯한 무미건조한 눈빛으로 우선 딘을, 그리고 옆에 있는 리타를 바라보았다.

"…못 들었습니다. 무슨 볼일이라도?"

"보, 볼일이 있다고 할 정도는 아니지만, 오늘은 평소보다 더 말이 없는 것 같아서. …무슨 일 있었어?"

리타가 쭈뼛거리며 물었다. 그 말에 테레사는 그녀에게서 고개를 휙 돌렸다.

"딱히요. …있었다 해도, 당신들에게는 말하지 않을 거지만요."

떼쳐 내듯 말하며 반쯤 무의식적으로 눈앞에 있는 컵을 집어 입으로 옮겼다. 하지만… 삼키려던 순간에 목이 경련을 일으켜 그녀는 요란하게 홍차를 뿜어냈다.

"테, 테레사?!"

"드디어 걸렸구나!"

당황한 리타와 달리 딘이 주먹을 움켜쥐며 쾌재를 불렀다. 콜록콜록 기침을 하던 테레사가 푹 숙이고 있던 고개를 들고서 새빨갛게 부은 입술을 벌려 말했다.

"…뭔가요, 이건."

"홍차야. 살짝 감칠맛을 더한 거지만."

액체가 든 작은 병을 얼굴 옆에서 흔들어 보이며 딘이 답했다. 내용물은 '화난 순무(앵거 래디시)'의 즙이다. 얼마간 장난이 성공했다는 기쁨을 만끽한 후, 소년은 테레사를 빤히 쳐다보며 말했다.

"평소의 너였다면 이딴 장난질은 눈 깜짝할 새에 간파해 냈겠지. 오늘은 상당히 무방비하게 마시더라. 너답지 않아. …어지간히도 신경 쓰이는 일이 있었나 보지?"

"의미를, 잘, 모르겠습니다. …죽고 싶나요, 당신."

살의가 담긴 검은 눈동자가 소년을 쳐다보았다. 그것을 본 순간, 친구인 피터 코니시가 허둥지둥 딘의 옆구리를 찌르며 말했다.

"디, 딘! 사과하는 게 좋겠어…!"

"멍청아. 이제야 원하던 대로 된 거라고."

태연하게 그렇게 말한 후, 소년은 성큼성큼 테레사에게 다가갔다. 어제오늘 싹튼 게 아닌 듯한 분노와 불만이 배어 나오는 것이 느껴져, 리타와 피터는 차마 말릴 수가 없었다.

"야, 이래도 모르겠어? …첫 수업에서 무시당한 이후로, 난 계속 너한테 싸움을 걸고 있었다고."

"……."

"얕잡아보는 건 괜찮아. 죽을 만큼 성질나지만, 지금은 네가 한 수 위니까. 하지만… **안중에도 없다는** 듯이 구는 게 마음에 안 들어. 나도, 피터도, 처음부터 계속 널 배려해 주고 있는 리타까지."

어금니를 빠득, 소리가 나도록 악물더니… 딘은 그 자리에서 몸을 돌렸다. 그러고는 등을 돌린 채 테레사에게 말했다.

"주저리주저리 떠들어 대는 건 성미에 안 맞아. 너도 그렇지?

…밖으로 나와."

"……."

그렇게 말하고서 딘은 걸음을 떼었다. 몇 초 후, 테레사는 자리에서 일어나 그 뒤를 따랐고, 리타와 피터도 허둥지둥 두 사람의 뒤를 쫓았다.

담화실을 나선 네 사람이 교정에 도착했을 즈음, 앞장선 두 사람의 심상치 않은 분위기를 많은 학생들이 알아챘다. 지금부터 무엇이 시작될지는 일목요연해서, 구경꾼들이 속속 모여들었다.

"오, 1학년들끼리 싸우나?" "결투 형식? 그럼 심판 봐 줄게~"

상급생에 이르러서는 구경을 하는 데서 그치지 않고 의무라도 되는 양 심판을 하겠다고 나서는 자도 있었다. 자신이 하급생이었을 때의 일이 떠올라 취한 행동으로, 요컨대 대대로 이어져 내려온 이 학교의 관습이기도 했다. 잔디밭에서 테레사와 대치한 딘이 그 광경을 둘러보며 나직하게 중얼거렸다.

"…진짜 아무도 안 말리네. 역시 킴벌리야."

감탄과 어이없음이 반반인 듯한 목소리였다. 하지만 그러한 소감도 금방 잊고 소년은 지팡이검을 뽑아 상대에게 칼끝을 겨누었다. 그걸 보고서야 생각이 난 듯 테레사도 지팡이검을 들어, 서로에게 불살주문을 걸었다. 이 단계를 빼먹었다면 그때는 상급생들이 제지하고 나섰을 것이다.

"얘, 얘들아…!"

보다 못한 리타가 말리려 했다. 하지만 옆에 선 피터가 그녀의 어깨에 손을 얹으며 말했다.

"…지켜보자. 저렇게 된 딘은 말릴 수가 없어."

"하지만…!"

"테레사랑은, 언젠가는 이렇게 될 줄 알았어."

의외로 담담한 목소리로 피터가 말했다. 그 말을 듣고 나니, 리타 역시 지금까지 그들이 거듭 충돌해 왔던 일들이 떠올랐다. 언제 어디선가 폭발할 거다… 그렇게 생각해 온 건 그녀도 마찬가지였다. 하지만 그렇다 해도.

"…아마, 못 이길 거야. 딘 군은."

나직하게 리타가 말했다. 두 사람이 부딪힐 경우의 결과까지 그녀는 예상이 되었다. 그 말을 들은 피터가 심각한 얼굴로 답했다.

"그럴지도 몰라. 그래도… 나는 딘을 믿어."

굳은 목소리로 친구에 대한 믿음을 표명했다. 그런 그와 나란히 상황을 지켜보는 리타 앞에서, 불살주문을 다 건 딘이 천천히 왼손을 치켜들더니 그걸로 자신의 콧등을 후려쳤다.

"어?!" "괜찮아. 그냥 둬도 돼."

놀란 리타와 달리 피터가 냉정하게 말했다. 그 시선 끝에서 딘의 코에서 뚝뚝 떨어진 피가 바로 아래에 자리한 잔디를 빨갛게 물들이기 시작했다.

"코피를 흘리면 차분해지거든, 딘은."

그 말을 증명하기라도 하듯, 소년이 취한 자세에는 일종의 중량감이 있었다. 다소 아류를 섞은 듯한 티가 나는 라노프류 상단 자세로 딘은 조용히 적에게 싸움의 시작을 알렸다.

"오래 기다렸어. …간다."

"…마음대로."

그에 반해 테레사는 딱히 자세를 취하지도 않았다. 경계 자세를 취할 만큼의 가치를 느끼지 못한 것이다. 그렇기에 그 깔보는 태도를 걷어치우게 하기 위해, 딘은 지팡이검을 휘둘렀다.

"후웁…!"

스릉, 가벼운 소리를 내며 테레사의 지팡이검이 그 일격을 흘려 냈다. 일족일장의 거리에서 싸움이 시작되었다. 사전에 규칙을 정하지 않는다면 주문 사용이 가능한 종합전의 형식을 취하는 것으로 간주하지만, 양측 모두 거리를 벌리려 하지 않았다. 이는 단순히 기분상의 문제였다. 양쪽 모두 물러서고 싶지 않은 것이다.

"…하앗…!"

한편, 딘의 검술은 기묘하리만치 차분했다. 감정에 따라 부주의하게 돌진하지 않고, 그렇다고 지나치게 소극적인 자세도 취하지 않고, 상단 자세로 계속 압박을 가하며 상대의 빈틈을 살피고 있다. 테레사는 무난하게 그 공세를 받아넘겼지만 이쪽 역시 반격은 하지 않았다. 의외로 조용한 전개를 보이는 두 1학년의 싸움에, 주변에 있던 학생들이 저마다 감상을 내놓았다.

"헤에, 둘 다 움직임이 제법이네." "남자애 쪽은 군더더기가 많지만."

"판단이 빠르고 과감해." "여자애 쪽이 실력은 훨씬 위인 것 같지만, 약간 움직임이 어색한걸."

공방이 열 합을 넘어서자 그럭저럭 양측의 역량을 짐작할 수 있게 되었다. 싸움을 지켜보던 리타의 얼굴에 놀란 빛이 떠올랐다.

"딘 군이, 저렇게 잘 싸우다니."

솔직한 감상이었다. 그녀는 솔직히 말해 테레사가 눈 깜짝할 새에 딘을 쓰러뜨리고 끝날 거라 생각했기 때문이다. 테레사가 묘하게 소극적인 탓도 있겠지만, 예상보다 좋은 딘의 움직임에 눈이 휘둥그레졌다. 마음이 앞서서 실수를 하기 일쑤인 평소의 그와는 딴판이었다.

"…리타, 월렌피크의 참극에 관해 알고 있어? 5년 전에 있었던 사건인데."

싸움을 지켜보던 중, 옆에서 피터가 뜻밖의 질문을 던졌다. 리타는 순간적으로 놀랐지만 귀에 익은 단어라 금방 기억이 났다.

"…알고 있어. 신문에서 봤어. 야생 그리폰이 사람들이 사는 마을에서 아이들을 끌고 갔고, 처리될 때까지 몇 사람이나 희생자가 나왔다고 적혀 있었어."

"맞아. 끌려간 아이는 모두 열아홉 명. 그중 열일곱 명이 그리폰에게 잡아먹혔어."

소년은 무겁게 고개를 끄덕이며 짐승이 인간에게 해를 입혔던 어느 사건의 처참한 전말에 관해 이야기했다. 왜 지금 그런 이야기를 하는 것인지 알 수가 없어 당황한 리타의 옆에서 그는 엄숙하게 말했다.

"생존자는 단둘뿐. 그게 나랑, 딘이야."

리타는 숨을 죽였다. 한편, 어느덧 스무 합도 넘게 지팡이검을 부딪혔지만 서로에게 결정타를 가하지 못한 채 딘과 테레사의 싸움은 이어져, 두 사람은 결투를 개시할 때와 같은 일족일장의 거리에서 마주하고 있었다.

"…진짜 상태가 엉망진창이구나. 딱 봐도 알겠다."

억양 없는 목소리로 딘이 말했다. 서로의 실력 차가 어느 정도인지는 그도 처음부터 알고 있었다. 피를 흘려 머리가 냉정해진 덕에 조금은 괜찮게 싸우고 있지만, 냉정하기에 보이는 사실도 있었다. 예를 들자면… 상대가 마음만 먹었으면 자신은 이미 열 번도 더 목이 달아났으리라는 것.

"뭐가 그렇게 신경 쓰이는데. 그게 눈앞에 있는 날 때려눕히는 것보다 중요한 일이냐?"

"……."

침묵을 지키며 조금의 표정 변화도 보이지 않고 있는 그 얼굴과는 반대로 테레사는 내심 매우 혼란스러워하고 있었다. 이 결투에서 어떤 식으로 결판을 낼지, 그녀는 아직도 정하지 못한 상태였다.

지금까지의 공방에서 목을 긋거나, 가슴을 찌를 기회는 얼마든지 있었다. 하지만 안이하게 그런 짓을 했다가는 암살의 수법이 몸에 뱄다는 게 탄로 날 우려가 있다. 그녀는 어디까지나 '1학년이 배우는 기술의 범위에서', '당당하게 정면에서' 딘 트래버스를 쓰러뜨려야만 했고 그러한 제한은 그녀가 실력을 10퍼센트도 발휘할 수 없다는 것을 의미했다.

더불어 테레사 본인이 납득하지 못한 탓도 있었다. 그냥 이기기만 해도 된다면 진작 그렇게 했을 거다. 하지만 그렇지가 않다. 가령 불살주문 없이 상대의 목을 쳤다 해도 지금 느끼고 있는 초조함은 가라앉지 않았을 거다. 무얼 어떻게 하면 자신이 만족할지, 그녀는 우선 그것을 알지 못했고….

"좋아~ 맞혀 주지. 그래… 그거구나, 네가 그렇게 좋아하던 선배한테 미움이라도 산 거 아냐? 네가 너무 무뚝뚝하게 굴어서 앞으론 얼굴도 보기 싫다고…."

행운이라 해야 할지, 불운이라 해야 할지. 고민할 필요가 순식간에 사라졌다.

아무 생각도 들지 않았다. 테레사는 왼손으로 주먹을 쥐어, 그걸로 상대의 턱을 후려쳤다.

“컥…!”

생각지 못한 일격에 딘은 몸을 젖힌 채 발을 굴렀다. 추가타로 날린 앞축 발차기를 배에 맞은 딘이 견디지 못하고 무릎을 꿇자 테레사는 맹렬하게 덤벼들었다. 주변에 있던 구경꾼들이 놀란 가운데, 그녀는 지팡이검을 땅바닥에 내던지고 상대의 얼굴에 주먹세례를 퍼부었다.

“어… 어억…!”

그것을 필사적으로 막으며 딘은 방패처럼 앞을 막은 두 팔의 틈새로 상대를 쳐다보았다. 처음 보는 소녀의 표정이 그곳에 있었다. 분노와 초조함과 한탄과 자책감, 그 모든 것이 뒤죽박죽으로 섞여 억누르지 못하게 된 듯한 표정이다. 뭐라 소리를 치고 있는 듯한, 당장에라도 울음을 터뜨릴 듯한… 그것은 가면처럼 무표정한 평소의 얼굴과는 완전히 다른, 피가 흐르는 인간의 얼굴이었다.

“…하하. 그런 표정도, 지을 줄 알았구나…!”

계속해서 맞던 딘의 얼굴에 상황에 맞지 않는 미소가 떠올랐다. **그게 보고 싶었다**는 생각과 동시에 납득이 되었다. 그래서 자신도 지팡이검을 놓고 그대로 답례를 하듯 소녀의 얼굴을 때렸다. 그러자 그녀의 코에서도 요란하게 코피가 터졌다.

그것은 더 이상 결투가 아니었다. 기술도 마법도 없는, 그저 서로의 감정과 오기를 주먹에 실어 부딪힐 뿐인 어린애들의 싸움이었다. 주먹싸움은 5분 이상 계속되어, 몇 번인가 얻어맞았던 턱을 또다시 맞은 딘이 벌렁 쓰러지고서야 끝났다. 그러고도 상대를 깔고 앉아 두들겨 패려 하는 테레사를, 심판을 맡은 상급생이 끼어들어서 단단히 붙잡아 말렸다.

"자, 자, 그만! 여자애가 이겼어!"

"으, 으~음, 막판에는 진흙탕 싸움이었네." "하핫. 1학년다워서 좋잖아."

시합이 끝난 것을 확인한 구경꾼들이 우르르 물러갔다. 상급생이 달래자 테레사는 조금씩 평정심을 되찾아 갔고, 이윽고 제정신으로 돌아와 눈앞에 펼쳐진 광경을 직시했다. 퉁퉁 부은 얼굴로 땅바닥에 널브러진 딘과, 마찬가지로 눈꺼풀이 부어서 좁아진 자신의 시야. 그리고 그런 자신에게 어떻게 말을 붙여야 할지 고민하며 서성거리는 같은 학년인 두 사람의 모습을.

"…테레사…."

그럼에도 리타가 결심을 굳히고 쭈뼛거리며 친구에게 다가섰다. 순간, 테레사는 반사적으로 그녀에게 등을 돌리고 쏜살같이 교정을 떠나갔다. 그 뒷모습이 불러 세울 새도 없이 교사 안으로 사라졌다.

"가 버렸네. …저기~ 딘. 살아 있는 거 맞지?"

"…어… 아…."

희미한 신음소리가 입술 사이에서 새어 나왔다. 피터가 쓴웃음을 지으며 친구의 옆에 웅크려 앉았다.

"아~ 이거 턱뼈가 부러졌네. 빨리 의무실로 가자. 리타, 옮기는 것 좀 도와줘."

"으, 응."

리타도 허둥지둥 고개를 끄덕였다. 좌우에서 부축해서 딘을 일으켜 세운 후, 그들은 낑낑대며 교사로 돌아갔다.

같은 날 밤. 이날 역시 형과 누이가 기다리는 거점으로 가기 위해 올리버는 미궁 1층의 통로를 조용히 걷고 있었다. 돌로 된 길은 나날이 형태를 바꿨지만, 오랫동안 다니다 보니 그 법칙이 보이기 시작했다. 함정과 마수, 다른 학생들의 기척을 피해서 갈림길을 선택해도 지금의 그는 망설임 없이 목적지를 향해 나아갈 수 있었다.

"…거기 있지, 미즈 카르스테?"

20분 정도를 걸은 참에 말을 걸었다. 소리는 통로에 반사되었고, 그것이 사라진 후에는 정적이 그 자리를 메웠다. 걸음을 멈춘 채로 소년은 얼마간 반응을 기다렸다.

"…얼굴을 보여 주고 싶지 않다면, 강요는 않겠지만…."

올리버가 한숨을 내쉬고서 다시 걸음을 떼려던 순간, 그의 등 뒤에서 공기가 미미하게 흔들렸다.

"…여기 있습니다."

뒤를 돌아보니 그가 잘 아는 밀정 소녀가 그곳에 무릎을 꿇고 있었다. 평소보다 고개를 깊이 숙이고 있어 얼굴이 보이지 않았다. 그 이유는 올리버도 알았다.

"고개를 들어."

"……."

로드가 그렇게 명하면 테레사는 거부할 수 없다. 소녀는 쭈뼛거리며 고개를 들었다. 뺨, 이마, 눈 주변… 이곳저곳이 애처로울 만큼 파랗게 멍든 그 얼굴을 보고 올리버는 쓴웃음을 지었다.

"요란하게도 싸웠네. 그게 미스터 트래버스와 싸운 흔적이야?"

말하며 올리버는 손가락으로 다정하게 상대의 뺨을 쓰다듬었다. 그녀 나름대로 필사적으로 치료한 것이겠지만, 테레사의 치유 실력으로는 몇 시간 전에 입은 타박상의 흔적을 완전히 없애기가 어려웠다. 실력에 따라서는 흔적도 남지 않게 치유할 수도 있지만, 그녀는 그러한 훈련을 받은 적이 없었다.

"익숙지 않은 환경이라 마음껏 움직일 수가 없었다는 건 알아. 하지만… 그런 이유를 감안해도, 동급생도 그렇게 얕볼 만한 상대는 아니었지?"

온화하게 말을 이어 가며 소년은 허리에서 뽑은 백장을 테레사의 얼굴에 가져다 댔다. 그러고는 주문을 외워 정성스럽게, 섬세하게 상처를 없애 나갔다. 말없이 그 조치를 받고 있던 테레사가 얼마쯤 지나 당황한 투로 입을 열었다.

"…문책은, 안 하십니까."

"어떻게 혼내겠어. 1학년 때의 나는 너보다 더 요란하게 싸움을 했는데."

자조 섞인 투로 답한 후, 올리버는 처치를 마친 소녀의 얼굴을 꼼꼼히 확인했다. 그러는 동안 계속, 테레사는 눈을 꼭 감고 있었다. 상대를 볼 낯이 없다는 듯이.

"오히려 내가 놀란 점은, 네가 '싸움을 했다'는 거야. 평소의 너라면 상대가 도발을 해도 무시하고 그 자리를 떴을 텐데. …무슨 일 있었어?"

소년은 솔직하게 물었다. 그 물음에 한참을 망설인 후… 소녀는 떨리는 목소리로 속마음을 전했다.

"…당신에게, 사죄하고 싶어서."

"사죄? …무슨 소리야?"

"그 작전에서… 결계를 뚫고 온 표적을, 저는 처리하지 못했습니다."

자책하는 목소리로 테레사가 말했다. 의표를 찔린 올리버는 쓴웃음을 지은 채 대꾸했다.

"무슨 소리인가 했더니만…. 그 일을 마음에 두고 있었다면, 그럴 필요 없어. 그 시점에서 상대에게 치명상을 입힌 건 과장이 아니라 큰 공이야. 다른 그 누구도 못 할 일을 해낸 거야. 오히려 자랑스러워할 일이라고."

올리버는 칭찬을 입 밖에 냈다. 하지만 테레사는 고개를 가로저어 그것을 거부했다. 그 일은 그녀의 가슴에 자신의 과실로서 또렷하게 새겨져 있었기 때문이다.

"그때 표적을 처치했다면, 우리 측의 피해는 훨씬 적었을 겁니다."

"우리 모두에게 해당되는 이야기야. 너 혼자 책임질 일이 아니야."

엄격한 목소리로 올리버는 단언했다. 그 작전에서 지휘를 맡았던 자로서, 그는 책임의 소재를 누구보다도 강하게 의식하고 있었다. 그중 한 조각도 소녀에게 떠안길 생각은 없다.

"하지만 그렇게 생각하는 네 심정도 이해해. …열한 명이, 죽었어. 열한 명. 내 지휘하에, 단 한 명의 적을 치기 위해서."

자신에게 희망을 걸고 죽어 간 동지들의 얼굴이 머릿속에 떠올랐다. 그들의 옛 모습을, 그들과 나누었던 말 한마디 한마디를 곱씹으며 올리버는 눈앞에 있는 소녀의 어깨에 손을 얹었다. 거기서 느껴지는 생명의 온기에, 눈물이 날 만큼 감사하며.

"그렇기에. …네가 무사해서 안심했어."

그러고는 진심으로 안도했노라고 말했다. 살아서 이곳에 있다는 사실. 무언가를 해냈다거나 무언가를 해내지 못했다는 것보다. 그 사실이 자신에게 구원이 되어 주었다고.

그런 그가 바라보는 앞에서… 소녀가 두 눈에서 뚝뚝, 큼직한 눈물을 흘렸다.

"?!"

놀라서 숨을 죽였다. 테레사는 눈물샘의 마개가 망가진 것처럼 계속해서 울었다. 지금까지의 그녀에게서는 상상도 할 수 없었던 그 모습에 올리버는 매우 당황해 계속해서 말을 걸었다.

"왜… 왜 그래, 미즈 카르스테…. 왜 우는 거야…."

우는 이유를 모르니 어떻게 위로를 해야 할지 모르겠다. 오열 섞인 말소리에서 그 이유를 찾기 위해 올리버는 귀를 기울였다.

"…다, 당신을 위해, 일하는 게, 나, 나의 임무, 인데…."

뚝뚝 끊기는 목소리로 속내를 털어놓았다. 나눌 수 없는 고통, 손이 닿지 않는 곳에 있는 그 고통이 무엇보다도 그녀를 괴롭혔다.

"…아무것도 못 해… 나는, 전혀 줄이지 못했어… 당신의 고통도, 고뇌도… 괴로움도…!"

의미를 띤 말은 거기서 끊기고, 테레사는 어린애처럼 흐느껴 울었다. 올리버는 충동적으로 그녀를 끌어안았다. 품에 쏙 들어

오는 몸은 그가 상상했던 것보다도 훨씬 작았다.

"…줄었어.

지금, 줄었다고. **테레사**."

처음으로 소녀의 이름을 불렀다. 그러기를 망설였던 마음의 거리는 방금 흔적도 없이 사라졌다.

"미안해, 알아채 주지 못해서. …바로 얼굴을 보이지 않았던 건, 그게 마음에 걸렸기 때문이구나."

정말 눈치도 없다는 생각이 들어 올리버는 자신에게 화가 났다. 이렇게까지 강한 마음으로 자신을 따르고 있건만, 그녀가 스스로 이야기할 때까지 그 아픈 마음을 알아채 주지 못했다.

"…네가 마음에 둘 필요는 없어. 아프고 괴로워도… 나는 그럴 만한 일을 해 왔으니까. 씻을 수 없는 죄를 쌓아 올리고 있지. 너를 부하로 쓰고 있는 것도 그중 하나고."

사모의 대상이 될 자격 따윈 없다. 소녀와의 관계 그 자체가 올리버에게는 하나의 죄악이기에. …그러나 그것은 자신의 사정에 불과하다. 자신을 위해 목숨을 거는 신하가 그 입장에서 자신을 사모한다면….

"뭐, 해 줬으면 하는 건 없어? …조금은 보답을 하고 싶어. 너의 활약과 마음에."

상대를 품에 안은 채 올리버는 그렇게 물었다. 그것은 오히려 자신에게 무언가를 요구했으면 좋겠다는, 그 자신의 바람이었다. 자신도 모르게 사모의 대상이 되었고, 자신도 모르게 괴로움을 안겼으며, 울게 한 후에야 모든 것을 알게 되었다. 이 소녀와의 관계를 그것만으로 끝내고 싶지 않았다.

"…을…."

"응?"

훌쩍이는 목소리에 희미한 말의 단편이 섞인 것이 들렸다. 순식간에 이해했다. 이전까지 눈치 없게 굴었던 것을 벌충이라도 하듯, 그는 그 목소리에서 소녀의 바람을 헤아려 냈다.

"…이러면 될까?"

오른팔을 무릎 뒤에, 왼손을 등에 두르고서 올리버는 천천히 소녀의 몸을 들어 올렸다. 안타까울 만큼 가벼웠다. 테레사가 가녀린 팔을 목에 두르더니 몸을 딱 밀착시키고서 코끝을 어깨에 비볐다. 부모에게 매달리는 어린아이처럼.

"…그래. 품에 안기고 싶었던 거구나, 너는."

"……응."

올리버가 무심결에 그렇게 말하자, 소녀의 손가락이 저항이라도 하듯 어깨를 꽉 꼬집었다. 소년은 미소를 띤 채 상대의 등을 손바닥으로 토닥토닥 두드렸다.

"미안해, 괜한 소리를 했어. 마음이 풀릴 때까지 그러고 있어. …잠시 걸을까. 나도 그러고 싶은 기분이야."

테레사를 안은 채 앞을 바라보며, 올리버는 다시 통로를 걷기

시작했다. 누군가 보더라도 상관없다고 생각했다. 우는 아이를, 울음을 그칠 때까지 안고 걷는 것…. 그러기를 망설일 이유는 애초에 이 세상 어디에도 존재하지 않을 테니.

결국 그 자세 그대로 올리버는 형과 누이가 기다리는 거점에 도착했다.

"……."

"…내가 마음이 풀릴 때까지 이러고 있으라고 했어. 혼내지 말아 줘, 형."

빙에 들어서자마자 형인 그윈이 말없이 눈총을 날렸다. 하지만 그건 감내하기로 했다. 품에 테레사를 안은 채, 소년은 평소 앉던 의자에 앉았다. 소녀는 미동도 하지 않았다. 거점에 도착하면 떨어질 거라 생각했지만 예상이 빗나갔다. 완전히 포기한 올리버 앞에서 누이인 섀넌이 부드러운 미소를 지은 채 말했다.

"잘됐, 네, 테레사. …계속, 어리광을 부리고, 싶었잖아."

그 말에도 테레사는 답하지 않았다. 하지만 이대로 안겨 있고 싶다는 바람과 쑥스러움 사이에서 갈등하고 있다는 것은 새빨갛게 물든 그녀의 귀만 보아도 일목요연했다.

"…그랬어, 테레사?"

살며시 물어보며 소년이 눈앞에 있는 빨간 귓불을 손가락으로 쓰다듬었다. 그 순간, 테레사의 몸이 움찔 튀어 오르더니 손가락으로 소년의 어깨를 세게 꼬집었다. 미안, 미안, 거듭 사과를 한 올리버는 어찌어찌 마음을 다잡고 형에게로 고개를 돌렸다.

"총괄 선거에 관해 이야기하고 싶어. …누구를 이기게 할까?"

현재 학교 내의 상황을 토대로 가장 신경 쓰이는 화제부터 꺼냈다. 계속해서 비올라를 손질하며 그윈이 동생의 물음에 답했다.

"이번 경우에는 오히려, 누구를 이기게 하고 싶지 않은가가 문제다."

"무슨 뜻이야?"

"고드프리 통치하의 킴벌리는 우리에게 활동하기 좋은 곳이었다. 그들과의 관계가 양호했다는 것이 주된 이유다. 하지만 이게 이전의 체제로 돌아가면 이야기가 달라지지. 그쪽에도 동지가 있기는 하지만… 지금까지 고드프리를 지지했던 만큼, 이전 학생회의 파벌과는 솔직히 말해서 사이가 좋지 않아."

"다시 말해, 기본적으로는 현 학생회에서 내놓는 입후보자를 지지할 방침이라는 거지?"

"그래. 그게 어렵다면 최소한 사상적으로 고드프리에 가까운 학생을 당선시킨다. 물론 동지 중에서도 몇 명 후보를 낼 계획이다. 현 학생회에도 잠복 중인 동지가 있고 말이야."

그윈이 담담하게 앞으로의 계획을 읊었다. 그 내용에 대체로 납득하면서도 짧은 생각과 망설임 후, 올리버는 한 가지 의문을 입 밖에 냈다.

"…보다 적극적으로, 학생회를 우리가 접수하는 방법은 어떨까?"

낮은 목소리로 소년이 말했다. 고드프리와의 관계를 고려하면 너무도 마음이 무겁기는 하지만, 그 역시 하나의 조직을 이끄는 로드다. 그것이 유효한 수단 중 하나라면 고려해 볼 필요가 있다. 그런 각오가 담긴 말이었다.

동생의 그러한 의도를 남김없이 받아들인 후, 그윈은 고개를 가로저었다.

"나쁘지는 않지만 너무 눈에 띈다. 대전제로, 우리의 세력은 존재가 인식되지 않고 있다는 게 강점이야. 소수의 동지를 잠입시키는 정도라면 모를까, 많은 인원이 공공연히 학생회를 운용하기는 어렵겠지. 그로 인해 교사들에게 꼬리를 잡힐 수도 있다."

논리정연한 부정은 오히려 올리버에게 안도감을 가져다주었다. 그 강하고 다정한 남자를 직접 배신하지 않아도 된다. 적어도 지금은.

"그리고 한 가지 더. …교내감사가 시작됐다. 예상한 바이지만, 교사 살해의 용의자로 우리 학생들도 시야에 넣고 있는 모양이다."

빠르게 화제가 다음으로 넘어가, 올리버도 그쪽에 의식을 집중했다. 선거에서는 고드프리 일행을 지원하기만 하면 그만이지만, 이쪽은 자신들의 싸움과 관련된 문제이기 때문이다.

"학생 측에 스파이를 심으려 할 가능성도 있다. 동지들 사이에 숨어드는 것만은 어떻게든 막을 테니, 너도 앞으로 새로운 지기(知己)를 만들 때는 방심하지 마라."

"물론이야. …하지만…."

새로운 지기라는 말을 들은 순간, 가장 먼저 떠오른 수상쩍은 얼굴이 있었다. 어디가 어떻게 수상하다기보다, 수상하다는 느낌밖에 안 들었던 첫인상을 떠올리며 올리버는 그 말을 입 밖에 내었다.

"…유리 레이크라는 2학년생을 알아? 본인 말로는 보통 사람 학교에서 온 전학생이라던데."

"정보는 들어왔다. 시기가 시기인 만큼 간과할 수는 없겠지만… 교사 측의 스파이라기엔 투입 방식이 너무 노골적이야. 단순한 우연인지, 모종의 의도가 있는 건지…. 현시점에서는 나도 가늠하기가 어렵다. 계속해서 신변조사를 해 보지."

형의 말에 올리버도 고개를 끄덕였다. …'마을 소속'이나 '도시 소속' 마법사가 보통 사람들과 함께 자라는 일은 흔했고, 그러한 사정으로 인해 마법학교에 늦게 입학하는 패턴도 없지는 않았다. 처음 만났을 때 들었던 자기소개를 곧이곧대로 믿자면 유리도 그런 경우다. 보통 사람 학교에서 마법학교로의 이동을 '전학'이라고 한 건 다소 어색하지만, 그건 본인이 보통 사람들과 지내던 시절의 감각에 따라 말한 것이거나 단순히 '중도 입학생' 보다는 '전학생'이라고 표현하는 편이 설명하기 편할 거라 판단한 결과일지도 모른다.

분명 수상하기는 하다. 하지만 의도가 있는 것치고는 너무도 노골적이다… 그것은 올리버도 완전히 동의하는 바였다. 무슨 의도가 있건, 혹은 없건 지금은 신중하게 동향을 감시하는 수밖에 없으리라.

"어쨌든. 선거전도 소홀히 할 수는 없겠지만 우리의 최우선 사항은 이쪽이다. 이미 교사진의 내분을 목적으로 한 공작을 개시했다. 대역인 테오를 며칠 빌리마."

"물론 괜찮아. …그래서, 구체적으로는 어쩔 건데?"

올리버가 작전의 상세 내용을 묻자, 그윈은 담담하게 무시무시한 내용을 입 밖에 냈다.

"바네사 올디스를 도발한다. 그 녀석은 교사진들 중에서 가장 성격이 급하니."

제3장

그릴

심문

어느 날 오전 2교시에 사건이 일어났다. 그것은 대역과 교대해 본인으로 돌아온 올리버가 그 시점으로부터 처음으로 맞이한 마법검 수업에서의 일이었다.

"……."

"왜 그러죠? 표정이 어둡네요, 올리버."

커다란 교실에서 공격 연습을 마친 학생들이 차례로 자유 대련에 돌입한 가운데, 올리버는 멀거니 서서 자신의 지팡이검을 물끄러미 쳐다보고 있었다. 그것을 보고 이상하다고 생각한 셰라가 그에게 다가간 순간, 새치기라도 하듯 로시가 나타났다.

"좋았어, 컨디션 최고구먼! 지금 한판 붙을까, 올리버 군!"

"…내일이면 결투할 텐데?"

"에이, 팍팍하게 굴지 말고! 느닷없이 제대로 붙었다가는 성장한 내 모습에 놀라 자빠져 분당께!"

다짜고짜 상대의 손을 잡아끌고 갔다. 하지만 올리버도 수업에서의 대련을 거부할 생각은 없었다. 문제는 그게 아닌 것이다. 씻을 수 없는 위화감에 사로잡힌 채, 그는 일족일장의 거리에서 로시와 마주했다.

"준비됐제? 그라믄, 간다!"

선언과 동시에 로시가 자세를 취했다. 아류 특유의 대담함과 쿠츠류의 난해한 기술을 융합시킨 그 움직임은 날이 갈수록 간파하기가 어려워졌다. 조금도 방심할 수가 없다. 평소처럼 라노프류 중단 자세를 취하고 있던 올리버는 상대의 변화무쌍한 검을 맞받아쳤고….

"……어라?"

여덟 합에 걸쳐 칼을 부딪쳤을 즈음. 얼빠진 로시의 목소리와 함께 바닥에 떨어진 지팡이검이 무미건조한 소리를 내며 나뒹굴었다. 그에게 손목을 맞은 올리버의 손에서 떨어진 그것이.

""""""""""…………?!""""""""""

한 박자 늦게 주변에 있던 학생들이 일제히 그곳을 쳐다보았다. 자신들 학년의 마법검 수업에서 로시가 올리버에게 도전하는 것은 이제 정기적인 이벤트가 되어 있었다. 실력 부족으로 반격을 당하는 것까지를 그들은 일상적인 풍경으로 인식하고 있었던 것이다. 하지만 그것이 지금, 무너졌다. 접전 끝에 그렇게 된 것이라면 모를까, 탐색전으로 공격을 주고받는 중으로 보였던 단계에서.

"…윽…."

머지않아 친한 친구들이 멀거니 선 올리버에게로 달려왔다. 가이, 캐티, 피트까지 세 사람이 방패처럼 그의 앞을 가로막고서 나란히 로시를 노려보았다.

"너 이 자식, 로시! 실망이다!"

"로시…! 너, 아무리 이길 수가 없어도 그렇지 독을 쓰다니!"

"올리버, 어디 아파?! 저 녀석이 무슨 짓 했어?!"

"다들 나를 너무 안 믿는 거 아녀?! 안 했당께! 참말로 아무것도 안 했어야!"

다짜고짜 부정을 저질렀을 거라고 의심하자 로시가 허둥지둥 해명했다. 다른 학생들도 거기에 가세해서 소란이 커지기 시작하자, 결국 가랜드가 중재에 나서고자 움직였고… 그러기 직전에 사건의 또 한 명의 당사자가 입을 열었다.

"…로시의 말이 맞아. 딱히 이상한 짓을 당하지는 않았어."

웅성거리는 소리가 단숨에 잦아들었다. 지팡이검을 주워 칼집에 넣은 후, 올리버는 학생들 사이를 지나 로시의 앞까지 가서 환한 미소를 지어 보이며 말했다.

"네가 이겼어, 로시. …한 방 먹었는걸."

툭, 축하의 의미를 담아 주먹으로 가볍게 어깨를 때리면서. 로시는 넋이 나갔고, 상황을 지켜보던 익숙한 면면들이 의아하다는 투로 입을 열었다.

"…상태가 많이 안 좋나 보네, 미스터 혼."

"정말로 독이나 저주에 당한 게 아닌 건가. 그렇다면 더더욱 놀라운걸."

주종 콤비인 스테이시 콘월리스와 페이 윌록이 입을 모아 말했고, 교실 반대편에 있던 리처드 앤드루스도 마찬가지로 의문이 가득한 눈으로 올리버를 쳐다보았다. 그들에 이어 시합에 부정이 없었다는 사실을 알게 된 다른 학생들이 또다시 웅성거리

기 시작했다.

"…그러면…." "…순수하게 몸 상태가 안 좋아서?" "지금까지 완승했던 로시한테 당할 정도로…?"

그런 그들의 허튼 생각을 모두 물리치려는 듯이 누군가가 쿵, 하고 발을 굴렀다.

"지금이 기회다… 라고 생각한 송사리들, 내 앞에 서라. 순서대로 박살 내 주지."

대형 교실 한가운데에, 조셉 올브라이트가 잔혹한 미소를 띤 채 떡 버티고 있었다. 그러자 올리버에게 접근하려던 일부 학생들이 거미 새끼 흩어지듯 도망쳤다. 그렇게 자유 대련이 재개된 교실에서 가이, 캐티, 피트, 세 사람이 풀 죽은 얼굴로 로시 앞에 섰다.

"의심해서 미안하다, 로시." "미안해…. 정말로 독을 쓴 게 아니었구나."

"사과하겠어. 나로서는 단순히 가장 가능성이 높은 걸 의심한 것뿐이었는데…."

"너거들 고걸 사과라고 하냐! 아~ 나~ 진짜! 이런 건 나도 이긴 걸로 안 쳐야!"

자신의 머리카락을 마구 헤집으며 로시가 소리쳤다. 그러더니 요란하게 한숨을 내쉬며 올리버에게 다가가, 그 어깨를 손바닥으로 세게 두드렸다. 불만과 격려를 반씩 담아서.

"다음엔 몸 상태가 완전히 돌아오면 붙드라고. 그때까지는 결투도 연기해 둘 텐께."

"…미안."

올리버도 순순히 고개를 끄덕였다. 그 후로는 대련을 삼가고, 조정 상대를 자청해 준 셰라와 동작을 반복 연습하는 데 전념하다 보니 어느덧 수업이 끝나고 말았다.

수업 후. 자신의 몸 상태를 걱정하는 동료들을 반강제로 따돌린 올리버는 인기척 없는 복도를 혼자서 걷고 있었다.

"…큭…."

초조함과 공포로 몸이 떨렸다. 수업 종반부터는 동료들 앞에서 태연한 척을 하기도 어려웠지만, 그와 별개로 진정한 공포는 혼자가 된 후에 밀려오는 법이란 것을 새삼 깨달았다. 주변에는 아무도 없다. 그런 상황이 되자 저절로 자기 자신과 마주하게 되었다.

올리버가 자각하고 있는 바에 따르면, 현재 상태는 컨디션 불량이나 슬럼프 같은 어정쩡한 수준의 것이 아니었다. **몸이 자신의 것이 아니다**. 정신이 아득해질 만큼의 수련을 통해 몸에 익힌 동작이 하나도 제대로 기능하지 않는다. 몸의 어딘가가 이상한 게 아니라 **이상하지 않은 곳이 한 군데도 없다**.

한편, 자신이 그렇게 된 원인은 짐작이 되었다. 짐작 가는 바가 너무 많다 해도 과언이 아니다. 혼백융합… 엔리코와의 싸움에서 사용했던 그 술식이 영향을 미치고 있는 게 분명하다. 사투 후, 사흘 밤낮을 괴로워한 끝에 눈을 뜬 순간부터 온몸에서 위화감이 느껴졌다. 부상과 소모에서 비롯된 일시적인 증상이기를 바라며 하루하루를 보냈지만, 그 기대는 최악의 모양새로 빗나가고 있었다.

"…윽…."

무언가가 치명적으로 망가졌다. 생각하는 것조차 무섭지만, 그런 가능성이 가장 먼저 떠올랐다.

그렇지 않다고 볼 근거는 어디에도 없다. 애초에 클로에 할포드와의 몇 분에 걸친 혼백융합을 하고도 사지가 멀쩡한 것 자체가 기적에 가까운 것이다. 외부적인 상처는 고칠 수 있어도 내부의 눈에 보이지 않는 부분에 치명적인 손상이 생기지 않았다고는 그 누구도 장담할 수 없다.

제아무리 마법사라도 손상된 것을 모두 치유마법으로 고칠 수 있는 것은 아니다. 영혼은 그 대표 격이라 할 수 있고, 영체나 육체에도 되돌릴 수 없는 훼손을 입을 수 있다. 예를 들어 마력류와 관계된 내상은 수복에 지극히 섬세한 조치가 필요한 것 중 하나다. 성장과 수련을 통해 온몸에 퍼져 나가게 되는 '마력의 강'에는 무수히 많은 복류(伏流)와 지류(支流)가 있으며, 마법사의 능력은 각각 다른 그 구조로 인해 형성된다. 이 구조는 영체와 영혼에도 기억된 것이기에 보통은 큰 부상을 입는다 해도 사라지지 않는다. 하지만 예외적인 경우도 있다. **바로 부상이 영체 이상의 영역에 미친 경우 등이다.**

만약 그러할 경우… 올리버 혼이 키워 온 모든 힘은 그 몇 분 동안의 싸움의 대가로 두 번 다시 돌아오지 않게 사라졌다는 뜻이 된다.

그렇다고 단정하기에는 아직 이르다. 올리버도 그 사실은 알았다. 그러나 그렇지 않다고 볼 희망이 너무도 희박하다. 제대로 칼을 섞지도 못한 채 로시에게 패했다는 사실이 공포에 박차를 가했다. 그 결과가 무엇보다도 또렷하게 말해 주고 있지 않은가.

멈출 줄 모르는 어두운 생각을, 올리버는 고개를 가로저어 제지했다. …사실이 어떻건 여기서 고민해 봐야 답은 나오지 않는다. 모든 것을 판단하는 건 형과 누나에게 상담한 후라도 늦지 않다. 그렇게 결심을 굳히고 멈췄던 다리를 움직이려던 순간.

"갑시다, 올리버."

문득 정신을 차려 보니. 눈앞에서, 낯익은 소녀가 손을 내밀고 있었다.

"…나나오…?"

고개를 들어 보니 평소와 같은 미소를 띤 채 동방의 소녀가 그곳에 서 있었다. 올리버가 반사적으로 손을 내밀자, 그녀가 두 손으로 그의 손을 꼬옥 감싸 주었다. 그 순간부터 깜짝 놀랄 정도의 온기가 올리버의 손으로 스며들었다. 동시에 자신의 몸이 얼마나 차가워져 있었는지를 깨달았다.

"따뜻하지 않소? 어머니께서도 칭찬해 주셨소. 소생이 있으면 겨울날 아침에도 달군 돌이 필요 없겠다고."

그렇게 해서 체온을 나누며 나나오는 소녀의 손을 잡고 걸어 나갔다. 그 뒷모습만 바라보며 올리버도 걸었다. 그리고 떠올렸다. 예전에 깜깜한 밤길을, 어머니와 이런 식으로 걸었던 것을.

"아무것도 걱정하지 마시오. 아무것도."

소녀의 눈에서 눈물이 흘렀다. 두 사람이 지나간 길에, 그것들이 점점이 흔적을 남기었다.

같은 날 심야. 비룡들의 소굴인 미궁 제5층, '화룡의 협곡' 어딘가.

"…아, 루우 군이다. 어서 와."

험준한 바위산에 쓰러진 기계 신의 거대한 시신 앞에서, 어둠을 인간의 형태로 굳혀 놓은 듯한 그림자가 친근하게 손을 흔들었다. 희한한 애칭으로 불린 마법검 사범, 루터 가랜드가 그 그림자를 향해 공손하게 고개 숙여 인사했다.

“…현장 보전하느라 수고가 많으십니다. 미즈 무웨지카밀리.”

“으응, 뭐야, 그게? 선배라고 불러, 옛날처럼.”

거리감이 느껴지는 대응에 주술 담당 교사, 바르디아 무웨지카밀리가 불만스러운 투로 대꾸했다. 그걸 쓴웃음을 지은 채 흘려 넘기며 가랜드는 기계 신의 시신으로 시선을 옮겼다. 그리고 그 위에 선 노파의 뒷모습도 놓치지 않고 포착했다.

“오래 기다리셨습니까, 길크리스트 선생님.”

“3분 정도요. 뭐, 사소한 문제지요. 당신을 가르치던 시절에 비하면 말입니다.”

주문학 교사이자 천 년을 산 마녀, 프랜시스 길크리스트가 따끔하게 비아냥거리는 소리를 했다. 학생 시절의 이야기를 끄집어내자 가랜드는 살짝 말문이 막혔다. 등 뒤에서 바르디아가 검은 외투를 수면처럼 일렁거리게 하며 꺄르르 웃었다.

“상습지각범이었으니까, 루우 군은.”

“…본론으로 들어가시죠. 이곳에 온 목적은, 역시?”

“맞아요. 당신도 궁금하지 않나요? 이것의 **뒷면**이 어떻게 되었는지.”

백장으로 기계 신의 시신을 가리키며 길크리스트가 말했다. 가랜드가 고개를 끄덕이자 등 뒤에서 바르디아가 하얀 팔로 팔짱을 끼고서 으~음, 하고 신음했다.

“역시 그게 궁금하단 말이지. 뒤집어 보고 싶은 마음은 굴뚝같지만, 내가 하면 아무래도 주술적으로 오염돼 버릴 테고. 바네짱을 부르면 간단하겠지만.”

“그렇게 되기 전에 온 겁니다. 우악스러운 미즈 올디스가 손을 대면, 자잘한 증거들이 손상될 수도 있으니까요.”

거기까지 말한 후, 길크리스트는 올라서 있던 시신 위에서 지면으로 뛰어내렸다. 자신의 역할을 알아챈 가랜드가 마녀와 나란히 서서 자신의 백장을 겨누었다.

“저는 그 작업의 보조란 뜻이군요. …알겠습니다. 이 중량을 뒤집으려면 고생깨나 해야겠지만, 선생님과 둘이서 한다면….”

“착각하지 마세요. 당신을 부른 건 증거의 신뢰성을 담보하기 위해서입니다.”

옛 제자에게 지팡이를 내리게 한 후, 길크리스트는 백장을 가볍게 휘두르며 주문을 외웠다.

“스르륵 빙글—레보레　천지여 뒤집혀라—이베르숨.”

그 영창을 경계로 전조라 할 만한 진동도 없이 산과 같이 거대한 몸뚱이가 **갑자기 떠올랐다**. 그것은 100피트 정도의 상공까지 똑바로 상승하다가 우뚝 멈추더니, 상하로 빙글 뒤집혀 떠올랐을 때와 같은 속도로 천천히 지면으로 내려왔다. 착지 순간에는 모래 먼지조차 일어나지 않아서 가랜드는 존경과 두려움의 감정을 느끼며 그 광경을 지켜보았다. 같은 마법사의 눈으로 보아도 일련의 현상은 너무도 현실감이 없었기 때문이다.

"…오믈렛이나 마찬가지군요. 선생님께는."

"관찰하시죠."

탁탁, 계단을 오르듯 허공을 딛고 올라간 길크리스트는 그곳에서 등을 드러낸 기계 신의 시신을 내려다보았다. 가랜드는 고개를 끄덕인 후, 마녀의 반대편인 하반신 쪽에 진을 치기로 하고 자신의 빗자루에 올라서서 상공으로 올라갔다.

"…지금쯤 조사하고 있겠지?"

같은 시각. 미궁 제1층에서는 다름 아닌 교사 살해의 주모자들이 말을 나누고 있었다.

"문제없다. 그 거대한 몸에 난 손상은 모두 비룡과 린드브룸에 의한 것으로 위장해 뒀으니."

"그야 당연히 알지. 증거인멸 하느라 얼마나 힘들었는데~ 골렘 그 자체는 더럽게 무거워서 움직일 수가 없었고, 그래서 지면 쪽에 주문을 걸어서 터널을 파고 임금님이 벴던 곳을 전부 원래대로 붙여 놨잖아. 안 그래도 아다만트를 가공하는 데에는 시간이 걸리는데, 사람을 물리는 결계를 치고서 밤샘 작업까지 해야 했고. 손상된 부위는 너랑 새넌이 전부 기억해서 그나마 다행이었지만."

여학생이 어깨를 으쓱하며 쓴웃음을 지었다. 동생을 위한 마법약을 냄비에서 조합하며 그윈이 그 말에 답했다.

"아다만트를 베는 절단주문 글라디오는 클로에 할포드 고유의 기술이다. 제4마검과 마찬가지로 그 마법은 절단면만 노출되어도 우리와 그녀의 관계가 탄로 날 거야. 뒷수습이 필요하다는 것은 처음부터 예상했던 바다.

…그렇게 해서 완전히 속일 수 있을 만큼 이곳의 교사들은 호락호락하지가 않지만."

그가 말을 끊은 순간, 문득 방문을 두드리는 소리가 들려왔다. 두 사람이 그쪽 방향으로 시선을 돌리자, 그들이 로드로 섬기고 있는 소년이 무척 심각한 얼굴로 서 있었다. 테이블에서 무언가를 적고 있던 섀넌이 손을 멈추고 일어섰다.

"왔냐, 노르. …몸 상태가 좋지 않은 것 같군. 저기로 가서 누워라."

동생의 상태를 알아챈 그윈이 냄비를 불에서 내리고 옆방에 있는 처치대로 올리버를 이끌었다. 걱정하는 섀넌의 부축을 받으며 소년은 자신을 진찰하는 손길에 몸을 맡겼다.

"…뭔가, 위화감이. 표면이… 꾸며진 듯, 하다고 해야 할지."

10분 정도의 관찰 끝에 가랜드의 입에서 가장 먼저 흘러나온 것은 그러한 말이었다. 그 말을 들은 길크리스트가 그의 옆에 자리한 상공에서 가볍게 고개를 끄덕였다.

"여전히 대단하군요, 당신의 직관은. …확실히 마법가공의 흔적이 있어요. 앞면만 보면 희미한 위화감이 느껴질 뿐이지만 뒤쪽은 처리가 다소 조잡하군요. 예상컨대 골렘을 위아래로 뒤집을 수가 없어서 땅을 파고 가공을 한 것이겠지요."

그 추측에는 가랜드도 납득이 되었다. 공작의 흔적을 확인한 후, 길크리스트가 곧장 지상으로 내려왔다.

"이로써 그 아가의 자멸이 아니라는 게 확정됐습니다. 엔리코는 이곳에서 누군가와 싸워, 패했다. 그렇게 생각하는 게 맞겠어요."

가랜드도 고개를 끄덕이며 하강하여 빗자루에서 지상으로 내려왔다. 그녀가 거기서 말을 끊었다는 것은, 거꾸로 말하면 현시점에서 그 이상의 단서는 보이지 않는다는 뜻이다. 직접적인 전력뿐 아니라 공작의 수법을 보아도 얕잡아볼 수 없는 적인 것 같다. 그렇게 인식하며 그는 핵심적인 질문 하나를 던졌다.

"…누가 했다고 생각하십니까, 선생님은?"

마녀는 단호하게 고개를 가로저었다. 그 또한 가랜드가 예상했던 답이었다.

"지금은, 나는 아니라는 것을 알 따름입니다. …위장의 흔적은 확인했지만 그를 통한 억측은 피해야겠지요. 뒷면의 처리가 조잡한 것도 우리를 유도하기 위한 함정이 아니라는 보장이 없어요. 우선은 졸속 처리를 피하고 저쪽이 꼬리를 내놓게 해야지요. 그를 위한 교내감사입니다.

하지만 그렇기에… 누가 적이건, 이쪽이 손을 쓸 때까지 잠자코 기다리고 있지는 않겠지요."

얼마쯤 시간이 지나, 다음 날 이른 아침.

킴벌리의 교정에는 마법생물의 사육 공간이 설치되어 있다. 1학년 때는 마르코를 위해서, 2학년 이후부터는 그리폰을 위해서 캐티가 뻔질나게 드나드는 장소이기도 했다. 마법생물학 수업에서도 빈번하게 사용되다 보니 시간에 따라서는 많은 학생들이 출입하기도 한다.

하지만 동이 튼 지 얼마 되지 않은 시간에 그곳을 오가는 인물은 그리 많지 않다. 그 많지 않은 인물 중 대표적인 것이 바네사 올디스… 학생들에게 단적으로 '폭군'이라 불리며 두려움의 대상이 되고 있는 마법생물학 담당 교사다. 그 직무상 당연히 사육 공간의 관리는 그녀가 맡고 있었다.

"아~ 짜증 나, 짜증 나. 닭처럼 울지 좀 마라. 확 구워 먹어 버린다?"

잠에서 깬 마수들의 울음소리가 바네사의 기운을 느낀 순간 딱 그쳤다. 생물로서의 본능조차 수그러들게 만드는 압도적인 위압. 그것을 의도하지 않고도 폭력적인 수준으로 흩뿌리며 그녀는 아침 산책을 겸해 모든 우리를 둘러보았다.

하지만 그때, 위화감을 느꼈다. 그녀의 경험상 마조류(魔鳥類)는 이른 아침에 유달리 울어 대는 경향이 있었다. 그 점을 감안하면 이 시간대에 가장 시끄러워야 할 우리는 정해져 있었는데… 어째서인지 그곳이 고요하기만 했다.

"…어엉?"

이상하다고 생각하며 바네사가 우리 안을 들여다보았다. 곧 그리폰들의 모습이 눈에 들어왔다. 각자의 잠자리에 누워 잠을 자고 있다. 그것은 얼핏 한밤중 그들의 모습과 다를 게 없어 보였지만….

"…호오…."

잠을 자고 있는 게 아니다. 그들이 **한 마리도 남김없이 숨을 쉬지 않고 있다**는 것을 알아챈 순간, 바네사는 대략적인 사정을 이해했다. 다시 말해서… 이곳에서 무슨 일이 일어났고, 무슨 의도로 그렇게 한 것인지를.

"…이것 보셔. 감히 누구한테 싸움을 거는 거야?"

변형된 오른팔이 우리의 창살을 움켜쥐었다. 손바닥을 다시 펴자, 종잇조각처럼 구겨진 쇳덩이가 땅바닥을 나뒹굴었다.

불운하게도 이때. 교정의 사육 공간에는 그 밖에도 몇몇 별종이 와 있었다.

"옳지~ 옳지, 착하다 착해. 그대로, 다음은 이쪽… 아윽?!"

날개에 얼굴을 얻어맞은 캐티의 몸이 풀밭에 쓰러졌다. 그녀가 유도하려 했던 새끼 그리폰이 그 모습을 내려다보더니 흥미를 잃은 듯이 고개를 홱 돌렸다. 그곳과 다소 떨어진 곳에서 분투하는 캐티를 바라보고 있던 밀리건이 팔짱을 낀 채 말했다.

"흐~음. 보란 듯이 무시당하고 있네에."

"우으… 그, 그치만, 보세요! 이전처럼 공격해 오지는 않잖아요!"

곧장 일어난 캐티가 주장했다. 그녀는 그대로 다시 그리폰에게 다가가려 했지만 사안의 마녀가 다가서며 제지했다.

"자자, 좀 진정하고 생각해 보자고, 캐티 양. 마르코 때와 본질은 같아. 이쪽을 겁내고 있는 상대와 건전한 관계를 구축할 수 없는 것과 마찬가지로, 이쪽을 얕보고 있는 상태로는 관계를 진전시킬 수 없어. 다행히도 '적은 아니다'라고는 인식하고 있는 것 같으니, 이제 '대등하거나 그 이상의 상대'라고 생각하게끔 만들자고."

밀리건이 접근하자 그리폰은 경계심을 강화하며 뒷걸음질을 쳤다. 방심해선 안 되는 상대를 구분하고 있는 것이다. 그렇게 경계하지 않는 걸 보면 캐티는 커뮤니케이션 면에서 유리하다고 할 수 있지만, 그 대신 '얕보이고 있다'는 마이너스 요소를 떠안고 있는 것이다. 그 쉽지 않은 문제를 염두에 두고 밀리건은 공동연구자인 소녀에게 제안했다.

"그러려면 역시 힘을 내보여야 해. 자연계에서 강한 힘을 가진 적은 공포의 대상이, 아군은 신뢰의 대상이 돼. 힘을 내보인 후에 우호를 요구하면 더는 거부하지 못할 거야."

"…하지만. 아프게 하고 싶지는, 않아요."

주먹을 꼭 움켜쥔 채 캐티가 중얼거렸다. 밀리건이 흐뭇한 미소를 띤 채 고개를 끄덕였다.

"네가 그 부분을 양보하지 않으리라는 건 알아. 하지만… 직접 공격하지 않고 힘을 증명할 방법이라. 다소 어려운 문제네."

거기서 말을 끊은 후, 캐티와 밀리건은 나란히 생각에 잠겼다. 두 사람과 한 마리가 막다른 길에 다다라 있던 중, 묵직한 발소리가 울렸다. 기척을 느낀 두 사람이 등 뒤를 돌아보니, 그곳에는 낯익은 장신의 소년이 한 마리의 트롤을 데리고 서 있었다.

"여어~ 실례 좀 하자."

"가이? …어, 마르코를 데려온 거야? 산책하러 왔어?"

"그런 목적도 있지만, 살짝 생각난 게 있어서 말이야. 그리폰과의 교류에서 꽤 고전하고 있지?"

가이보다 앞서 마르코가 곱슬머리 소녀에게로 걸어갔다. 그러자 그 거구의 존재감을 도저히 무시할 수 없었는지, 그리폰이 깃털을 곤두세우고 위협했다.

"KYOOOOOOOOO!"

"우와…! 자, 잠깐 마르코! 경계하고 있는데 너무 가까이 오면…!"

"아니, 말리지 마. 그대로 가게 둬."

"뭐어?!"

가이의 의도를 알 수 없어 소녀가 혼란에 빠진 가운데, 마르코는 성큼성큼 걸어서 캐티의 곁에 도착했다. 그 눈으로 위쪽에서 흘끔 쳐다보자, 그전까지 요란하게 위협을 하던 그리폰이 겁먹은 듯이 입을 다물었다. 그 광경을 본 밀리건이 흥미롭다는 듯 턱에 손을 가져다 댄 채 말했다.

"…흐음. 성체라면 이야기가 좀 달라지겠지만, 현 단계에서는 명백하게 마르코가 더 강하지. 어떻게 싸워도 이길 수 없는 상대라는 걸 알아챈 모양이야."

"우…. 어쩌면 되냐, 가이."

"그대로 있으면 돼. 다음은 네 차례야, 캐티."

"어? 나?"

"마르코한테 어깨에 태워 달라고 해."

가이가 망설임 없이 다음 지시를 내렸다. 그 말을 들은 캐티가 당황하면서도 마르코를 올려다보았다.

"으, 응…. 마르코, 부탁해도 될까?"

"우, 알았다."

마르코가 고개를 끄덕이고서 소녀에게 손을 내밀어, 거기에 올라탄 캐티의 몸을 천천히 조심스럽게 어깨 위로 들어 올렸다. 잠시 후 어깨에 앉은 소녀의 눈높이가 바로 옆에 위치한 마르코와 같아졌다. 그것을 놀란 듯이 올려다보는 그리폰의 모습을 통해 밀리건은 가이의 의도를 알아챘다.

"…아하. 그런 뜻이구나."

"무시 못 할걸요. 자기보다 강한 생물이 따르는 모습은."

가이가 씨익 웃었다. 폭력을 휘둘러야만 힘을 증명할 수 있는 것은 아니다. 자신은 당해 낼 수 없는 상대를 뜻대로 부리는 모습은 때때로 그 자체로 힘의 증명이 되기도 하는 것이다. 그 발상이 일리가 있음을 인정하며 밀리건은 마르코의 어깨에 올라탄 캐티에게 말했다.

"캐티 양. 그리폰과 교류할 때 앞으로 당분간은 마르코와 함께 하도록 해. 하지만 호가호위(狐假虎威)하는 모양새가 되어서는 안 돼. 네 지시에 따르는 모습을 똑똑히 보여 줘."

"아, 네!"

캐티도 방침을 이해하고 어깨 위에서 마르코에게 방향 지시를 내리기 시작했다. 지시대로 움직이는 마르코의 모습은 캐티의 존재감을 그리폰의 눈에 아로새김과 동시에 강렬한 인상을 안겼을 것이다. 그것을 증명하기라도 하듯 그리폰의 시선이 캐티와 마르코를 계속해서 쫓았다. 그 모습을 바라보며 밀리건은 가이의 옆으로 다가가 팔꿈치로 옆구리를 찔렀다.

"묘수인걸, 가이 군."

"감사함다. …저 녀석은 생물과 마주할 때 그것 말고는 눈에 안 들어오잖아요. 보나마나 사이에 마르코를 끼워 넣는 방식 같은 건 생각도 못 하겠지, 싶어서."

"맞는 말이야. 이 방법은 오히려 내가 생각해 냈어야 했는데."

밀리건이 자신의 머리를 툭 쥐어박았다. 그러는 동안에도 마르코의 어깨 위에서 신이 난 캐티의 목소리가 울려 퍼졌다.

"이쪽을 보는 눈빛이 달라진 것 같아! 효과가 있을지도 몰라!"

"아~ 그거 다행이네. 근데 말이야…."

가이의 시선이 소녀의 온몸을 훑었다. 여기저기 까진 손과 팔, 흙으로 더러워진 교복, 풀이 잔뜩 엉킨 곱슬머리. 그러한 분투의 흔적을 대충 훑어본 후 소년은 이마에 손을 얹은 채 한숨을 내쉬었다.

"…아냐, 됐어. 자, 계속해."

"응? 진짜, 왜 저러지?"

캐티가 고개를 갸웃하더니 다시 마르코에게 지시를 내리기 시작했다. 그 모습을 못마땅한 얼굴로 계속 지켜보는 가이를, 밀리건이 곁눈질로 흘끔거렸다.

"…방금 무슨 말을 하려던 걸까나?"

"알면서 그러시는 거죠?"

"후후후, 들켰네. 그나저나 너는 캐티 양을 자세히도 보고 있네~"

"그 반댑니다. …매번 너덜너덜해져서 다니는 걸 두고 볼 수가 없어서 그래요."

소년이 나직하게 중얼거린 순간, 밀리건은 참지 못하고 눈두덩을 움켜쥐었다. 너무도 눈부신 것을 직시해 버렸다는 듯이.

"…과연. …이 양자택일 문제는, 확실히 골치 아프겠어."

"무슨 소립니까?"

"아니, 신경 쓰지 마. 그냥 혼잣말…."

밀리건이 이야기를 흘려 넘기려던 그 순간, 그 자리에 있던 모든 생물은 맹렬한 긴장감에 온몸을 경직시켰다.

"……큭?!" "……!"

몸을 움직이기는커녕 숨도 못 쉴 것만 같은 긴박감이 느껴졌다. 그 원인이 등 뒤에서 다가오는 누군가의 압박감이라는 것을 알아챈 순간, 모두의 시선이 그쪽 방향으로 빨려들었다. 두 팔을 이형(異形)으로 변형시킨 바네사 올디스가 큰 걸음으로 다가오는 모습을, 사람과 트롤과 그리폰이 동시에 발견했다. 서로 다른 종족의 눈을 통했음에도 틀림없이 동일하게 느끼고 있는 절망감을 품은 채로.

"…KYO…O…."

직접 눈총을 받고 있는 것은 그리폰이었고, 그 때문에 바네사는 그리폰에게 피할 수 없는 '죽음' 그 자체로 보였다. 싸울 의지는커녕 도망칠 기력조차 순식간에 뿌리째 뽑혀 나갔다. 마수로서의 본능이 말했기 때문이다. …지금은 이미 상대의 아가리 속에 들어가 있는 거나 다름없는 거리라고.

"…아, 앗!"

하지만. 그런 차원이 다른 위압 속에서 캐티만이 마르코의 어깨에서 뛰어내려 다른 이들의 앞을 가로막는 행동에 나섰다. 다리우스 때와 마찬가지로 그 모습은 그녀의 정신력이 비범하다는 것을 말해 주고 있었다. 그러나… 그것은 지금, 고깃덩이가 굶주린 짐승 앞에 뛰어나온 것과 다를 바가 없었다.

"…허가는, 받았, 어요. 무슨… 용건, 이신가요. 바네사 선생님."

살의의 결정체 같은 상대와 마주했는데도 캐티는 대화를 통한 의사소통을 꾀했다. 이 자리에 존재하는 바네사 이외의 모든 생물에게 그것은 유일한 희망이었다. 말이 통하지 않는다면 방법이 없다. 어떠한 저항도 무의미하리라는 것을, 아마도 뇌가 없는 생물이라 해도 알 수 있을 듯했다.

"이 녀석은 살아 있나."

따라서. 상대의 입에서 답변으로서의 '말'이 돌아온 순간, 죽음은 그들에게서 빠른 속도로 멀어져 갔다.

"……?"

"계속해라. 밀리건, 수업 개시 때까지 네가 지키고 있어라."

바네사는 그렇게 짧게 말하자마자 발길을 돌려, 올 때와 같은 속도로 성큼성큼 걸어갔다. 그 모습을 지켜본 후에야 캐티는 무릎을 꿇고 주저앉았고, 가이와 밀리건이 그런 그녀를 양옆에서 부축했다. 겨울비라도 맞은 것처럼, 소녀의 온몸은 식은땀으로 흥건해져 있었다.

"…뭐야, 방금 그거…."

"저건… 보통 화가 난 게 아닌 것 같네. 나조차도 어깨가 떨렸어."

모두를 대표해서 밀리건이 감상을 늘어놓았다. 그 팔에 매달려 몸을 일으킨 캐티는 문득 옆에서 누군가의 시선을 느꼈다. 그리폰이 두 눈으로 자신을 물끄러미 쳐다보고 있었다. 뭔가 신기한, 이해할 수 없는 것을 본 듯한 당혹감이 어린 눈으로.

"…무서웠어? 괜찮아. …저 사람이, 절대로 아무것도 못 하게 할게."

그렇게 말하며 소녀는 그리폰의 얼굴로 손가락을 뻗었다. 하지만 살며시 깃털을 쓰다듬는 작은 손을 이번에는 떨쳐 내려 하지 않았다. 이 자리의 그 누구도, 캐티 본인도 모르는 새에 마조 안에서 무언가가 바뀌었다. 어쩌면 그것은… 자신보다도 훨씬 작은 몸으로 절대적인 '죽음'에 맞서, 그것을 물리친 존재에 대한 흥미일지도 모른다.

문득 상공에서 기척을 느낀 밀리건이 시선을 위로 올렸다. 그리폰의 성체와 비룡을 비롯한 비행성 마수가 교사 위를 날아다니며 사나운 눈으로 지상을 흘겨보고 있었다. 너무도 삼엄한 그 광경에 밀리건이 심각한 얼굴로 중얼거렸다.

"감시를 맡은 마수가 상공을 날고 있어. …교내에서 무슨 일이 있었나 보네."

캐티가 모든 것을 알게 된 것은 아침 식사 자리에서 평소의 면면과 합류한 뒤였다.

"…말도, 안 돼…."

소녀가 떨어뜨린 포크가 소리를 내며 접시에 부딪혔다. 셰라는 그 심경을 이해하기에 섣불리 얼버무리려 하지 않고, 애써 담담하게 사실을 보고했다.

"유감이지만 사실 같아요. …2학년이 과제로 조교 중이었던 그리폰이 대량으로 변사. 살아남은 건 당신이 돌보고 있는 개체, 단 한 마리뿐이에요."

캐티의 어깨가 부들부들 떨렸다. 곧장 자리를 뜨려 하는 그녀를 셰라가 붙잡아 만류했다.

"진정하세요, 캐티. …이미 학교 측에서 손을 쓰고 있어요. 그 그리폰들은 킴벌리의 소유물이니, 그걸 훼손한 행위를 간과하지는 않을 거예요. 상공에 감시 마수를 풀어 둔 걸 봤잖아요?"

친구를 걱정하며 세라가 말했다. 아무리 그리폰이 걱정된다 해도 하루 종일 지켜보고 있을 수는 없고, 그건 캐티도 알았다. 그러나… 그렇다고 마음이 진정될 리도 없었다. 갑작스러운 죽음을 맞은 여러 생명을 떠올리며 곱슬머리 소녀는 처절하게 소리쳤다.

"…이상하잖아! 분명 이곳은 흉흉한 곳이지만, 최근에는 특히 더 이상해! 왜 그리폰이 죽어야만 하는 건데?!"

"설마, 이것도 그 일환인가? 소문이 자자한 교사 간…."

말을 자아내던 피트의 입을 롤 헤어 소녀의 손가락이 막았다. 그 상태로 그녀는 충고했다. 안경 쓴 소년뿐 아니라 이 자리에서 같은 테이블을 둘러싸고 있는 이들 모두에게.

"…지금은 한마디도. 정말로 한마디도 섣부른 소리를 해서는 안 돼요. 아시겠죠?"

여섯 명 사이에 무거운 침묵이 깔렸다. 그러던 중… 문득 누군가가 테이블 아래에서 잡고 있던 올리버의 손을 더욱 세게 잡았다.

"걱정할 것 없소."

옆에 앉은 나나오가 미소를 띤 채 단언했다. 그 모습을 본 세라가 살며시 미소를 지은 채 입을 열었다.

"…두 분은, 계속 손을 잡고 있네요."

"소생이 고집을 부린 것이오."

"후후, 조금 질투 나네요. …하지만 지금은 그러는 편이 좋겠어요."

셰라의 그 말에는 몸 상태가 좋지 않은 올리버를 걱정하는 의미도 담겨 있었다. 그 마음을 알기에 소년의 가슴은 삐걱댔다. 자신이 직접 지시를 내린 것은 아니다. 하지만… 그리폰의 대량 변사 사건이 동지들의 소행이라는 것을, 그는 그 소식을 듣자마자 알아챘다. 나아가 바네사 올디스에 대한 도발의 일환으로 그러한 공작을 했다는 사실도.

"상황이 진정될 때까지 단독행동은 피하도록 하죠. 미궁은 물론이고 교사에서도, 반드시 믿을 수 있는 누군가와 함께 움직이도록 하세요. 캐티, 피트, 당신들은 특히 더요."

"…응. 알았어." "도서실 가기 힘들어지겠네…."

저마다 다른 감상을 품은 채 셰라의 충고에 귀를 기울였다. 그렇게 짧게 식사를 마친 여섯 명이 자리를 뜨자, 사건으로 술렁거리던 우의의 방에 그 혼란을 부채질하는 듯한 새로운 소식이 도착했다.

"고드프리 총괄이 교장한테 호출을 받았대!"

"아무것도 관여한 바 없습니다."

의연한 남자의 목소리가 교장실에 울렸다. 방의 중심에 덩그러니 놓인 의자에 앉아 위압적인 시선을 받으면서도 고드프리의 답변에는 조금의 흔들림도 없었다.

"다시 한번 말씀드립니다. 엔리코 선생님 및 다리우스 선생님의 실종에, 저는 아무것도 관여한 바 없습니다. 학생회의 모든 멤버들도 마찬가지입니다."

한마디 한마디에 힘을 실었다. 자신들은 당당하다고 말하듯이. 그런 태도를 유지한 채 남자는 오히려 반문을 하기 시작했다.

"애초에 어째서 제가 용의자가 된 겁니까? 분명 학생총괄로서 많은 학생을 동원할 수 있는 입장이기는 하지만, 그것만으로 용의자 취급을 하는 건 지나치게 단락적인 처사입니다. 주제넘은 말씀이지만 판단에 이르기까지의 경위를 여쭙고 싶습니다."

"너 자신의 전력을 감안하여 청취를 하기로 한 거다. '연옥'."

얼어붙은 강철을 연상케 하는 답변이 돌아와, 고드프리는 교장의 눈을 똑바로 쳐다보았다. 이 마녀의 앞에서 위축되지 않고 제대로 대화를 나누는 것… 그 자체가 학생총괄에게 반드시 필요한 소양이라 할 수 있었다.

"엔리코도 다리우스도, 다소 우수할 뿐인 평범한 학생이 꺾을 수 있는 상대가 아니다. 누구라면 가능성이 있을까… 그렇게 생각했을 때, 네 이름이 가장 먼저 거론되는 건 단락적인 판단이 아니라 필연적인 일이다. 뭐, 그게 꼭 유력한 용의자라는 뜻은 아니니. 네 실력에 대한 평가라고 생각해라."

그것은 이 교장의 입에서 나올 수 있는 말 중 최대급의 칭찬이라 할 수 있었다. 심각한 얼굴을 한 고드프리에게 킴벌리의 마녀는 계속해서 말했다.

"이건 교내감사의 일환이다. 너 이외의 학생들도 청취의 대상이 될 거다. 반대로 네 쪽에서 의심할 만한 상대가 있다면 이 자리에서 신고해라. 나는 네가 학생총괄로서 펼친 활약을 높이 평가하고 있다. 필연적으로 그 말에도 귀를 기울일 만한 가치가 있다고 생각한다."

"제가 할 일은, 학생들을 지키는 겁니다. 의심하는 게 아닙니다."

남자는 즉답했다. 망설일 여지도 없는 일이라는 듯이. 범인이라는 게 밝혀진 후라면 모를까 '의심스러운' 단계에서 그것을 교사에게 알리는 것은 학생총괄이 학생을 배신하는 꼴이 된다. 적어도 고드프리의 머릿속에서 그것은 명백한 이치였고, 그가 그러한 인간이라는 것을 교장 역시 알고 있었다.

"상관없다. 그리고 하나 더, 내 이름으로 학생들에게 포고문을 내라."

"포고문, 말씀이십니까?"

고드프리가 의아한 투로 되물었다. 이 상황에서 학생들에게 무슨 말을 전하려는 걸까. 하지만 이어진 마녀의 말은 그의 예상을 크게 웃도는 것이었다.

"빗자루 경주(브룸 레이스), 빗자루 격투(브룸 파이트), 빗자루 전쟁(브룸 워), 모든 종목에서 다음 리그전에 학교 측에서 제공하는 상금과 상품을 상향 조정하겠다. 우승자 및 우승 팀의 최우수 선수에게는 현금으로 오천만 베르크와 용심결석(드라그리움)의 결정을 수여. 총괄 선거 직전의 결투 리그도 같은 조건으로 개최한다."

"…큭!"

그것이 의미하는 바를 알아챈 고드프리가 눈을 부릅떴다. 손도끼로 장작을 패듯이 단호하게 교장이 말했다.

"이야기는 이로써 끝이다. 물러가라."

"고드프리!" "괜찮으세요, 선배?!"

교장실에서 나온 그를, 당황한 기색이 역력한 팀과 레세디가 맞이했다. …킴벌리의 마녀의 호출, 그것도 사건과 관련된 청취다. 과장이 아니라 들어간 사람이 살아서 돌아오리라는 보장은 없다. 최악의 경우에는 문을 부수고 교장실에 난입할 각오도 하고 있었던 것이다.

"…괜찮아. 살아도 산 것 같지가 않지만."

이마에 배어난 땀을 훔치며 두 사람을 안심시키듯이 고드프리가 말했다. 그가 정신적 피로에서 회복할 때까지 잠시 시간을 준 후, 레세디가 본론을 꺼냈다.

"결국 무슨 용건이었지? 교사 살해자로 의심을 산 건가?"

그 물음에 고드프리가 이마에 손을 얹은 채 생각에 잠겼다.

"그렇다기보다는… 지금은 가능성을 하나씩 들여다보는 단계인 것 같아. 내가 가장 먼저 호출을 받은 건, 유력한 용의자라서가 아니라 현시점에서 그런 대상이 없기 때문이겠지."

"범인이 학생일 가능성도 염두에 두고 폭넓게 수사하고 있다 이건가. …생각보다 많이 뒤처졌나 보군. 그 교장답지 않게."

"이쪽이 인식하고 있는 것보다 상황이 훨씬 심각한 거겠지. 2년 연속으로 교사가 사라졌다는 건, 킴벌리의 역사를 돌아보아도 손에 꼽힐 만큼 이상한 사태니까.

…하지만 교장도 손을 쓰기 시작했다. 빗자루 경기 세 종목과 총괄 선거 전의 결투 리그에서 상금이 상향 조정돼. 우승자와 우승 팀의 최우수 선수에게는 오천만 베르크와 드라그리윰의 결정을 수여하겠다더군."

"드라그리윰…."

팀의 눈이 보름달처럼 동그래졌다. 마법사라면 누구나 갖고 싶어 할 희귀품이지만 연금술에 관계하는 인간들에게는 더더욱 가치 있는 물건이다. 그의 반응을 통해 그 사실을 재확인한 후, 고드프리는 그 상품의 의도에 확신을 가지게 되었다.

"굳이 말할 필요도 없겠지만 미끼겠지. 보다 많은 학생들을 교사로 끌어내기 위한."

"…꽤나 비싼 미끼인데. 같은 목적이라면 교장 명령으로 전교생을 강제 소집하는 게 더 싸게 먹히지 않나?"

"수사를 위한 소집은 비상사태 그 자체지만, 이벤트로 사람을 모으면 인상이 완전히 달라질 테니까. 킴벌리의 체제는 강고하다는 걸 내보이려는 거겠지. 이 미끼에도 낚이지 않고 교사에 나타나지 않는 학생이 있다면, 그건 그것대로 더욱 유력한 용의자라고 여기면 되고."

거기서 한차례 말을 끊은 후, 고드프리는 심호흡을 하며 사고를 정리했다. …일이 어떻게 흘러갈지는 알겠다. 이제는 자신들이 움직일 차례다. 그렇게 결심을 굳히고서 동료 중 한 명에게로 고개를 돌렸다.

"그런데 팀. 그리폰의 대량 변사 사건 말이다만."

"제가 한 거 아니에요!"

"그건 알아. 나중에 바네사 선생님과 교섭해 둘 테니, 허가가 떨어지면 사체를 조사해 줘. 어떤 방법으로 죽였는지 알고 싶다. 가능하다면 사망 추정 시각도."

"우리 쪽에서도 독자적으로 수사하려고?"

"아니, 사실대로 말하자면 **그러는 척만** 하는 거지. 현시점에서 적극적으로 범인을 색출할 생각은 없어. 지금까지의 사건과는 성격이 다르니까. 교사 간의 내분일 가능성이 남아 있는 이상, 우리가 지나치게 개입하는 건 너무 위험한 짓이야.

하지만… 그리폰의 대량 변사 사건은, 앞으로 학생이 휘말려 들 가능성을 시사하고 있지. 범인의 그러한 움직임에 대한 견제가 필요해. 그러니 **수사하는 척**을 하자는 거다."

교사 간의 분쟁은 교사들끼리 해결하게 한다. 그 방침에는 고드프리도 대체로 이의가 없다. 그러한 이상, 그가 노력해야 할 것은 학생들이 휘말리지 않게 하는 것이다. 그의 그런 생각에 레세디도 고개를 끄덕인 후, 한 가지 충고를 곁들였다.

"알겠어. 하지만 선거도 잊지 마. …교장이 특대 불쏘시개를 던져 넣었잖아.

이전 학생회 녀석들은 아마도 이 상황을 제대로 이용해 먹으려 할걸."

하급생들이 우의의 방에서 시간을 보내는 것과 마찬가지로, 상급생들에게도 그 역할을 하는 대형 홀이 있었다. 그것이 교사 4층에 위치한 '토의의 방'이다.

"나, 퍼시발 웜리가 이 자리에서 선언한다. 고드프리의 체제에는 근본적인 문제가 있다."

그 넓은 공간의 중심에서 4학년 남학생 한 명이 백장을 한 손에 들고 연설을 하고 있다. 선거가 머지않은 시기에는 보기 드문 광경이 아니다. 하지만 그 주장의 내용이 너무도 공격적이었다.

"미궁에서, 교사에서, 현 학생회는 많은 학생들을 위험에서 지켜 왔다. 그들에 대한 폭넓은 지지는 그 실적에 따른 것이며, 그것은 얼핏 실로 아름다운 관계로 보인다. 하지만… 잘 생각해 보길 바란다. 그 행위가 결과적으로 킴벌리에 무엇을 초래했는가?"

자신을 월리라고 소개한 학생이 일단 말을 끊고, 몇 초 동안 침묵했다. 그것은 청중에게 답을 생각하게 하기 위한 유예시간이 아니라 그들에게 '스스로 생각했다'고 착각하게 만들기 위한 시간이다. 답안지의 빈칸은 어디까지나 그가 메울 작정이었다.

"말하지 않아도 알겠지만, 학생들의 부실화다. 모든 마법사가 자립적으로 존재해야 할 킴벌리에 저들은 의지할 대상을 만들고 말았다. 자신들을 무조건적으로 도움을 구할 수 있는 상대로 인식시키고 말았다. 이 배움터의 근간에 있는 자유주의, 성과주의의 이념에 정면으로 반하는 모양새로!"

노골적으로 분노한 투로 월리는 소리쳤다. 성실한 화자(話者)로 보이지만, 청중들의 감정을 부추기기 위한 수법을 철저하게 주입받은 이였다. 그는 그 가르침에 따라 더욱 격정적인 어조로 말을 이었다.

"**무슨 일이 생기면 우선 학생회에 상담할 것**. …제군은 어떻게 생각하지? 나는 진심으로 실망했다. 다른 흔한 마법학교라면 모를까, 이곳 킴벌리에서 이런 얼빠진 문구가 통용된다는 사실에.

자신이 위험에 처하면, 마법사는 스스로의 힘으로 어떻게든 해야 한다. 도움이 필요하다면 상응하는 대가를 내놓거나 이해관계를 조정해 협력 관계를 맺거나, 그도 아니면 속이고 협박을 해서라도 이용하거나. …어떤 방법을 택해도 상관없다. 이러한 방법들은 모두 자력 구제의 원칙에 따른 것으로, 마법사로서의 존재방식에 한 치도 반하지 않으니.

그것이 바로 현 학생회에서 무엇보다도 허용하기 어려운 점이다. **저들은 대가를 요구하지 않는다**. 무사려(無思慮)하고 무분별한 구제를 모든 학생들에게 베풀고 있다. 그것이 얼마나 큰 타락을 낳을지 생각지도 않고!"

윌리는 주장했다. 그들의 최대의 미덕이라 여겨지고 있는 부분은 이 학교에서 가장 멀리해야 할 악덕이라고. 지나친 폭론(暴論)이라고 치부할 수는 없다. 왜냐하면 이곳은 킴벌리, 애초에 바깥세계의 윤리관과는 단절된 배움터이기 때문이다.

"이러한 과오는 3년으로 끝나게 할 수 있다. 다가오는 학생총괄 선거에서 옹립 후보로서 당선되어, 우리는 킴벌리를 올바른 모습으로 되돌려놓을 것이다. …이 말을 들은 제군이 누구에게 표를 던질지는, 생각하지 않겠다. 선택지는 존재하지 않는다는 걸 알 터이니. 제군이 진정한 의미에서의 마법사라면!"

마무리로 다시금 청중을 부추기고서 연설을 끝마쳤다. 하지만 다음 순간. 예상했던 반응보다 한 박자 먼저, 묘하게 맥없는 박수소리가 그의 귀에 들려왔다. 그쪽으로 시선을 돌려보니, 거기에는 앞머리로 한쪽 눈을 가린 한 여학생이 서 있었다. 그의 대립후보인 5학년 여학생이.

"잘 들었어, 미스터 월리. 좋은걸, 아주 멋져. 3년 전으로 시간이 돌아간 것 같아 감동스러울 정도야. 이야, 정말로 놀랐다니까. 그 당시 후보의 주장과 완전히 똑같다니."

"…베라 밀리건."

"하지만 그 내용에는 다소 의문스러운 점도 있어. 애초에… 왜 고드프리 선배가 자신의 손으로 새로운 학생회를 구축하려 했는지. 당시 학생회가 너희가 말하는 '마법사의 방식'으로 이곳을 얼마나 숨 막히는 장소로 만들었는지. 3년 동안 그러한 경위가 완전히 잊히기라도 한 걸까?"

"그러한 부패가 일부에서 일어났다는 것은 부정하지 않겠다."

월리가 반박을 입 밖에 내기 전에 청중들 속에서 한 남자가 걸어 나왔다. 길고 눈부신 금발과 절반이 화상으로 짓무른 처절하면서도 아름다운 얼굴. 특출한 존재감이 단 한마디로 주변에 있던 사람들의 이목을 끌어당겼다.

"그러나 이제 와서는 과거의 이야기다. 3년 동안 병소는 남김없이 제거되었다. 물론 내가 당선되었다 해도 같은 일을 했겠지. 우리 배움터에서 우둔한 자는 도태되어야 하니까."

이전 학생회 파벌의 수장이자 지금은 윌리의 후원자인 남자, 레온시오 에체발리아의 목소리가 낭랑하게 울려 퍼졌다. 그 모습을 보고 밀리건이 미소를 지었다. 이렇게 빨리 저쪽의 수괴가 나와 준 것은 그녀에게 행운이었다.

"그게 실행되지 않아 실로 유감이야. …그런데 선배, 아직 낫지 않은 거야? **그 얼굴의 화상은**."

그래서 우선 인사를 대신해서 도발해 보았다. 그 한마디에 대형 홀의 공기가 얼어붙었다. 윌리의 얼굴은 파랗게 질렸고, 레온시오는 이마에 손을 얹은 채 웃었다.

"하하, 하하하. 하하하하하. …이봐, 밀리건."

"왜 그래, 선배?"

"불사르고 비춰라—솔리스 룩스."

상대의 도발에 재치 있는 비아냥거림으로 답하기라도 하듯 사근사근한 투로 남자는 주문을 쏘았다. 허리에서 백장을 뽑아 영창과 동시에 휘두르는 동작이 너무도 자연스러워서, 밀리건조차 반응이 늦어졌다. 그녀가 그에 응해 백장을 뽑았을 때 그 시야는 이미 금빛 화염으로 가득해진 상태였고….

"불태워 정화하라—이그니스!"

그녀의 등 뒤에서 내쏜 화염이 동등한 출력으로 금빛 화염을 제지했다. 대형 홀 중심에서 두 개의 화염이 부딪혔다. 그것들은 퍼져 나가지도, 불똥을 튀기지도 않고 공중에서 맞부딪힌 채로 축소되었다. 마치 허공에 떠오른 노심처럼 한곳으로 집중되었다가 이윽고 꺼졌다.

"…양측 모두 지팡이를 거둬라! 선거는 아직 멀었는데, 너무 과열됐다!"

학생총괄 알빈 고드프리가 백장을 겨눈 채 사이에 끼어들었다. 그 모습을 본 레온시오의 얼굴이 오래도록 만나지 못한 연인을 앞에 둔 것처럼 환희로 물들었다.

"아아… 고드프리. 나의 사랑스러운 연옥이여.

오래 기다리게 해서 미안하다. 드디어. 드디어 너를, 내 침대로 불러들일 준비가 되었어."

지팡이를 거두고 두 손을 내민 자세로 남자는 애정을 표현하며 고드프리에게 다가갔다. 두 사람의 거리가 줄어들던 중, 그 머리 위로 몇 개나 되는 유리병이 날아들었다.

"**개나 끼고 주무시지, 머저리**."

고드프리의 머리 너머로 팀 린턴이 투척한 마법약이었다. 교전 중이었던 면면을 제외한 주변의 학생들이 일제히 몸을 돌려 대피했다. 그 팀이 살의를 가지고 던진 물체가 치사성 독이 아니라 생각할 이유가 전혀 없는 데다, 저게 떨어질 때까지 안전하리라고 기대할 수도 없다. 틀림없이 공중에서 폭발할 거다.

하지만 그들의 예상과 달리, 그것들이 죽음의 비가 되어 쏟아지는 일은 벌어지지 않았다. 한 박자 늦게 맞은편에서 투척한 여러 개의 유리 구체… 하나같이 마법약이 봉입된 그것들이 팀이 던진 병과 같은 장소에서 폭발. 그 즉시 격렬한 중화작용이 발생하여 모두 무해한 연기가 된 탓에 액체는 한 방울도 바닥에 떨어지지 않았다.

"…진보가 없군요, 팀 군. 그 후로도 계속 독살마에서 졸업하지 못한 건가요."

한 5학년생이 어이가 없다는 얼굴로 학생들 사이에서 걸어 나왔다. 타이트하게 개조한 교복을 입은 가느다란 몸과 온화해 보이면서도 굳건한 미소가 보는 이의 시선을 사로잡았다. 한쪽 손에 든 백장의 끄트머리를 팀에게 겨눈 채, 남자는 온화하게 말했다.

"몇 번이고 말하겠습니다, 연금술은 그런 게 아니에요. 공연히 사람을 고통스럽게 하는 독약은 실패한 조합의 산물에 불과합니다. 때로는 치유하고, 때로는 현혹하고, 때로는 사람을 미치게 하는 것이 바로 마법약. 그렇지 않나요?"

"닥치고 잔이나 닦으셔, '바 맨, 취사(醉師)'. 네 칵테일은 너무 달아서 내 취향이 아니라고."

백장을 마주 겨누고서 도발에 응하며 팀은 비어 있는 왼손으로 새로운 병을 준비했다. 이전 학생회 진영의 연금술사, '바 맨'

지노 벨트라미의 얼굴에 연민 어린 미소가 떠올랐다.

거리를 둔 채 눈싸움을 벌이는 두 사람을 바라보며 레온시오가 흥, 하고 콧방귀를 뀌었다.

"…여전히 버릇이 없는 광견이군. 네 조교가 부족한 탓이야, 고드프리."

그 말 직후, '바 맨'을 의식한 팀의 얼굴을 향해 측면에서 백장이 뻗어 나왔다.

"터지고 부숴라—플라르고."

뒤늦게 알아챈 팀의 머리를 향해 가차 없이 주문을 날렸다. 회피할 틈도 없이 불꽃이 작렬했고….

"…교육이 부족했다는 건 부정하지 않도록 하지. 하지만 네놈들에게 채찍을 맡긴 적도 없다."

하지만 발동하는 순간, 상대의 지팡이를 자신의 지팡이로 밀쳐내는 모양새로 레세디 잉웨가 그곳에 난입했다. 두 개의 백장이 삐걱댔다. 그녀의 얼굴을 코앞에서 바라보며, 무척 퇴폐적인 분위기를 풍기는 엘프이자 6학년생인 키리기 알브슈프가 씨익 웃었다.

"표정이 참 무섭네, 레세디. …아직도 원망하고 있는 거야? 애인들을 빼앗았던 걸?"

"그 입은 불쾌한 소리밖에 낼 줄 모르는 거냐? 그렇다면 소용없다, 지금 당장 꿰매 붙여라, '탐욕(아바리스)'."

두 사람은 한 걸음도 물러서지 않고 눈싸움을 벌였다. 세 사람이 각자의 상대와 대치 중인 상황에서 고드프리가 또다시 입을 열었다.

"다들 그대로 들어라. …학생총괄로서 교장선생님의 결정을 전하겠다.

다음 리그전, 빗자루 경기 세 종목에서 학교 측이 제공하는 상금, 상품을 상향 조정한다. 우승자 및 우승 팀의 최우수 선수에게는 상금으로 현금 오천만 베르크 및 드라그리움의 결정을 수여. 총괄 선거 직전의 결투 리그도 마찬가지의 조건으로 개최…하겠다고 한다."

그 소식을 들은 레온시오는 가슴에 왼손을 대고 감격한 듯이 위를 올려다보았다.

"역시 교장선생님. 이 싸움에 걸맞은 권위를 부여해 주셨군."

"멍청하긴. 싸움에 진 개를 올려놓을 도마가 커진 것뿐…."

비아냥거리는 소리를 하려던 팀의 목소리가 끊겼다. 아니… 그뿐만이 아니었다. 대형 홀에 있던 거의 모든 이들의 의식이 지금 이 순간, 어느 한 곳에 집중되었다.

"끝내주는군. …최고의 무대에서, 너를 내 것으로 만들 수 있다니."

"…크…."

고드프리조차 숨을 죽였다. 그 시선 끝에는 레온시오의 국부가, 눈을 의심할 정도로 부풀어 오른 바지가, 쉴 새 없이 흐르는 혈액으로 심장처럼 펄떡거리는… 그야말로 **상식 밖의 거근**(巨根)이 있었다.

"아아아, 뜨거워…! 뜨겁다고, 고드프리! 네가 태운 얼굴이 불타고 있어!

이 화염을 끄기 위해, 너에게서 모든 걸 탈환하겠어! 너의 모든 것을 빼앗아 주겠어! 모든 것을 잃고 넋을 잃은 너를 침대에 깔아뭉개고, 몇 날 며칠을 쉼 없이 괴롭히고, 울게 하고, 신음하게 하고, 이제 그만해 달라고 애원하게 만들고! 영원히 벗을 수 없는 목줄을 네 목에 채워 주겠어!"

남자가 욕정을, 증오와 집념이 뒤섞여 끓어오른 그것을 일체의 망설임도 없이 의중에 있는 상대에게 쏟아 냈다. 너의 모든 것을 빼앗아 주겠다고 선언했다. 오만하고도 자기중심적인… 그렇기에 한없이 올바른 마법사의 사랑 방식이었다.

"그날은 머지않았다. …부디 기대하며 기다리고 있으라고."

레온시오는 열에 달뜬 눈을 한 채 말하더니 동료들에게 눈짓을 하고서 몸을 돌렸다. 흥분된 국부를 가리지도 않고, 오히려 자랑이라도 하듯 내보이며 남자는 동료들과 함께 대형 홀을 떠났다.

같은 날 밤, 올리버 일행은 사전에 의논한 대로 애시베리의 현재 상황에 관해 모건에게 보고하기로 했다. 하지만 평소보다 흉흉해진 현재 교내의 상황을 감안해, 여섯 명이 다 같이 가게 되었다.

"…빗자루 경기 세 종목은 알겠소. 그런데 결투 리그란 건 무엇이오?"

1층을 지나 2층인 '북적이는 숲'의 나무 사이를 나아가는 동안, 여섯 명은 토의의 방에서 있었던 소동으로부터 다소 늦게 전달된 교장의 선언에 관해 이야기하고 있었다. 나나오의 질문에 셰라가 자세히 해설하기 시작했다.

"킴벌리에서 정기적으로 개최되는 마법전투의 공식 실력 겨루기예요. 이것도 개인전과 단체전이 있는데, 선거 전의 결투 리그는 개인전으로 개최되는 경우가 많다고 들었어요. 학생총괄의 입후보자에게 개인으로서의 실력을 증명할 기회를 부여한다는 목적도 있겠지요."

대화를 하며 셰라는 기풍주문으로 앞길을 가로막는 풀숲을 베어 나갔다. 그렇게 해서 걷기 쉬워진 길을 앞장서서 나아가며 그녀는 충고를 덧붙였다.

"하지만 그건 내년의 이야기예요. 지금 당장 당신들과 관련이 있는 건 빗자루 경기 쪽이죠. 나나오라면 세 종목 중 어디에 나가도 상위권을 노릴 수 있을 거예요. 진심으로 우승을 노리려면 지금부터 작전을 짜야 할 테고요."

"이렇게 된 거 아주 제대로 해 보자고, 나나오. 오천만 베르크라잖아. 생각 좀 해 봐, 갈라테아에서 한 달 내내 호화스럽게 놀아도 다 못 쓸걸?"

"가이, 불순해! …하지만, 하아, 확실히 거금이기는 하네. 나도 빚자루를 잘 다뤘다면…."

"응? 너, 돈 필요하냐?"

"부끄러운 이야기지만 엄청 간절하기는 해. …향후의 마법생물 사육에 관해 생각하면, 돈이 아무리 많아도 부족할 정도야. 밀리건 선배도 그랬거든, 슬슬 본격적으로 돈을 구할 궁리를 해야겠다고."

팍팍한 지갑 사정에 캐티의 입에서 한숨이 흘러나왔다. 연구란 것은 대부분 돈 잡아먹는 벌레와도 같지만, 마이너한 분야의 연구는 특히나 자금 문제가 세트로 따라붙기 마련이다. 그녀는 앞으로도 오래도록 그 문제와 마주해 나가야만 한다.

친구의 그런 고민을 듣고서 나나오가 흠, 하고 콧숨을 내쉬며 말했다.

"그렇다면 소생이 상금을 타서 캐티에게 드리겠소. 어차피 쓸데도 없으니."

"나나오~! 정말 왜 그렇게 착한 거야~~~~!"

감격한 캐티가 친구를 꼬옥 껴안았다. 그 바람에 나나오의 걸음이 멈춰서 그녀와 손을 잡고 있던 올리버의 몸이 가볍게 뒤로 젖혀졌다.

"…그치만, 기쁘긴 해도 그건 안 돼. 돈은 아껴 두도록 해. 지금은 필요 없어도 언젠가 분명 도움이 될 때가 올 거야."

상대를 끌어안은 채 캐티는 진심을 담아 그렇게 말했다. 그런 대화를 나누는 두 사람을 곁눈질하며 가이가 올리버에게 어깨동무를 했다.

"나나오가 마음을 먹었으니 너도 얼른 회복해야지."

"야, 무턱대고 재촉하지 마. 이런저런 자료를 뒤져 봤지만 마법사의 슬럼프는 섬세한 문제라고. 너 때문에 잘못된 대처를 하면 어쩌려고 그래?"

가이에게서 되찾아 오기라도 하듯 피트가 올리버의 팔을 잡아당기며 말했다. 그러자 원래부터 손을 잡고 있던 올리버와 나나오를 중심으로, 어느샌가 롤 헤어 소녀를 제외한 모두가 딱 달라붙는 모양새가 되었다. 그것을 보고 셰라가 쿡쿡 웃었다.

"…저도 끼어도 될까요?"

"사태를 악화시키지 마, 셰라. …너희도 진정하고 일단 떨어져. 이래서는 움직이기가 너무…."

올리버가 나무라듯 말했다. 하지만 그 순간, 조금 떨어진 곳에 있는 풀숲에서 덩치 큰 남자 상급생이 불쑥 고개를 내밀었다.

"이번엔 대식구가 돼서 왔구만."

앗, 캐티가 신음했다. 오늘의 목적인 모건이 그곳에 있었다. 가이 일행은 그를 보고 허둥지둥 몸을 떼었지만, 나나오만은 올리버와 잡은 손을 끝까지 놓지 않았다. 그래서 이번에는 그런 그를 대신해 셰라가 앞으로 나섰다.

"만나서 반갑습니다, 모건 선배님. 2학년인 미셸라 맥팔렌이에요. 일전에는 친구가 신세를 졌습니다. 무엇보다도 가이를 궁지에서 구해 주셔서 진심으로 감사해요.

이쪽은 친구인 올리버 혼과 나나오 히비야. 지금은 교내 분위기가 뒤숭숭해서 만약을 위해 저를 비롯해서 다 함께 오게 됐답니다. 다소 떠들썩해졌지만 너그럽게 봐주셨으면 좋겠네요."

"오오, 네가 테오도르 선생님이 애지중지하는 딸이구나. 역시 풍격이 남다른걸.

그쪽 두 사람도, 내 부탁을 들어줘서 고맙다."

모건이 바라보자 나나오와 손을 잡고 있는 올리버는 애써 쑥스러움을 숨기며 인사했다. 그 후 모두와 두세 마디를 나눴을 뿐인데 상당히 거리가 좁혀져서, 올리버는 다소 안심했다. 가이 일행에게서 들었던 것처럼 대범하고 호쾌한 성격인 듯했기 때문이다.

본론으로 들어가기 전에 얼마간 잡담을 나누게 되어, 자연스럽게 교내의 현재 상황에 관한 이야기가 나왔다. 여섯 명이 전해준 현재 킴벌리의 정세를 듣고, 모건은 놀란 표정을 지었다.

"오천만 베르크에 드라그리움 결정? 거 통도 크네."

"아마도 학교 측에는, 리그를 흥행시키는 것 이외의 목적이 있는 거겠죠. …뭐, 이 이상의 억측은 피해야겠지만요."

"그게 정답이야. 교사들이 다투고 있는 상황에 너희 하급생이 긁어 부스럼을 만들 필요는 없으니까. 배후의 사정 같은 건 무시하고 이벤트나 즐기도록 해."

모건이 후배들에게 시원스럽게 충고를 했다. 그로써 대화가 일단락되자, 타이밍을 살피던 나나오가 입을 열었다.

"괜찮으시다면 애시베리 공의 현재 상황에 관해 말씀드리겠소."

"그래. 부탁 좀 하자."

모건도 고개를 끄덕였다. 그 후 10분 남짓 동안, 남자는 가만히 그녀의 보고에 귀를 기울였다.

"…아직도 기록 경신은 못 하고 있나."

이야기를 끝까지 들은 모건이 팔짱을 낀 채 나직하게 중얼거렸다. 그 말에 동방의 소녀가 자신의 소감을 덧붙여 말했다.

"소생도 빗자루 기수 나부랭이인지라, 이심전심인 캐처가 있다는 게 얼마나 든든한 일인지는 아는 바요. 그 부재(不在)가 가져오는 불안함도 말이오."

그 말을 들은 모건의 시선이 문득 나나오의 옆에 선 소년에게로 향했다.

"…그 꼬마가 네 캐처냐?"

"바로 보시었소."

나나오가 자랑스럽게 옆에 선 소년과 팔짱을 끼었다. 올리버는 쑥스러움에 고개를 푹 숙였고, 그 모습을 본 모건의 입가에는 흐뭇한 미소가 걸렸다.

"빗자루 기수와 캐처의 관계는 저마다 다르지. 너희처럼 사이 좋은 경우가 있는가 하면, 사사건건 말다툼을 하는 난감한 페어도 있고. 하지만… 공통점이 있다면 어떤 관계가 되었건 그리 쉽게 교체할 수 없다는 거지."

먼눈을 한 채 남자가 말했다. 그 시선은 다름 아닌 과거의 그 자신을 바라보고 있었다.

"애시베리의 경우는 훨씬 단순해. 그 녀석한테 붙었던 캐처가 죄다 도망치고, 마지막에 남은 게 나뿐이었으니까. 카카캇."

남자는 과거의 일을 떠올리고서 호쾌하게 웃더니 귀를 기울이고 있는 후배들 앞에서 문득 미소를 거두며 말을 이었다.

"솔직히 말하자면 돌아가고 싶은 마음은 굴뚝같아. 하지만… 이 몸으로는 더 이상 캐처를 할 수 없으니까. 지금의 모습을 보여 봐야 그 녀석은 실망만 할 테고."

체념한 투로 모건은 말했다. 그 말을 들은 캐티가 가만히 있을 수가 없었는지 조심스럽게 끼어들었다.

"…저기. 선생님께 상담해 보면, 어쩌면 몸을 고칠 방법이…."

그 말 도중에 모건이 후배들에게서 고개를 돌리더니 요란하게 기침을 했다. 그 순간, 입에서 거세게 뿜어져 나온 불이 우연히 그곳에 있던 나무들을 순식간에 숯덩이로 만들어 버렸다.

"…콜록. 미안, 뭐라고?"

"……아뇨. 아무것도, 아니에요."

캐티가 말을 중단했다. 눈앞에서 펼쳐진 광경은 그녀가 말한 어떤 희망보다도 절망적이었다. 이계의 화염에 몸과 마음을 좀먹히고 있는 남자는 그런 자신이 어떤 최후를 맞을지 누구보다도 잘 알고 있었고, 그런 상태로 앞날을 살아갈 후배들과 마주하고 있는 것이다.

"너희에게 괜한 고생을 시켰구나. 또 부탁을 하려니 좀 그렇지만… 내가 아직 살아 있다는 건 그 녀석한테 말하지 마라. 머지않아 불타 없어질 이전 캐처 따위, 신경 써 봐야 뭐 하겠냐."

부탁을 받은 여섯 명은 안타까운 마음에 사로잡혔다. 하지만 당사자가 알리는 걸 원치 않으니 어쩌겠는가. 침울해지려는 분위기를 날려 버리듯이 모건은 힘찬 목소리로 말을 이었다.

"그 대신 잘 부추겨 줘. …벽에 부딪혔다면, 그 녀석은 투쟁심을 불살라서 그걸 깨부수려 할 거야. 옛날부터 그런 여자였어.

이번 리그전은 최고의 무대가 되겠지. 지금의 애시베리가 원하는 것은 다름이 아니라 강적이니 말이야."

그렇게 운을 떼더니 모건은 동방의 소녀를 물끄러미 쳐다보았다. 교내 전체를 뒤져도 몇 안 되는, 같은 하늘에서 애시베리와 맞설 수 있는 빗자루 기수를.

"그 녀석과 하늘에서 맞서 줄 수 있을까, 나나오 히비야. …내가 바라는 건 단지 그뿐이야."

소녀는 힘껏 고개를 끄덕였다. 자신에게 맡긴 절실한 마음을, 가슴속에서 무겁게 곱씹으며.

주변 상황이 크게 움직이는 한편. 형과 누이에게 진찰을 받은 후에도 올리버의 몸 상태는 개선될 조짐조차 보이지 않았다.

"…그만. 지팡이를 내리세요, 미스터 혼."

주문학 수업에서는 결국 교사에게 제지를 당하고 말았다. 길크리스트는 선 채로 뻣뻣하게 굳어 버린 올리버에게 다가가 담담하게 말했다.

"눈에 띌 만큼 심신이 흐트러졌군요. 그런 상태로 수업에 나오면 주변 사람들에게 민폐입니다."

"…큭."

반론의 여지가 없었다. 눈앞에 있는 결과가 모든 것을 말해 주고 있었다. 센스가 핵심인 변화 과제에서 그는 종이처럼 얇게 펴려고 했던 유리판을 새하얗게 만들고 말았다. 투명도를 유지하지 못한 것은 마력 조절에 실패했다는 증거다.

"무턱대고 지팡이를 휘둘러 봐야 상황은 바뀌지 않아요. 서둘러 회복하려 하지 말고, 진득하게 자신과 마주하도록 하세요. 알아들었나요?"

언젠가 물리쳐야 할 상대에게 그런 충고까지 받았다. 하지만… 무턱대고 노력만 한다고 될 일이 아니라 한들, 올리버의 눈에는 희망이 보이지 않았다. 컨디션 난조에서 벗어나기 위한 작은 단서조차 보이지 않다 보니 불안과 초조함과 실패만이 늘어갔다. 그것도 모든 수업에서.

"이거 원, 어떻게 된 거냐, 미스터 혼. 그렇게 비실비실 위태롭게 나는 녀석이 아니었잖아. 뼈가 두세 대쯤 나가기라도 한 거야? 치유마법이라도 걸어 줄까? 내 건 무진장 아프지만."

빗자루 비행술 수업에서는 이륙과 착륙을 반복하다가 실패하여 더스틴이 진심으로 걱정하기도 했다. 오랫동안 타고 있는 빗자루도 당황해서, 공중을 똑바로 나는 것도 위태로운 수준이었다.

"응, 응. 신경 쓰지 마, 미스터 혼. 오늘 과제는 상당히 어려웠으니까. 오랜만에 조합하면 상급생도 실수를 할 정도야. 누구든 그런 날은 있기 마련이라고."

연금술 수업에서는 완전히 조합에 실패해서, 테드가 미소를 띤 채 그렇게 다독여 주기도 했다. 재료와 도구를 다루는 움직임 하나하나에 자신감이 없어졌고, 신중하게 하려 할수록 성공에서 멀어졌다.

"……."

동료들도 과목이 갈리다 보니 연금술 수업에서는 나나오가 같은 교실에 없었다. 딱히 특이한 일도 아니건만 지금의 올리버에게 그것은 어두운 밤에 유일한 등불이 사라진 것처럼 느껴졌다.

"…누구든 그럴 때가 있다잖아! 너무 신경 쓰지 마!"

"애초에 대단한 실패도 아니잖아. 냄비를 폭발시킨 것도 아니고."

같이 수업을 듣던 캐티와 피트도 그가 불안해 하고 있다는 걸 알아채고 조금이라도 기운을 북돋워 주려 했다. 동료들의 그런 배려에도 지금의 올리버는 힘없는 미소로밖에 답할 수가 없었다.

"올리버 혼. 피트 레스톤."

어서 다른 멤버들과 합류하자. 그런 생각으로 길을 재촉하던 세 사람의 심장을, 그야말로 최악의 타이밍에 얼어붙을 듯한 목소리가 꿰어 버렸다.

"너희에게 물을 게 있다. 이대로 교장실로 따라와라."

녹슨 기계장치처럼 세 사람이 등 뒤를 돌아보았다. 어슴푸레한 복도에 은빛 머리카락을 나부끼며… 킴벌리의 마녀, 에스메랄다가 서 있었다.

이날은 며칠 전 고드프리가 앉았던 곳에 두 개의 의자가 나란히 놓여 있었다. 형 집행을 앞둔 사형수가 된 심정으로 거기에 앉은 2학년생 두 명에게, 교장은 등을 돌린 채 창가에 서서 말하기 시작했다.

"엔리코 포루기에리의 실종에 관해서는 알고 있겠지."

"소문 정도는." "…저도 마찬가지입니다."

기력을 쥐어짜 올리버가 답하자 피트도 뒤따라 대답했다. 마녀의 눈동자가 곁눈질로 그들을 바라보았다.

"실종되기 직전, 너희는 엔리코의 공방을 방문했다. 맞나?"

거기서부터인가. 그렇게 생각하며 올리버는 신중하게 말을 골라 답했다.

"…네. 피트가 초대를 받았고, 저는 억지로 따라갔습니다."

"보고 들은 걸 말해라. 하나도 남김없이."

그 명령에 따라 올리버는 그때 일의 경위를 설명하기 시작했다. 처음에 피트가 초대를 받은 것, 그것은 위험하다고 생각해 자신과 나나오가 동행을 자청한 것, 엔리코가 부여한 시련을 넘어 공방에 도착한 것, 그곳에서 처음으로 데아 엑스 마키나를 보았던 것. 그 모든 것은 생전의 엔리코가 남긴 기록을 통해 이미 알고 있을 터라, 올리버도 숨길 생각은 애초부터 없었다.

소년에게서 대강의 내용을 들은 후, 마녀는 그들 쪽으로 몸을 돌리더니 날카롭게 지적했다.

"…마음에 안 들었던 모양이군, 엔리코의 연구는."

두근. 올리버의 심장이 뛰었다. 직전의 설명에 그런 감상은 조금도 들어 있지 않았지만 견학 당시 엔리코에게 적지 않은 반감을 표명하기는 했다. 그것을 혐의로 연결 짓게 둘 수는 없다.

"…딱히, 그렇지는…."

조금이라도 인상을 회복시켜 두는 게 좋겠다. 그런 생각에 변명하려던 순간, 영창 소리가 들리더니 올리버의 등 뒤에서 의자의 등받이가 덜컥 떨어졌다. 경직된 그와 피트의 눈앞에서 교장이 손에 쥔 백장을 다시 허리에 꽂았다.

"**내가 묻고 있다**. 앞으로 의미 없는 말은 한마디도 내뱉지 마라."

한 박자 늦게 올리버의 등에 소름이 돋았다. **의자의 등받이를 정면에서, 몸을 사이에 둔 채 절단했다**. 영창에 대한 일체의 반응도 용납지 않은 채, 정교하기 그지없게 제어하여 로브에는 흠집 하나 내지 않고. 요컨대… 상대가 마음만 먹었다면 얼마든지 몸통과 함께 두 동강을 냈을 것이란 뜻이다.

"…교, 교장선생님께서는!"

피트가 소리쳤다. 온몸을 벌벌 떨면서도 말을 멈추지 않았다.

"의, 의심하시는 거군요. 엔리코 선생님의 실종에, 저와 올리버가 관계된 게 아닌가 하고. 다, 다시 말해서… 이건 수사의 일환으로서의 심문… 그런 거죠?"

상대의 침묵이 긍정을 뜻했다. 1초 후면 목이 달아날지도 모른다는 공포심이 온몸을 지배했다. 그것을 애써 억누르며 피트는 살기 위해 말을 자아냈다.

"엔리코 선생님이 마지막으로 목격된 후부터 실종 사실이 발각될 때까지의 시기… 사건 추정 시각을 알려 주십시오. 저는 제가 어떤 행동을 했는지 대부분 기억합니다. 그때 저와 올리버가 무엇을 했는지, 누구와 함께 있었는지. 필요하다면 증인을 불러 자세히 이야기할 수도 있습니다."

결백을 증명하는 데 있어 정도(正道)라 할 수 있는 방법이었다. 올리버가 보조할 새도 없이 안경 쓴 소년은 말을 이어 갔다.

"현장은, 미궁 제5층이라고 들었습니다. 저는 한 번도 거기까지 간 적이 없지만, 실력 있는 마법사라 해도 그렇게 단기간에 들어갔다가 돌아올 수 있는 장소가 아니라는 건 압니다. 현장부재증명(現場不在證明)을 하게 해 주십시오."

"필요 없다."

목숨을 걸고 연거푸 내뱉은 말을 교장이 한마디로 거절했다. 피트는 숨이 멎는 듯했다.

"엔리코에 실종에, 2학년인 너희가 직접 관여했다고는 생각지 않는다. 그럼에도 청취를 하는 것은, 엔리코의 데우스 엑스 마키나가 쓰러졌다는 사실이 있기 때문이다. 이게 무슨 뜻인지 알겠나?"

답과 동시에 물음이 돌아왔다. 눈물을 글썽거리는 피트 대신 이번에는 올리버가 대답했다.

"…우선 확인을 하고 싶습니다만. 저희가 본 골렘의 이름은 데아 엑스 마키나였고, 상체뿐인 미완성품이었습니다. 그것과 교장선생님이 말씀하시는 데우스 엑스 마키나는 동일한 것입니까?"

"너희가 공방에서 본 것은 건조 중이던 2호기다. 이번 건에서 쓰러진 것은 그 이전에 만들어진 1호기고."

"…과연. 그렇다면… 범인은 고수. 그리고 여러 명일 가능성이 높다는 것이군요."

"부족하다. 그 발명품은 강력한 마법사가 여럿이서 덤빈 것만으로 쓰러뜨릴 수 있을 정도로 어정쩡한 게 아니다."

요소가 부족하다고 지적하며 올리버의 바로 옆까지 걸어간 후, 에스메랄다는 말을 이었다.

"나는 이렇게 생각한다. 범인은 기계 신에 관해 사전에 자세히 알고 있었다고."

소년은 위장이 콱 찌그러드는 느낌이 들었다. 그는 알았다, 그것이 정답이라는 것을.

"…저희가 범인에게 정보를 넘겼다. 그렇게 보시는 겁니까?"

"그럴 가능성도 있다는 거다. 현장의 그것과는 다른 개체라지만, 너희는 실제로 기계 신을 봤다. 그것의 견학을 허락했으니, 엔리코라면 최소한 동력에 관한 설명까지는 했을 거다. 그걸 아는가 모르는가에 따라 그것에 대한 자세가 극명하게 달라질 수 있지."

올리버는 반박할 말이 없었다. 교장과 그들 사이의 대화가 끊긴 몇 초 동안 조금 기력을 회복한 피트가 반론을 내뱉었다.

"의심하시는 이유는, 알겠습니다. …하지만 엔리코 선생님이 그걸 보여 준 것은 저희뿐이 아닐 겁니다. 애초에 공방 견학은 저 혼자 갈 예정이었고, 올리버는 직전에 억지로 부탁해 따라온 거였습니다. 그런 난입도 허용되었으니, 그걸 볼 기회는 그 외 많은 학생들에게도 있었을 겁니다!"

"말이 많구나, 피트 레스톤."

문득 교장이 그렇게 말했다. 비아냥거림이 아니라 칭찬이었다. 상대의 발언을 통해 적절한 반론을 자아내는 분석력, 두려움에 몸을 떨면서도 계속해서 저항하는 담력. 안경 쓴 소년이 내보인 그것들은 하나같이 킴벌리의 학생들이 영예롭게 여기는 것들이었다.

"너의 추측은 옳다. 분명 엔리코가 기계 신의 견학을 허가한 것은 너희뿐이 아니다. 그럴 가능성'도' 있다고 말한 건 그런 뜻이다. 보기에 따라서는 훨씬 이른 시기에 공방을 견학한 학생들이, 직전에 방문한 너희들보다 의심스럽다고도 할 수 있겠지."

상대에게서 뿜어져 나오는 중압감이 문득 약해진 것 같아 피트는 순간적으로 당황했다. 하지만… 이어진 마녀의 한마디가 그 즉시 그러한 느낌을 불식시켰다.

"하지만 그런 한편, 너는 흥미로운 소리를 했다. **정식으로 초대를 받은 건 자신뿐이고, 올리버 혼은 억지로 부탁해서 따라왔다고.**"

그 말을 들은 순간, 벼락을 맞은 듯한 기분을 느끼며 피트는 이해했다. 이 심문의 진짜 표적은 처음부터 자신이 아니었다는 것을.

마녀의 시선이 올리버에게로 옮겨 갔다. 아니, 돌아갔다. 이번 사냥감으로 확정 지은 상대에게로.

"엔리코는 너에게 상응하는 과제를 부여했다. 평범한 2학년은 결코 넘어설 수 없는 시련을. 그걸 돌파했기에 너에게도 기계 신을 견학하는 걸 허락한 거다."

"…크…."

"왜 그렇게까지 해서 동행하길 바란 것이지? 대답해라, 올리버 혼."

그제야 올리버도 정확하게 이해했다. 자신을 의심하는 이유를.

분명 엔리코가 기계 신 견학을 허락한 학생은 그 밖에도 있을 것이다. 그러나… 아마도 그중 대부분은 마도공학에 소양이 있다는 것을 증명하여 **엔리코 쪽에서** 공방으로 초대한 학생들일 터. 자진해서 '공방으로 데려가 주십시오'라고 부탁한 경우는 거의 없을 거라는 것은 상상하기 어렵지 않다. 하물며 올리버는 평소 마도공학에 유난히 정열을 쏟고 있지도 않았다. 그렇기에 동행의 동기를 의심하는 것은, 현재의 상황에서는 오히려 당연한 일이었다.

구역질이 날 듯한 초조함 속에서 올리버는 필사적으로 해명할 방도를 모색했다. …대체 무슨 말을 해야 이 용이를 벗을 수 있을까. 솔직하게 답변을 하자면 '피트를 혼자 보내기에는 걱정이 되어서'라고 하면 될 것이다. 하지만 그렇게 미적지근한 이유로 이 마녀가 납득할 것 같지는 않다. 자꾸만 등 뒤에 널브러진 의자의 등받이가 의식되어, 온몸이 식은땀으로 흥건해졌다. 다음에 내뱉은 것을 상대가 '의미 없는 말'로 간주할 경우, 두 동강 나는 것은 이번에야말로….

"벗의 몸이 걱정되어 따라나섰소. 단지 그뿐이오."

문득 따뜻한 바람이 등 뒤에서 불어온 듯한 느낌이 들었다.

그 순간, 끝났다. 그가 말하지 못했던 모든 것을, 그를 대신해

서 소녀가 맑은 목소리로 말했다. 아무런 망설임도 없이, 조금도 긴장하지 않고. …그저 올곧은 긍지를 품은 채.

"다른 뜻은 아무것도 없었소. 이 답으로는 납득하실 수 없겠소, 교장 공?"

늠름하게 허리를 편 채, 한 소녀가 친구들의 옆으로 다가섰다. 깊은 어둠 밑바닥에서 등불을 건네받은 듯한 심정으로 피트가 그 이름을 불렀다.

"나나오…!"

그곳에 동방의 소녀가 킴벌리의 마녀와 정면으로 마주 보고 서 있었다. 동시에 올리버는 똑똑히 보았다. 일찍이 감정을 내색한 적 없는 교장이… 그 순간 아주 조금, 난감하게 됐다는 듯 눈살을 찌푸리는 것을.

"…퇴실해라, 나나오 히비야. 너는 이 청취에 부르지 않았다."

"그것 참 기묘하구려. 그날 엔리코 공의 공방을 찾은 것은 피트, 올리버, 그리고 소생까지 셋. 두 사람이 의심스럽다면 소생도 마찬가지로 의심해야 마땅할 터. 그렇지 않소이까?"

확고한 주장을 펼치는 그 목소리는 한없이 온화했다. 적의나 격의가 느껴지기는커녕, 오히려 상대에 대한 우애마저 담겨 있는 듯했다. 그렇기에 마녀는 당황스러웠다. 킴벌리에 교장으로서 군림한 이래로 오랫동안, 학생이 그러한 감정을 보내온 적은 없었기 때문이다.

긴 침묵이 깔렸다. 하지만… 그것은 조금 전까지의 침묵과는 명백하게 달랐다. 그것은 타인의 마음을 압박하는 적막이 아니라, 지극히 단순하게 한 사람의 인간이 고민하기 위한 침묵이었고.

"…오늘의 청취는 여기까지 하지. 세 사람 모두 물러가라."

그러한 고민 끝에 마녀의 입에서 나온 목소리는… 어째서인지 한숨이 섞인 듯 들렸다.

마녀의 심문으로부터 살아 돌아왔다. 두 소년에게 그것은 어떠한 과장도 섞이지 않은 사실이었다.

"…허억, 허억…!" "……."

교장실을 비틀거리며 나와 허둥지둥 복도를 걸어서 도착한, 한 층 아래에 자리한 담화실. 피트는 현재 그곳 구석에서 축 늘어진 몸을 의자에 기댄 채 전력질주를 하고 난 후처럼 거친 숨을 몰아쉬었고, 올리버는 고개를 푹 숙인 채 꼼짝도 못 하고 있었다. 뒤로 돌아든 나나오가 그 두 사람을 달래듯 어깨부터 등까지를 쓰다듬어 주고 있다.

"두 분 모두 이제 괜찮소."

"지금 차 내올게!"

캐티가 그렇게 말하며 허겁지겁 찻잎이 든 포트에 뜨거운 물을 부었다. 우의의 방까지 가면 셰라와 가이와도 합류할 수 있고, 차와 식사도 준비되어 있겠지만 지금의 올리버와 피트에게는 거기까지 걸어갈 기력이 없었다. 몇 십 분도 안 되는 시간 동안 몸과 마음이 녹초가 되어 있었다. 밀실에서 킴벌리의 마녀와 마주한 결과치고는 파격적으로 운이 좋은 편이기는 했지만.

"…네가 와 준 덕에, 살았어…. 그대로 있었으면, 얼마나 더 버틸 수 있었을지…."

피트가 더듬더듬 감사 인사를 했고, 그 말을 들은 나나오는 미소를 띤 채 고개를 가로저었다.

"소생이야말로 처음부터 동석하지 못해 미안하오. 캐티가 부르러 와 주어서 다행이었소."

"나나오가 요전에 교장선생님하고 차를 마셨다고 했잖아? 그 생각이 나서, 내가 대책 없이 뛰어드는 것보다는 낫겠다 싶어서…. 효과가 있어서 다행이야아."

포트 안에서 찻잎이 열리기를 이제나저제나 기다리며 캐티가 말했다. 그러는 동안, 피트의 호흡이 겨우 진정되기 시작했다.

"…그나저나, 저 교장을 상대로, 어떻게 그렇게 아무렇지도 않게 말을 하는 거야…. 나는 대답할 때마다, 낭떠러지에서 뛰어내리는 기분이었는데…."

홍차를 컵에 따르는 걸 멍하니 바라보며 피트가 말했다. 상당히 마음의 안정을 찾은 것 같은 그의 모습에 안심하며 캐티는 또

한 명의 소년에게로 시선을 돌렸다.

"올리버, 마시자. 마음이 차분해질 거야, 잼을 듬뿍 넣었거든."

그렇게 말하며 살구잼을 듬뿍 넣은 홍차컵을 내밀었다. 홍차 문화로 알려진 연합(유니온)에서도 북방풍의 방식이었다. 힘없이 그것을 받아 든 올리버가 컵에서 오르는 따뜻한 수증기에 홀린 듯이 차를 입에 머금었고.

"…크…."

뜨겁고 달콤한 액체가 목을 타고 흘러들어 위장을 따스하게 덥힌 순간. 그 두 눈에서 굵은 눈물이 흘러내렸다.

"…어…?"

나나오를 위해 세 번째 잔에 홍차를 따르던 캐티가, 자신의 홍차를 입에 대고 있던 피트가, 그 광경을 보고 동작을 멈췄다. 따뜻한 컵을 두 손으로 감싼 채 몸을 움츠리고, 그 수면을 눈물로 일렁이게 하며 올리버는 소리 없이 계속 울었다.

"…미안해… 아무것도, 못 해서…."

사과의 말이 입을 뚫고 나왔다. 사라져 버리고 싶다는 생각을 하며 소년은 말을 이었다.

"…직접 구해 준 나나오. 그 나나오를 불러 준 캐티. 나나오가 올 때까지 교장선생님에게 반론을 해 준 피트.

나쁜이야, 아무것도 못 한 건. 교장선생님의 박력에 휩쓸려 계속 떨고 있었던 건. 제대로 해명도 못 하고… 나는 그저, 너희의 보호만 받았어….”

한번 시작된 소년의 자책은 멈출 줄을 몰랐다. 그 모습을 보고 안절부절못하며 망설인 끝에, 조금이라도 도움이 되었으면 하는 마음에 캐티는 로브의 품 안에서 손수건을 꺼내 올리버의 눈물을 닦아 주었다.

“…아….”

그렇게 코앞에서 얼굴을 보고서야 알았다. 이 남자애는, 울음을 터뜨리면 이렇게나 앳된 얼굴이 되는구나.

“…내가 가지고 있었던 힘은, 애초에 보잘것없는 거였어. 이 학교의 무시무시함에 비하면….

…하지만 그렇기에… 그 보잘것없는 힘조차도 잃은 게, 너무도 무서워. 복도를 한 걸음 걸어가는 것도, 목소리를 내는 것도, 숨 쉬는 것조차도… 나는 지금, 무서워 죽을 것 같아…!”

계속 억누르고 감춰 왔던 감정이 봇물 터진 듯이 흘러나왔다. 그것을 본 캐티와 피트는 동시에 완전히 같은 생각을 했다. 마치 당장에라도 산산조각 날 듯한 도기(陶器)로 된 마음이, 훤히 드러난 채 오도카니 떠올라 있는 것 같다고.

두 사람 모두 생각하기도 전에 몸이 움직였다. 끌어안지 않을 수 없었다. 지금 당장 눈앞에서 무너지려 하고 있는 이가, 자신들을 계속 지켜 주고 있었다는 사실을 알았기 때문이다.

맞닿은 몸은 애처로울 만큼 차가웠다. 서로 아무 말도 하지 않은 채, 두 사람은 몸을 떠는 소녀를 끌어안고 있었다. 그런 그들을 한꺼번에 모포로 뒤덮듯이, 나나오가 세 사람의 어깨에 손을 둘렀다. 네 개의 컵에서 오르고 있던 수증기가 사라질 때까지 그들은 계속 그러고 있었다.

"…올리버. 오늘 밤, 비밀기지로 갑시다."

이윽고 나나오가 입을 열었다. 모든 불안을 날려 버릴 기세로 그녀는 이를 드러내며 씨익 웃어 보였다.

"소생에게 소소한 생각이 있소."

같은 날 밤. 그들은 가이, 셰라와 합류하여 비밀기지로 가서, 그곳에서 올리버의 컨디션 불량이 얼마나 심각한지에 관해 다시금 의논했다. 우선 '조만간 낫겠지' 따위의 느긋한 소리를 할 수 없는 상황에 이르렀다는 의식을 공유하기 위해서.

"……."

모든 이야기를 들은 후, 롤 헤어 소녀가 힘없이 일어섰다. 그녀는 그대로 테이블을 돌아 올리버의 앞으로 걸어가서, 반쯤 쓰러지다시피 웅크려 앉아 그 손을 잡았다.

"…제 실수예요. 분석도, 대응도, 너무 늦었어요. 어쩜 이렇게나 우둔할까요. 마법검 수업이 있었던 날, 그 즉시 사태의 심각성을 알아챘어야 했는데.

죄송해요… 죄송해요, 올리버. 이렇게 못난 친구라서…!"

그것은 입학 이후 그녀가 받은 것 중 최대의 타격이었다. 친구의 괴로움을 알아채지 못한 자신의 어리석음, 그로 인한 자책이 어떠한 마법보다 매서운 타격이 되어 셰라의 무릎을 꿇게 했다. 소중한 누군가에게 성실하지 못했다… 그 사실을 알아챈 순간, 그녀의 마음은 피를 흘리며 괴로워했다.

"…아니야… 그렇지 않아, 셰라…."

고개를 푹 숙인 올리버의 입에서 부정의 말이 새어 나왔다. 하지만 그 부정에조차 힘이 없었다. 자신의 문제를 자력으로 해결할 방법을 찾지 못한 시점에서 지금의 올리버에게는 그녀를 격려할 방법이 없었다. 갈 곳을 잃은 우정이 두 사람 사이를 겉돌자, 보다 못한 가이가 입을 열었다.

"이것 봐, 진정하라고. 왜 너희는 툭하면 자기 탓을 하는 건데….

누구의 실수라느니, 언제 알아챘느니 하는 건 다 아무래도 상관없잖아. 지금부터 다 같이 생각해서 해결하는 게 중요한 거 아니냐고."

두 사람과는 대조적으로 가이는 모든 일을 심플하게 생각했다. 미래를 좋게 만드는 데 의식을 할애하고, 좋은 일이건 나쁜 일이건 과거의 일은 질질 끌지 않는다. 지금은 그 사실이 믿음직스러워서 캐티와 피트가 고개를 끄덕이며 동의했다.

"가이의 말이 맞소. 더불어… 소생의 생각에는, 그다지 어려운 이야기가 아니오."

나나오가 단호하게 말했다. 자신감 가득한 그 모습에 셰라는 눈물을 훔치며 물었다.

"…정말인가요, 나나오? 올리버의 컨디션 불량을 고칠 수 있다는 건가요…?"

"고치는 것과는 다소 의미가 다를 것 같구려. 아무튼… 백문이 불여일견이라 하였으니."

고향의 속담을 섞어 그렇게 말하더니 그녀는 문제를 해결하기 위한 구체적인 지시를 내리기 시작했다. 우선 비밀기지의 큰 방을 쓰기로 했다. 평소에는 마르코의 방, 캐티의 생물 사육 공간, 가이의 채소밭, 실내 운동장까지 네 가지 기능을 겸하고 있는 그 공간을 이번에는 최대한 넓게 사용할 것이라고 한다. 여섯 명이 함께 물건과 생물을 치우기 시작해, 30분 정도 만에 준비가 끝났다.

"응, 이 정도면 되려나. 마르코, 지금은 잠깐 구석에 가 있어."

"밭도 문제없어, 마침 수확한 후였거든. 시킨 대로 바닥에 연화주문(軟化呪文)도 걸어 뒀는데, 뭘 하려고? 요란하게 넘어질 만한 짓이라도 하려고?"

나나오의 지시에 따라 장소를 정비한 결과, 큰 방은 바닥 전체가 매트처럼 유연성을 띤 탁 트인 공간이 되었다. 동방의 소녀는 그것을 보고 만족스럽게 고개를 끄덕인 후, 천천히 나머지 다섯 명을 향해 말했다.

"고맙소. 그렇다면, 다 같이 술래잡기를 합시다."

술래잡기? 다섯 명의 머리 위에 물음표가 떴다. 그들은 낯선 단어에 당황했지만, 나나오가 개요를 설명하자 모두가 금방 납득했다는 표정을 지었다.

"…아~ 요컨대 '태그'를 하자는 거구나."

"우리 동네에서는 캐치 앤드 캐치라고 했어."

"옛날 생각나네요. 야마츠의 아이들도 비슷한 놀이를 하고 노나 봐요."

"그런데 왜 지금 그걸…?"

의문스러운 표정인 올리버를 바라본 채 나나오는 씨익 웃으며 "백문이 불여일견이라 했소." 하고 조금 전의 속담을 되풀이했다. 생각하기 전에 해 보라는 뜻인 모양이다. 다소 얼떨떨하긴 했지만 올리버는 고개를 끄덕였다. 지금은 전면적으로 그녀를 믿을 따름이다.

"보통 술래에게 잡힌 자가 교대하여 다음 술래가 되는 게 규칙이오만, 이번에는 그걸 바꾸기로 합시다. 술래는 누군가를 붙잡아도 계속 술래. 다시 말해서 놀이가 진행될수록 술래의 수가 늘어나는 것이오."

“아, 나, 그 규칙으로도 해 본 적 있어! 마지막에는 남은 사람이 여러 명의 술래한테서 필사적으로 도망치게 되잖아!”

“승패는 어떻게 정하는데? 그렇게 하면 마지막에는 모두 술래가 될 것 아냐.”

“그렇소. 따라서 승리도 패배도 없소. 술래가 아닐 때는 필사적으로 도망치고, 술래가 되면 온 힘을 다해 잡을 뿐. 아이들의 놀이는 그러한 법이오.”

승패를 겨루는 경기가 아니라 어디까지나 놀이. 이 행위의 취지를 그렇게 설명한 후, 나나오는 다섯 명에게 등을 돌렸다. 그러고는 그대로 두 손으로 자신의 눈을 가렸다.

“첫 번째 술래는 소생이 맡겠소. 지금부터 열을 셀 터이니… 다들 그동안 도망치시오.”

그렇게 선언한 순간부터 초읽기가 시작되어 장해물이 없는 탁 트인 공간에서 올리버 일행 다섯 명은 서로 거리를 벌리며 달려 나갔다. 모두가 벽 근처에는 너무 붙지 않고, 술래에게 쫓기게 되면 도망치기 위한 선택지를 많이 남겨 두었다.

“…일곱, 여덟, 아홉, 열. 자, 다들 준비는 되셨소?

그렇다면… 간다!”

초읽기를 마친 나나오가 뒤를 획 돌아보더니 가장 먼저 눈에 띈 곱슬머리 소녀에게 일직선으로 달려갔다. 캐티도 곧장 등을 돌려 도망쳤지만 움직임이 지나치게 솔직했다. 어디로 움직일

지 예상하여 단숨에 따라잡은 나나오가 손바닥으로 어깨를 탁 때렸다.

"와, 벌써 잡힌 거야?!"

"캐티도 지금부터 술래요!"

"치이~! 이렇게 된 이상 전부 다 잡아 줄 거야! 어흥~!"

"어이쿠…!"

느닷없이 맹수처럼 달려든 캐티를 올리버가 뒤로 몸을 날려 피했다. 앞으로 몸을 기울인 채 달려든 캐티는 그대로 바닥에 넘어졌지만 사전에 연화주문을 걸어 둔 바닥은 적절한 탄력으로 그녀의 몸을 받아 냈다. 그 탄성을 이용해 캐티가 몸을 벌떡 일으켰다.

"…하나도 안 아파! 이거 좋다! 마음껏 움직일 수 있어!"

"피트, 등을 접수하겠소!"

그때, 큰 방의 반대쪽에서는 나나오가 안경 쓴 소년을 노리고 손을 뻗고 있었다. 벽에 몰린 피트는 도망칠 곳이 없어 보였지만, 그는 그대로 벽을 비스듬히 타고 올라 도주를 계속했다. 나나오는 걸음을 멈추고서 오오, 하고 넋을 놓고 그 광경을 쳐다보았다. 몇 초 만에 비틀거리며 피트가 다시 바닥에 내려서자, 그 근처에 서 있던 올리버는 눈이 동그래졌다.

"…젠장, 3초가 한계야. 연습이 부족하네."

"벽면 딛기(월 워크)? 피트, 대체 언제…."

"한 번이라도 본 기술은 전부 복습하고 있어. 당연한 거잖아."

피트가 태연하게 말하고 다시 달려 나갔다. 처음 만났을 적에는 찾을 수 없었던 믿음직한 뒷모습을 바라보던 올리버는 나나오와 시선이 마주쳐 허둥지둥 다시 도주를 개시했다. 발놀림으로 페인트를 걸고 따돌려 보려 하면서.

한편, 개막 직후에 붙잡혀 술래가 된 캐티는 올리버에 이어 셰라를 쫓았지만 놓친 후, 가이를 벽 근처까지 몰아세웠다. 이미 서로 발을 멈추고 마주 보고 있는 상태인 데다, 전혀 가속하지 않은 상태에서 벽면 딛기(월 워크)를 하는 건 난이도가 높았다. 가이에게 남은 도주로는 오른쪽이나 왼쪽, 둘뿐으로 캐티는 그 움직임에 맞춰 그를 붙잡을 셈이었다.

하지만 가이는 양자택일의 문제를 받아들이지 않았다. 그는 허리에서 백장을 뽑아 주문을 외웠고, 그렇게 만들어 낸 연막에 숨어 캐티의 옆을 빠져나갔다. 손쉽게 도망친 소년이 달리며 소리쳤다.

"주문 금지라는 말은 없었잖아?"

"잠깐, 가이. 치사해! 그런 게 어딨어?!"

"부상을 입을 만한 마법이 아니면 OK! 그런 규칙으로 하면 어떨까요, 나나오?!"

"물론 찬성이오!"

요청에 응해 곧장 규칙이 확장되었다. 올리버는 쓴웃음을 지었지만 가만히 생각해 보니 이 또한 아이들의 놀이에서는 흔한 일이었다. 발걸음은 가볍게, 마음은 자유롭게. 그런 동심이 마음속 한구석에 희미하게 되살아났고… 그에 따라 달리던 소년의 몸을 누군가가 뒤에서 콱 끌어안았다.

"후후후후후. 잡았소, 올리버."

"…그래. 당했네."

그렇게 답하기는 했지만 예상했던 것보다 분한 마음이 가슴에 솟아났다. 술래 역할로 의식을 전환하며 다음에는 잡히지 않겠다고 올리버는 속으로 결심했다. 그것이 몰두의 전조라는 것도 모른 채.

한편. 다시 셰라를 쫓고 있던 캐티는 올리버를 뒤에서 끌어안아 잡은 나나오의 모습을 곁눈질하고는 어떤 생각에 다다랐다.

"…그래. 잡는 놀이니까 몸이 닿아도 되는 거지?"

"좋은 걸 알아챘네요, 캐티."

쫓기는 입장인 셰라가 그렇게 답해서, 두 사람은 작당을 하듯 고갯짓을 주고받았다. 이 게임에서는 그 후, 술래가 넷이 되어 가이가 눈 깜짝할 새에 잡혔고 끝까지 버티던 셰라도 주변을 포위당해 결국 함락. 그러고는 곧장 두 번째 판에 돌입하게 되었다.

"이번에는 제가 술래를 맡겠어요. 자, 열까지 셀게요!"

두 손으로 눈을 가린 셰라가 숫자를 세기 시작했다. 첫 번째

판에서의 경험과 확장된 규칙을 참고해 다섯 명이 각자 위치에 섰다.

"…아홉, 열. …시작할게요!"

선언과 동시에 돌아보았다. 그렇게 셰라가 처음으로 눈독을 들인 것은 의외로 스스로 방의 구석에 진을 친 피트였다. 꿍꿍이가 있는 게 분명한 만큼 흥미가 동한 그녀는 일직선으로 그쪽을 향해 달려갔다.

"가르고 막아라—클리페우스!"

백장을 뽑아 든 피트가 모퉁이의 높은 곳에 주문으로 돌기를 만들더니 삼각 점프를 하듯 좌우의 벽을 박차고 그곳에 손을 댔다. 그러고는 곧장 돌기 위로 몸을 끌어올린 후, 그는 그곳에서 바로 아래로 달려온 셰라를 내려다보았다.

"이건 어때? 미리 말해 두겠는데 올라오면 바람으로 떨어뜨릴 거야."

"…아하. 계속 도망치는 게 아니라 농성할 수 있는 안전지대를 만들었군요."

"술래잡기라는 게임의 성질에 반하는 짓이라는 건 알아. 이번 한 판만 버티고, 다음에는 또 다른 방법을 생각해 낼 거야."

발판 위에서 빈틈없이 지팡이를 겨눈 채 피트가 말했다. 그 말을 들은 순간, 롤 헤어 소녀의 입가에 미소가 떠올랐다.

"안심하세요, 피트. 그럴 필요는 없으니까."

그렇게 말하며 걸어 나간 세라는 천천히 한쪽 벽에 발을 댔다. 피트처럼 달리는 속도를 이용하지 않고, 평탄한 길을 걷듯 **수직으로 된 벽을 유유히 걸어 올라간다**. 그 광경에 안경 쓴 소년은 뺨을 실룩거릴 수밖에 없었다.

"…말도, 안 돼…."

"잘 봐 두세요. 아버님의 영역에는 못 미치지만… 이게 진정한 벽면 딛기(월 워크)예요."

높은 곳에 위치한 피트와의 거리가 순식간에 좁혀졌다. 그걸 본 소년도 정신을 차리고 바람주문을 쏘았지만, 그 공격은 대항속성에 의해 당연하다는 듯이 상쇄되었다. 이토록 대담한 벽면 주행을 하면서도 세라에게는 다른 주문을 다룰 만큼의 여유가 있는 것이다.

"…큭…!"

더 이상 이곳은 안전지대가 아니라는 사실을 깨달은 피트가 암막주문으로 시야를 가린 후, 세라의 반대쪽으로 뛰어내리려 했다. 하지만 노림수와 기척을 완전히 숨기지 못해, 피트의 도주 경로로 미리 뛰어 내려가 있던 세라가 그곳으로 떨어진 소년을 두 팔로 확 끌어안았다.

"…우왁?! 큭, 젠장…!"

"처음은 당신이네요. 그럼 실례하겠어요."

"…뭐? 이, 이봐…."

셰라의 품 안에서 피트는 당황했다. 그런 그의 의사는 무시하고, 롤 헤어 소녀는 상대를 두 팔로 감싼 채 꼬옥 끌어안았다. 체온과 부드러움이 갑자기 자신을 감싸자 소년은 그 자리에 굳어버렸고… 그로부터 십여 초 정도 포옹을 계속하고서야 셰라는 상대를 놓아주었다. 석화마법에 걸리기라도 한 듯 움직이지 못하는 피터와 달리 그 얼굴에는 눈부신 미소가 떠올라 있었다.

"멋진 놀이네요, 나나오! 사랑하는 친구들을, 닥치는 대로 포옹할 수 있다니!"

"어?! 야, 잠깐! 일일이 끌어안을 필요는 없잖아?!"

"물론 없죠. 하지만 거꾸로 말하면, 붙잡을 때 **끌어안아서는 안 된다**는 규칙도 없어요. 가이, 당신의 주문 사용도 마찬가지 아닌가요?"

이의를 제기하는 장신의 소년에게 그녀는 미리 준비해 두었던 반론을 내뱉었다. 그렇게 가이는 불평을 할 수 없게 됐다. 처음에 규칙을 확장시킨 게 본인인지라 같은 일에 불평할 자격이 없는 것이다.

"아~ 당해 버렸어~ 나도 술래네~"

그로부터 2분 정도가 지나 캐티가 붙잡혔다. 얼핏 열심히 도망치는 것처럼 보였지만, 술래가 된 순간 보인 반응은 뭔가 능청스러웠다. 방의 반대편에 있는 올리버에게로 시선을 옮긴 후, 그녀는 씨익 웃었다.

"…살짝 격렬한 방법으로 잡아도, 원망하기 없기야."

"…부, 불순한 의도가 느껴지는데, 캐티."

올리버가 뒷걸음질 쳤다. 육식 동물이 작은 동물을 바라볼 때의 미소 같은 인상이었다. 곱슬머리 소녀가 그를 향해 달리기 시작했다. 하지만 다음 순간, 지팡이를 든 가이가 그 앞을 가로막았다.

"그렇게는 안 되지! 규칙 이전에 절도란 걸 지키라고!"

"가이도 마음껏 포옹하면 되잖아! 난 괜찮아!"

"그런 짓을 어떻게 하라고~!"

"다음은 당신 차례예요, 가이!"

거기에 셰라까지 가세해서 술래잡기는 더욱 격해졌다. 그 후로도 무시무시한 포옹족들의 횡포로부터 올리버 일행은 필사적으로 도망쳐야만 했던 것이었다.

몸을 최대한 활용해서 온 힘을 다해 놀기를 세 시간. 이쯤 되니 아무리 마법사라도 체력이 바닥나는 이가 나오기 시작했다.

"…허억… 허억…."

벌렁 드러누운 피트의 거친 숨소리가 울려 퍼졌다. 그 뒤를 이어 캐티, 가이 순서대로 게임에서 탈락해, 지금은 벽 근처에서 셋이 나란히 사이좋게 뻗어 있는 상태였다.

"…야 인마, 이제 만족했냐… 남의 몸을, 마음대로 주물거리다니…."

"…가이가, 계속, 끼어들어서… 좀 더 올리버를, 잡고 싶었는데…."

"…본심이 줄줄 새어 나오고 있잖아…. 좀 숨기고 그래라…."

"…친구 사이의, 스킨십, 이거든…? 이상한 의도는, 없거든…?"

가이와 캐티가 숨을 헐떡이며 말을 주고받았다. 한편, 나머지 세 명은 지금도 술래잡기를 속행 중이다. 지쳐서 뻗어 버리기는커녕, 서로 수준이 비슷해지자 움직임은 더더욱 격렬해졌다.

상체를 일으켜 그 광경을 바라보며 피트가 나직하게 중얼거렸다.

"…저 셋은, 용케 계속 움직이네. 세 시간도 더 됐는데 쉬지도 않고…."

"그러게…. 아무리 컨디션 불량이라도, 우리는 상대도 안 된다 이건가…."

"…근데…."

눈앞에서 펼쳐지고 있는 광경에서 문득 위화감을 느낀 캐티가 입을 열었다. 그녀의 직관이 막연하게 말해 주고 있었다. 자연스러운 광경 같지만 이전과는 뭔가 달라진 것 같다고.

"…올리버… 발이, 저렇게 빨랐던가…?"

그 이변을, 아직 본인조차 알아채지 못하고 있었다.

"…후욱… 훅…!"

올리버는 고양감으로 머릿속이 새하얘진 상태였다. 눈앞에 있는 '놀이'에 집중하여 쫓고 쫓길 뿐인 심플한 세계에 몸을 맡긴 나머지, 불안감이나 초조함은 어느샌가 사라진 지 오래였다.

자신의 심각한 컨디션 불량도, 그것이 회복되지 않을 가능성도, 지금만은 안중에 없었다. 나중 일은 조금도 생각하지 않고 그저 한순간 한순간을 느끼고 달린다. 오른쪽으로 피하고, 왼쪽으로 피하고, 아래로 도망치는 척 있는 힘껏 도약하자… 놓치지 않고 쫓고 있던 나나오가 그 발목을 날카롭게 붙잡았다.

"잡았소!"

"…한 판 더해!"

"그럼, 제가 술래를 할게요!"

착지하자마자 다음 게임이 시작되었다. 참가자가 세 명으로 줄어들자 자연스럽게 규칙도 축소되어, 주문 사용이 금지된 대신 몸의 어딘가를 '붙잡는' 것이 잡을 때의 조건이 되었다. 요컨대 벽을 등지고 술래와 마주하게 된 상황에서도 팔이나 몸을 잡히지 않으면 도망칠 여지가 있는 것이다.

"하아아아앗!"

날카롭게 뻗어 온 셰라의 손을, 정면에 선 올리버가 손등으로 흘려보냈다. 서로 페인트를 주고받으며 결판이 날 때까지 그러기를 반복한다. 세 사람 모두 근접전에 소양이 있는 탓에, 이제는 거의 무술 공방에 가까워졌다. 술래 이외의 사람이 '붙잡을' 수는 없지만 '흘려보내는' 것은 가능하다. 실력에 따라서는 술래와도 정면으로 맞설 수 있는 것이다.

"몸이 풀리기 시작했네요…! 두 분, 차라리 술래가 상대를 쓰러뜨리는 규칙으로 하면 어떨까요?!"

"유술처럼 하자는 것이구려! 그 또한 재미있겠소!"

"좋아! 지금부터는 상대의 등을 바닥에 닿게 하면 '잡는' 거야!"

그 규칙에도 만족하지 못하게 되어, 결국은 초근접전이 게임에 추가되었다. 공방 끝에 팔을 잡은 올리버에게서 시선을 뗀 셰라가, 이번에는 두 손을 뻗으며 동방의 소녀에게 덤벼들었다. 나나오 역시 한 걸음도 물러서지 않고 그에 맞섰다. 서로 로브 자락이나 소매를 잡아 가며 그 자세에서 기술을 겨루는 모양새가 되었다.

"마법검에서는 **제압** 기술로 간주되곤 하지만…! 이렇게 제대로 겨뤄 보니, 초근접전도 즐겁네요…!"

"그러다 혀를 깨물 거요, 셰라 공!"

서로의 자세를 무너뜨리기 위한 공방 끝에 나나오가 움직였다. 오른손으로 상대의 팔꿈치 부근의 소매를, 왼손으로 옷깃을 각각 잡은 자세에서 단숨에 몸을 돌리며 상대의 품 안으로 파고든다. 셰라의 몸이 세차게 튀어 올라, 그대로 세로로 한 바퀴 돌며 등부터 바닥에 떨어졌다. 그녀가 고향에서 익힌 히비야류 유법(柔法)의 기술 중 하나였다.

"…올리버!"

"…덤벼!"

남은 두 사람 사이에서의 의사소통은 그걸로 충분했다. 규칙에 비추어 생각해 보면 지금은 둘 다 술래가 아니었지만, 그런 건 더 이상 문제가 아니었다. 애초에 이건 아이들의 놀이. 그렇다면… 그저 서로의 마음이 시키는 대로 할 뿐이다.

"쉬익!" "하아앗!"

맞붙은 순간에 피가 끓어올랐다. 한순간만 방심해도 허공을 날게 되리라 확신하며 올리버는 온 힘을 다해 그 결과를 뒤집고자 나섰다. 정밀도가 확 떨어진 영역마법에는 의지하지 않고, 상대의 움직임을 예상하고 타이밍을 예측해 반격기에 모든 것을 걸기로 했다.

당연하다는 듯이 반격을 당했다. 낚여서 업어치기를 당하고, 발 후리기에 당하고, 두 번 세 번 바닥에 내동댕이쳐졌다. 그때마다 이번에는 되갚아 주겠다며 일어나 덤벼든다. 언제 멈출지는 모른다. 둘 다 그런 생각은 안중에도 없었다. 나나오가 팔을 끌어안더니 두 다리를 내민 채 날아들었다. 그것이 **팔꿈치 관절을 노린** 기술이란 걸 직감한 올리버는 몸의 중심을 옮겨 아슬아슬하게 회피했다.

"하핫…! 관절기는 좀 아니잖아, 나나오!"

"미안하오! 너무도 즐거운 탓에 저도 모르게 몸이…!"

기술에 실패한 팔을 놓고 소녀가 웃었다. 치열한 잡기 싸움으로 서로의 옷깃을, 소매를 잡는 공방을 펼치다가, 다시 서로에게 기술을 건다. 오른손으로 팔꿈치를 밀어 올리는 동시에 나나오의 몸이 반시계 방향으로 소년의 품 안에 파고들었다. **조금 전 셰라를 던졌던 기술**이란 걸 알아챔과 동시에 올리버의 몸도 움직였다. 힘의 흐름에 거스르지 않고, 던지는 방향으로 스스로 몸을 던져 공중에서 몸을 제어해서 빙글 돌아 발부터 바닥에 착지한다.

"…으음!"

"하아앗!"

나나오가 손을 뿌리치고 자세를 바로잡으려 하자, 올리버는 그 틈을 찔러 역공에 나섰다. 밀어 쓰러뜨리는 타입의 발기술을 세 개 연속으로 펼쳐, 그에 대응하느라 상대의 중심이 앞쪽으로 쏠린 참에 손을 상대의 손목에서 옷깃으로 이동. 몸을 앞뒤로 뒤집어 상대의 품 안으로. 아래로 뻗은 오른팔로 소녀의 오른팔을 끌어안고 온 힘을 다해 허리를 쳐올린다. **지팡이검을 드**

는 팔을 우선적으로 무력화한다. 그 원칙에 따른 라노프류 마법검의 기술… 던지기 기술인 '지팡이 부러뜨리는 물레방아(브레이크 휠)'이다.

바닥을 때리는 경쾌한 소리가 울려 퍼졌다. 똑바로 쓰러진 나나오의 바로 옆에, 모든 힘을 쥐어짜서 상대를 던진 올리버도 쓰러졌다. 그대로 둘이서 나란히 숨을 헐떡였다.

"…훌륭하오."

소녀의 입에서 칭찬의 말이 흘러나왔다. 일련의 광경을 지켜보던 네 사람이 일제히 일어났다.

"올리버, 당신…."

"어… 방금, 나나오를 던진 거야?!"

"야야! 그거, 컨디션이 돌아온 거 아냐?!"

가이의 말이 모든 것을 말해 주었다. 그들이 보기에도 올리버의 움직임은 시간이 지날수록 점차 날카로워지고 있었다. 게임 도중에는 무아지경이었던 본인도 돌이켜 보고서야 그 사실을 알아챘다. **몸이 움직인다. 움직이는 법을 알았다**. 계속 자신을 괴롭히던 위화감이, 낯선 누군가의 몸을 조종하는 듯했던 어색함이 지금은 거짓말처럼 옅어져 있었다.

"…간단한 이야기요. 몸이 바뀌었다면, 우선 그 몸을 움직여 볼 것.

이전과 같이 움직여야 한다고 생각하지 말고. **이런 식으로 움**

직여야 한다는 생각으로 자신을 옭아매지 않고. …그저 무심하게. 들판을 뛰노는 아이들처럼, 백지 같은 마음으로."

큰대자로 드러누운 채 나나오는 말하며 옆에 자리한 소년에게로 시선을 옮겼다.

"마음과 몸이 조화되지 않았소. 돌이켜 보면 단지 그뿐이었던 거요.

올리버… 귀공은 힘을 잃은 것이 아니오. **얻은 것**이오. 이전의 감각으로는 온전히 다룰 수 없을 정도의 힘을, 자신도 모르는 새에."

광명을 찾은 듯한 심정으로 올리버는 그 말을 받아들였다. 한편, 나나오의 설명만으로는 상황이 이해가 되지 않았는지, 피트와 가이, 캐티, 세 사람은 롤 헤어 소녀의 얼굴을 쳐다보며 물었다.

"…저게 무슨 뜻이야, 셰라?"

"…아주 짧은 기간에 마력 순환이 대폭 강화되었다. 그 결과 마력을 다루는 방법이 크게 바뀌었고, 본인의 의식이 몸의 변화를 따라가지 못했다. …그런 뜻일까요."

"그런 일이 있을 수도 있어?"

"…가능성이, 없다고는 못 하겠네요. 우리는 성장기의 마법사니까요.

하지만… 제가 기억하는 바로는, 올리버의 마력 출력은 계속

안정되어 있었어요. 몸이 성장함에 따라 조금씩 강해지고는 있었지만, 그렇게까지 비약적인 성장의 조짐은 없었던 것 같아요. 본인이 늦게 자각한 것까지 포함해서 매우 드문 경우라 할 수 있겠죠. …우리가 모르는 사이, 뭔가 계기가 있었던 건지도 모르지만요."

의문스러운 부분이 적지 않았지만 셰라는 소년의 상태를 그렇게 분석했다. 그녀들의 시선 끝에서 올리버가 드러누운 채로 나직하게 입을 열었다.

"…약해진 게 아니었던 거야, 나는?"

"아니. 오히려 강해졌소."

"잃었던 게, 아니구나. …지금까지 쌓아 올려 온 모든 것들을."

"설령 천지가 뒤집힌다 해도, 그것들은 결코 귀공을 배신하지 않을 거요."

굳은 목소리로 나나오가 단언했다. 그가 키워 온 모든 것들은 하나도 사라지지 않고 그의 안에 있다고.

"…아…."

목이 떨렸다. 시야가 흐려졌다. 가슴속에서 솟구친 것이 억누를 새도 없이 흘러넘쳤다.

"…아아아아아…!"

감정의 격류 속에서 소년은 깨달았다. 자신이 어째서 이렇게

나 힘을 잃는 것을 두려워했는지를.

비원을 이룰 수 없게 되기 때문에. 어머니의 원수를 갚을 수 없게 되기 때문에. 죽어 간 동지들에게 이 손으로 아무런 보답도 해 줄 수 없게 되기 때문에. …모두 다 정답이다. 하지만 그게 다는 아니다.

두말할 것 없이 이것은 꺼림칙한 힘이다. 한 위대한 영혼을 빌렸음에도, 그 결과물은 모방이라 하기에도 우스꽝스럽고 참담하기 그지없게 일그러진 모양새를 띠고 있다. 광노가 지적했듯, 클로에 할포드의 영혼이 지닌 본래의 검술과는 완전히 다르다. 증오로 물든 손으로 휘두르는 흉악한 칼날은 아무리 갈고닦아 봐야 살인자의 검에 불과하다.

그러나… 그럼에도 미약하게 이어져 있다. 어머니를 그리고, 어머니를 동경하고, 어머니를 목표로 삼았다. 이는 그를 위한 걸음 속에서 손에 넣은 힘이다. 돌이켜 보면 땅에는 어지럽게 꼬인 자신의 발자국이 새겨져 있고, 그것을 거슬러 올라가 보면 그녀와 보냈던 눈부신 시간들이 또렷이 남아 있다. 현재의 자신이 아무리 깊은 어둠에 발을 처박고 있다 해도, 그 끝은 그때의 나날들과 이어져 있을 것이다.

그러니. 더없이 그릇된 존재방식이라 해도, 이것은 그녀와의 **유대**다.

"…으…아…."

다시는 돌아오지 않을 나날을 그리며, 내면의 영혼에 외친다. …어머니, 당신을 사랑했습니다.

이렇게나 변해 버릴 만큼. 이런 꼬락서니가 되어서도 미치도록 그리워할 만큼.

"…울지 마시오. 올리버… 제발, 울지 마시오."

나나오가 찌푸린 얼굴로 상체를 일으켰다. 울음을 그치지 않는 소년에게 몸을 붙이고, 위에 올라가, 그 뺨을 손가락으로 쓰다듬는다.

"소생은 할 수가 없소. 그러한 눈물을 앞에 두고… 꼭두각시처럼 그저 보고만 있을 수가 없소."

그러고서 얼굴을 내려, 그녀는 소년과 입술을 포개었다. 마치 상대의 눈물샘을 마개로 막아 주려는 듯이.

"잠깐, 나나오…! …읍?!"

무심결에 소리친 캐티의 입을, 옆에서 셰라가 손을 뻗어 막았다. 어떠한 방해도 해서는 안 된다고 그 옆얼굴이 말하고 있었다. 눈앞에 있는 광경에 제삼자가 개입할 여지는 없다고.

가이와 피트도 그렇게 느끼고는 숨을 죽인 채, 그들의 모습을 지켜보았다.

"…푸하아…."

긴 시간 끝에 나나오가 포개었던 입술을 떼었다. 숨이 찰 때까지 붙어 있었다는 것을 말해 주듯 호흡은 거칠었고, 뺨은 붉었다.

가만히 자신을 올려다보는 소년 앞에서 그녀는 쉰 목소리로 속삭였다.

"…미안하오…. 이것 말고는, 진정시킬 방법이 없었소…."

자제심이 부족했던 자신의 행동을 부끄러워하며 소녀는 그렇게 사과했다. 굳게 움켜쥔 주먹이, 이성과 정념 사이에서 흔들리는 눈동자가 어떠한 책망도 달게 받겠다고 말하고 있었다.

그런 그녀 앞에서 올리버는 조용히 미소를 지어 보인 후, 나직하게 말했다.

"…붙잡을 때, 키스를 해서는 안 된다는 규칙은… 분명, 없었으니까."

그 말로 소녀를 자책감에서 해방시켜 준 후, 그는 곧장 두 팔로 나나오를 끌어안았다. 마음을 진정시키듯 그녀의 머리를 쓰다듬으며 손바닥으로 토닥토닥 등을 두드린다. 최대한의 감사와 친애의 감정을 담아서.

이윽고 나나오에 대한 포옹을 마치고 일어난 소년은 다른 동료들에게로 몸을 돌렸다. 그 시선을 받은 가이가 조금 전의 행동에 당황해서 쭈뼛거리며 말했다.

"…자, 자리, 비켜 줄까…?"

"괜히 신경 쓰지 않아도 돼, 가이."

그런 친구에게 아무렇지 않게 다가가, 올리버는 다짜고짜 그를 끌어안았다. 허를 찔린 가이의 입에서 의미 없는 목소리가 새어 나왔다.

“우억…?!”

“아직 술래잡기는 끝나지 않았어. 끌어안는 건 규칙상 허용돼. …그렇지?”

귓가에서 장난스럽게 그렇게 말하며 올리버는 놀리듯이 가이의 옆구리를 간질였다. 비명을 지르는 친구를 적당히 놓아준 후, 그는 이어서 안경 쓴 소년에게로 몸을 돌렸다. 눈이 마주친 순간, 피트가 고개를 홱 돌렸다.

“…흥, 김샜네. 너무 빨리 해결해 버려서, 지켜 줄 시간도 없었잖아.”

“아니. …지켜 줬어, 피트.”

그렇게 쑥스러움을 얼버무리려는 소년을 올리버는 꼭 끌어안았다. 새침한 얼굴로 포옹을 받아들이며 피트는 보이지 않는 로브 아래에서 상대의 셔츠를 꽉 잡았다.

그렇게 세 번째 포옹이 끝나자, 올리버의 시선은 이제 곱슬머리 소녀에게로 향했다. 그다음 벌어질 일을 예상한 캐티가 허둥대며 뒷걸음질을 쳤다.

“…저… 저기…. 올리버….”

“용서해 줄 거지, 캐티? 조금 격하게 포옹해도.”

소년은 상대의 말을 가로막고 만면에 미소를 띤 채 그렇게 말했다. 그렇게 빠져나갈 구멍이 모두 사라진 소녀는 올리버의 가차 없는 포옹을 받았다. 정말로 격렬했다. 손놀림이 거의 개를 귀여워할 때의 그것에 가까웠다.

완전히 격침된 캐티를 나나오에게 맡긴 후, 올리버는 그대로 마지막 한 사람인 롤 헤어 소녀에게로 몸을 돌렸다.

"…셰라. 내가 사과하고 싶을 때는, 어째서인지 네가 사과를 하네."

"…네에, 그러게 말이에요. 피차 정말 나쁜 버릇이네요."

쓴웃음을 주고받은 직후, 그들은 누가 먼저랄 것 없이 팔을 뻗어 서로를 끌어안았다. 자연스러운 행동으로 보였지만, 그러는 동안 셰라는 계속 자신이 폭주하지 않도록 억누르고 있었다. 친구가 기운을 되찾은 것에 대한 기쁨이 너무 커서, 조금만 방심하면 그녀도 나나오의 전철을 밟을 것 같았기 때문이다.

"…큰일인걸. 모두 한 번씩 포옹한 것 정도로는, 전혀 성에 차질 않아."

롤 헤어 소녀에게서 몸을 뗀 후, 올리버는 쓴웃음을 짓더니 마치 그녀의 취미가 옮기라도 한 듯한 소리를 했다. 그 말을 들은 셰라가 가슴을 편 채 힘껏 고개를 끄덕였다.

"하면 되잖아요, 앞으로 몇 번이고. …그래요. 이렇게 된 거, 앞으로 검화단 내부에서는 프리 허그인 걸로 하면 어떨까요?"

"프리 허그는 또 뭐야…. 커피나 홍차도 아니고."

가이가 어이가 없다는 얼굴로 말했다. 하지만 그 말을 들은 셰라는 생글생글 웃을 뿐, 농담인 듯한 낌새가 전혀 없었다. 그걸 보고서야 다른 멤버들은 깨달았다. 저건 전혀 농담 같은 게 아니라는 것을.

얼굴을 마주 보고서 잠시 생각한 후, 그들은 답하기 시작했다. 처음으로 입을 연 것은 캐티였다.

"…되도록 사전에 말해 줘. 마음의 준비를, 할 테니까."

"…싫을 때는 떼쳐 낼 거야. 그래도 괜찮다면 마음대로 해."

"소생은 원래부터 누구든 끌어안고 싶을 때 끌어안았소!"

피트와 나나오가 연달아 찬성의 뜻을 밝혔다. 올리버도 살며시 고개를 끄덕여 거기에 동의했다. 눈 깜짝할 새에 소수파로 밀려난 가이는 눈이 휘둥그레져서 다른 친구들의 무언의 시선을 받은 끝에 결국 체념하고 말했다.

"…아~ 진짜, 알았어! 마음대로 해! 그 대신 땀내 난다고 뭐라고 하지 마!"

마지막 발악이라도 하듯 가이가 소리쳤다. 그 말을 들은 다섯 명이 씨익 웃더니 일제히 그를 끌어안았다. 도망치려 하는 소년의 팔을 붙잡고 끌어당기더니, 캐티가 킁킁 콧소리를 냈다.

"…후후후! 확실히 땀내 나네!"

"안심하세요. 지금은 다들 비슷비슷하니까요."

"우오오, 몰려들지 마! 목욕물! 목욕물 덥힐 테니까, 그마안!"

가이의 절규가 비밀기지에 울려 퍼졌다. 나머지 다섯 명의 왁자지껄한 목소리가 그 뒤를 이었다.

한 잎이 시들면, 다시 힘을 되찾을 때까지 다른 꽃잎들이 그 꽃잎을 떠받친다. 그들의 검의 꽃은 그렇게 지금도 강하게 피어 있었다.

일곱 개의 마검이 지배한다

제4장

애시베리

최속의 마음

2년하고도 몇 개월 전으로 시간을 거슬러 올라가. 미궁 제4층 '심연의 대도서관'.

"……."

책꽂이가 난립한 탑 안, 그곳에 비치된 독서 공간 한구석에 금서를 산더미처럼 쌓아 놓고 탐독하는 한 남자가 있었다. 동시에 그 등 뒤로 소리도 없이 다가가는 그림자도….

"……어이, 멍청이."

"………………응? 오오, 애시베리군."

말을 거는 목소리에 모건이 뒤를 돌아보니, 그곳에는 불만스러운 얼굴로 빗자루에 올라탄 애시베리가 있었다. 남사는 태연하게 손을 들어 인사했지만, 머지않아 그 의미를 알아채고는 턱에 손을 대고서 말을 이었다.

"혼자서 4층까지 온 거야? 이것 봐, 무모한 짓도 작작 해야지."

"당신이 안 돌아와서 그렇잖아! 이제 보름이면 다음 리그전이 개막하는데, 언제까지 틀어박혀 있을 셈이야?!"

능청스러운 태도에 애시베리는 부아가 치밀어 소리쳤다. 그 큰 목소리에 도서관지기가 눈총을 쏘는 것을 알아챈 모건이 허둥지둥 상대의 입을 손으로 막았다.

"미안, 미안. 벌써 그렇게 됐어? 이야, 이쪽도 연구가 한창이라 말이야. 본격적인 실험 계획 검토에 몰두해 있던 참이었어."

사과와 함께 모건은 상황을 설명했다. 입을 막고 있는 손을 때려서 떨쳐 낸 후, 애시베리는 그 내용에 눈살을 찌푸렸다.

"**실험 계획**? …자세한 건 모르겠지만. 당신의 연구는, 분명 이계 관련이었지?"

날카로운 시선이 남자를 꿰뚫었다. 모건이 흠, 하고 신음하며 팔짱을 끼고서 답했다.

"앞으로의 일을 생각하면, 너와도 무관하지는 않지. …좋아, 잠깐 보고 가."

연구의 성질에 따라 다르지만, 공유 공방이 아닌 한 마법사가 자신의 공방에 타인을 부르는 경우는 결코 흔치 않다. 그것은 개인적인 관계가 친밀한 것과는 별개의 문제이기 때문이다. 따라서 모건의 공방을 애시베리가 방문한 것도 이때가 처음이었다.

"내 연구 대상은 '좀먹는 화염로(루프트 마스)'. 주기표에 따르면 대략 4개월 후 접근 시기에 접어드는 이계야. 실험은 그때에 타이밍을 맞춰 실행할 예정이지."

방 안쪽에 비치된 거대한 유리구에 손을 댄 채 모건은 설명을 이어 갔다.

"이 내부에 극소(미크로)의 '문'을 열어서 저쪽의 화염을 불러들이는 거야. 그걸 관찰하고, 분석해서, 성질을 이해해 제어하에 두는 게 목적이지. 대충 요약하자면 그런 내용의 실험이야."

"…이계 관련이라는 시점에서 예상은 했지만 엄청나게 위험성이 높은 실험이잖아. '문'의 취급부터 자칫 잘못하면 대참사가 일어나고… 설령 그 부분이 잘 풀린다 해도, 당신은 이계의 화염을 제대로 다룰 자신이 있는 거야?"

"그렇지 않았다면 실험도 안 하겠지. 물론 교사들에게 허가는 받았어. 선행 연구를 모조리 검토한 후, 옛 연구자들과 같은 실패를 할 가능성이 있는 요인도 전부 배제했어. 성공시킬 자신은 충분히 있다고.

하지만 그래도 만에 하나의 일이 일어나지 않을 거라는 보장은 없지. 그래서 너한테는 사전에 알려 두는 거야. …성공하건 실패하건, 실험이 시작되면 최소 석 달은 공방에 틀어박힐 거야. 그 기간을 위한 인수인계도 필요하잖아?"

모건이 그렇게 앞으로의 계획을 전했다. 유리구를 들여다보던 애시베리가 남자를 다시 흘끗 쳐다보았다.

"…4개월 후 미궁에 틀어박히고, 그때부터 석 달 후에 돌아오겠다 이거지?"

"빨리 끝날 경우에는. 한두 달은 오차로 잡아 둬."

"그럼 다섯 달이네. 그 이상은 하루도 못 기다려. 더 늦어질 경우, 블루 스왈로에 당신의 자리는 없을 거야. 누가 뭐라건 절대 못 돌아오게 할 줄 알아.

그러니까 약속해, 살아 돌아오겠다고. 내년에도 반드시 내 캐처를 하겠다고."

엄격한 조건을 덧붙인 후 애시베리는 요구했다. 살아 돌아오라고. 그것이 그녀 나름의 격려였다. 모건이 훗, 하고 웃었다.

"원래부터 그럴 생각이었다. 그쪽이야말로 내가 없는 동안 떨어져서 픽 죽지나 마라."

"당신, 감히 누구한테 그런 소릴 하는 거야."

반사적으로 내지른 주먹이 모건의 손바닥 안에 들어갔다. 그 반응도 다 예상했다는 듯이. 그러한 흐름이 너무도 자연스러워서 서로의 입가에 미소가 걸렸다.

그녀는 기다렸다. 그렇게… 약속의 날이 지나도 남자는 돌아오지 않았다.

리그 개막 직전. 수많은 학생들로 붐비는 빗자루 경기장의 관객석을, 긴 앞머리로 얼굴을 가린 작은 몸집의 남학생이 인파에 휩쓸리면서도 필사적으로 걷고 있었다.

"…아, 지나갈게요…. 좀 비켜 주세요…."

사람으로 된 벽에 부딪힐 때마다 가녀린 목소리로 그렇게 말하며. 그렇게 해서 비켜 주면 다행이지만, 이야기하는 데 정신이 팔려 있는 학생들은 대개 못 알아채고는 했다. 그럴 때는 소매를 잡아 죽죽 당겼다.

"…지나갈게요…. 급해서 그러는데… 비켜 주세요…."

그러면 상대는 의아해 하며 쳐다보기 일쑤였다. 심술을 부려 못 지나가게 하는 상대도 종종 있었지만, 그럴 때는 최종 수단으로 완장을 보여 주었다. 그러면 의표를 찔린 얼굴로 모두가 길을 열어 주었지만, 오늘은 그렇게까지 할 필요도 없었다. 인파 사이를 능숙하게 통과해 테이블에 도착했다. 먼저 앉아 있던 빗자루 비행술 교사가 "여어." 하고 손을 들었다.

짧게 인사에 답하며 옆자리에 앉았다. 경기장의 하늘과 잔디가 눈앞을 가득 메운 가운데, 개막 연기(오프닝)를 담당하기로 한 빗자루 기수들이 숙련된 공중기동을 선보여, 시합이 시작되기를 기다리는 회장 전체에 열기가 파도처럼 퍼져 나갔다. 그것을 온몸으로 맛보며 남학생은 로브 품속에 손을 넣어 작은 상자를 꺼냈다. 안에 든 질척한 것 한 줌을 두 손에 발라, 이마의 머리선부터 뒤통수까지 단숨에 머리카락을 쓸어 넘겼다.

그렇게 태세를 **전환했다**. 폐를 있는 대로 부풀린 후, 그는 백장을 오른손에 들고 확성마법을 행사하여….

"야만인들아아, 오래 기다렸다! 브룸 파이트 시니어 리그전 개막이다아!"

곧장 말을 내뱉어 회장 전체에 그 목소리를 퍼뜨렸다. 잠이 덜 깬 거수에게 채찍질을 하듯이. 그렇게 이날도 킴벌리에서 유일한 빗자루 경기 실황중계자, 로저 포스터의 업무가 시작되었다.

"경기를 잘 모르는 1학년들을 위해 설명해 주지! 브룸 워는 팀의 연계가 핵심인 반면, 브룸 파이트는 개인의 힘이 확연히 드러나는 일대일 공중전이다! 성가신 추격전(도그 파이트)도 측면전투(사이드 파이트)도 전혀 없고, 오로지 정면에서 부딪히는 격돌전! 다시 말해서 한 시합, 한 시합이 전부 진검승부인 거다! 어때, 끝내주지?!"

조금 전까지의 얌전한 분위기는 눈 씻고 봐도 찾을 수가 없었다. 그런 건 이 실황중계석에 앉아 앞머리를 쓸어 올린 시점에서 날아가 버렸다. 누구보다도 경기를 기대하고, 누구보다도 게임의 전개에 일희일우하며, 그렇기에 누구보다도 분위기를 고조시키는 것. 그것이 로저의 중계 스타일이었다.

"해설은 우리의 더스틴 선생님! 교내에서 이런저런 일이 있어서 더럽게 바쁜 와중에도 리그전 첫날의 들러리 노릇을 맡아 주셨다고! 이야, 진짜로 완전 땡큐~! 발포 사과수(사이다)라도?!"

사전에 준비되어 있던 음료가 든 컵을 내밀며 로저가 말하자 더스틴은 그걸 곁눈질로 노려보았다. 두 눈 아래에 드리운 짙은 다크서클이 그가 잠을 못 자 피곤한 상태라는 걸 말해 주고 있었다.

"…에일이나 줘. 북부식의 홉이 들어간 센 걸로. 세면기만 한 잔에 가득 따라서."

"실황중계석은 금주라고, 선생님! 자아, 농담 따먹기를 하다

보니 제1시합이 시작됐습니다아!"

로저가 농담을 가볍게 흘려 넘긴 후 시합 해설에 돌입했다. 하늘에서 마주한 두 선수가 동시에 급강하를 개시해, 그 궤도가 엇갈리는 곳에서 스쳐 지나며 클럽을 부딪힌다. 그 충격으로 두 선수 모두 휘청거렸지만, 양측 모두 곧장 궤도를 회복해 가속, 지상에 닿을 듯 말 듯한 고도에서 선회하여 다시 상승했다. 다음 격돌을 위해 상공으로 올라가는 모습에 관객들이 환호성을 질렀다.

"휘유, 초반부터 뜨거운 격투전입니다! 비벌리 로너건 선수 대 닉 메켈 선수! 과거의 전적은 6대 4로 접전! 더스틴 선생님, 이 시합 어떻게 될 것 같아?!"

"베테랑끼리의 모범 시합이 되겠지. 어느 쪽이 이기건 장기전이 될 테고.

…그 사이에 하급생들을 위해 가볍게 해설을 해 둘까. 어이, 빗자루 비행술의 대원칙을 말해 봐라."

"갑자기 질문이 들어와도 실황중계자는 당황하면 안 되지! 답은… '속도는 고도로 바뀌고, 고도는 속도로 바뀐다'!"

"맞다. 클럽으로의 타격전에 눈길을 빼앗기기 일쑤지만 그 기본은 이 경기에서도 똑같아. 잘 나는 녀석이 더 강한 법이라고."

문득 더스틴이 빗자루 비행술 수업을 할 때와 같은 표정으로 말했다. 상대가 원하는 반응을 적절하게 파악해서 로저는 곧장 그것을 입 밖에 냈다.

"하지만 선생님! 이 경기에서의 비행법은 무진장 간단하다고! 한쪽은 우측 상단으로 날고, 또 한쪽은 좌측 상단으로 날아가 동시에 선회해서 힘차게 강하해 한가운데에서 콰앙~! 이후 좌우를 교체하기를 반복! 단지 그뿐인데 잘 날고 말고 할 게 있어?!"

"그래, 엄청난 차이가 있지. 우선 전제로 빗자루 기수들끼리 부딪힐 때는 속도가 빠른 쪽이 유리해. 보다 큰 힘으로 상대를 공격할 수 있으니까. 그렇다면 저 녀석들의 과제는 자연스럽게 충돌 순간까지 어떻게 속도를 높일 것인가, 하는 거지."

시합을 눈으로 좇으며 더스틴이 말했다. 올라갔다가는 내려가며 부딪히고, 올라갔다가는 내려가며 부딪히고. 8자를 옆으로 눕힌 듯한 궤도로 비행하며 두 선수는 계속 속도로 우열을 가리고자 겨루고 있다. 나아가 속도를 높이고 그걸 유지하기 위한 기술을 겨루는 중이었다.

"가장 중요한 건 하강에서 상승으로 전환할 때와 상승에서 하강으로 전환할 때. 각각 선회할 때의 코스 선정과 타이밍을 판단하는 거다. 어설프게 선회하면 속도는 떨어지고, 속도가 떨어지면 충돌할 때 불리해지지. 심지어 이때 생긴 불이익은 한 번으로 끝나지 않아. 실패를 거듭할 때마다 계속 쌓이지."

그렇게 누적된 불이익의 영향은 문외한이 봐도 알 수 있다. 두 사람의 비행이 공중에 그리는 두 개의 원… 이 크기가 같을 때는 시합의 추세가 어느 쪽으로도 기울어지지 않는다. 하지만 한 번 속도에 차이가 생기면 이 두 도형의 평형성은 눈 깜짝할 새에 무너지기 시작한다. 빠르고 우세를 점한 쪽은 큰 원을 그리고, 느리고 열세에 처한 쪽은 작은 원을 그린다. 격돌전을 계속하는 이상, 그렇게 될 수밖에 없다. 격돌점이 서로의 중심으로 정해져 있는 이상, 동시에 그곳으로 가기 전 **속도가 떨어지는 쪽의 도달 고도는, 속도가 빠른 쪽에 비해 낮아지기 때문이다**.

“이 경기의 성질상, 선회할 때 올바른 코스와 타이밍은 매번 바뀌지. 클럽을 부딪히는 충격으로 많건 적건 비행 궤도가 틀어지니까. 순간적인 판단으로 그걸 수정하고 고노의 낭비를 억제해, 다음 충돌 순간까지 최대한 속도를 높이는 것. 결정적인 차이가 날 때까지 그 공방을 반복하는 게 브룸 파이트의 기본적인 흐름이다.”

“오호라~! 심플한 흐름 속에 기술이 빽빽하게 들어 있다 이거지?!”

“그래, 맞다. …이 시합도 조금씩 차이가 생기기 시작했군.”

그들이 해설을 하는 동안에도 공방은 계속되었다. 여섯 합의 충돌 후, 두 사람이 그리는 원의 크기에서 좌측 선수가 조금씩 앞서기 시작했다. 속도와 고도에 오차로 치부할 수 없는 우열 관계가 발생했다. 여기서부터가 브룸 파이트의 제2국면이고, 관객이 가장 손에 땀을 쥐게 되는 시간이기도 했다.

“서로의 속도 차이가 일정 이상까지 벌어지면, 거기서부터는 역전하기가 어려워지지. 그런 전개가 예상되는 순간부터 열세에 처한 측에 남겨진 방법은 하나뿐. 속도 차가 결정적으로 벌어지기 전에 승부에 나서는 거다. …슬슬 시작할 거다.”

열세에 처한 좌측 선수가 클럽을 쥔 자세를 바꿨다. 지상에서 보기에는 작은 동작이었지만 더스틴은 물론이고 관전에 도가 튼 일부 학생들도 그것을 알아챘다. 전속력 강하 후 공중에 위치한 교차점에서 두 개의 그림자가 부딪혔다. 클럽이 부딪히는 소리가 유달리 크게 나더니… 그 직후, 우측으로 빠져나온 선수는 다시 상승하지 않았다. 그 몸은 빗자루에서 떨어져 일직선으로 낙하했고, 그곳에서 대기 중이던 캐처가 주문으로 그를 받아냈다. 결판이 나는 순간을 지켜본 관객들이 일제히 환호성을 질렀다.

“…떨어졌군. ‘조우의 순간(인카운터)’을 노린 듯하지만 상대도 같은 기술로 맞섰어. 마법검의 기량에 따라서는 그를 통한 역전도 가능하지만… 이번에는 뭐, 이변은 없었던 거지.”

“접전의 승자는 로너건 선수! 유리한 고지를 끝까지 양보하지 않고 당당하게 승리했습니다!

캐처들이 낙하자의 반송을 마치고, 이어서 곧장 제2시합의 선수들이 입장! 시합 회전이 빠른 것도 이 경기의 장점입니다! 안심하라고, 관객들아! 응원하는 선수들도 머지않아 등장할 테니까아아아!"

·

"리그전 초반에 초심자들을 위한 해설을 끼워 넣다니, 역시 더스틴 선생님. 경기 지도와 보급, 양면으로 열심이시네요."

실황중계석의 정면에 위치한 관객석 북쪽에서 해설에 귀를 기울이고 있던 셰라가 감탄한 얼굴로 고개를 끄덕였다. 그 옆에서 새로 시작된 시합을 바라보며 피트가 복잡한 얼굴로 팔짱을 끼었다.

"실제로 시합을 보면서 들은 덕에 조금 전엔 이해하기 쉬웠어. …근데 난 브룸 파이트나 브룸 워에 관한 근본적인 의문이 있어. 애초에… 마법사들의 스포츠인데 어째서 주문을 안 쓰는 거지?"

보통 사람 출신인 소년이 소박한 의문을 입 밖에 내자, 올리버와 셰라가 동시에 그에게 시선을 보내며 말했다.

"…어째서 빗자루 경기에서 주문을 사용하지 않는 것인가. 그건 바꿔 말하자면, 어째서 빗자루 경기의 규칙이 주문을 사용하지 않는 지금과 같은 형태로 정착되었는가에 관한 의문이라고 봐야겠지?"

"엄밀히 말하자면, 주문 사용이 가능한 규칙도 있답니다. 주문만 사용해야 하는 규칙도 있고요. 과거에는 그러한 것들이 주류

였던 시기도 있지만, 시대가 바뀜에 따라 주문을 사용하지 않는 규칙으로 바뀌었어요."

"그렇게 되기까지의 경위도 단순하지 않아. 하지만 그중 커다란 개요를 두 개만 언급하도록 하겠어.

하나는, 빗자루 경기는 무엇보다도 **비행을 중심으로 한 게임**이라는 거야. 빨리 나는 것, 잘 나는 것, 화려하게 나는 것. …선수들은 그걸 갈고닦고, 관객들도 그걸 보고 싶어 하지. 그 핵심이라 할 수 있는 부분과 주문 사용 가능 규칙은 본질적으로 상성이 좋지 않아."

"어째서? 주문 사용이 비행에 무슨 영향이라도 끼쳐?"

"**느려져요**, 단적으로 말하자면. 빗자루로 나는 동안에는 빗자루에 마력을 주입해야 하는데, 주문을 사용하면 그만큼 빗자루에 주입하는 마력이 줄어들죠. 다시 말해서, 무슨 수를 써도 원리적으로 감속은 불가피해요. 속도를 중시하는 빗자루 경기에서 이건 너무 큰 악영향이 아닐까요?"

"…그렇구나. 주문을 쓰면 빗자루로 나는 것 자체의 매력이 줄어든다는 거지?"

"그게 첫 번째 이유야. 게다가 비행 중에 날린 주문을 명중시키는 게 어렵다는 이유도 있지. 이에 관한 상세한 내용은 추격전, 측면전, 격돌전에 따라 각각 다르지만, 주문을 사용하는 것에 따른 감속이 그대로 불리함으로 이어지는 것과 같은 이치야.

요컨대… 맞히는 건 어려운데 빗맞히면 반드시 불리해져."

"그런 반면 클럽에 의한 타격은 속도를 살릴 수 있죠. 빠르면 빠를수록 위력이 증가하니까요. 물론 부딪히면 감속이 발생하기는 하지만, 어떻게 그걸 최대한 상대에게 떠넘기고 자신의 감속을 최소한으로 억제할 것인가가 공방의 핵심이에요. 이 역시 비행의 속도, 능숙함을 겨루는 경기인 거죠."

셰라가 경기의 콘셉트를 그렇게 요약했다. 그 말을 들으며 가만히 시합을 지켜보던 가이가 신음하며 고개를 끄덕였다.

"빗자루를 경기의 주인공으로 삼을 경우, 주문은 불순물밖에 안 된다는 거구나."

"맞아. …하지만 사실 경기에 한정된 이야기가 아니야. 빗자루를 사용한 마법공전(魔法空戰)… 다시 말해 **실전**에서의 원칙도 대체로 같아. 이단 사냥꾼(그노시스 헌터)의 빗자루 기수들을 볼 일이 있다면, 그 전투방식이 브룸 파이트나 브룸 워의 연장선상에 있다는 걸 알게 될 거야. 그 상징처럼 토룡도(討龍刀)라 불리는 공중전용 지팡이검도 존재하고."

이단 사냥꾼들의 현장을 예로 들며 올리버가 말했다. 뒤숭숭한 예시였지만 그걸 들은 셰라는 훗, 하고 웃으며 말을 받았다.

"등에 토룡도를 짊어지고 하늘을 나는 빗자루 기수라. 잠자리에서 부모님께 들은 이야기지만, 많은 아이들이 한 번은 동경하는 모습이죠."

"그 대표 격이 사실은 지금 실황중계석에 있는 사람이지만…."

그렇게 말하며 올리버는 회장의 맞은편에 자리한 실황중계석에 앉아 있는 빗자루 비행술 교사를 먼눈으로 쳐다보았다. 의자에 떡하니 앉아 팔짱을 낀 채 부루퉁한 얼굴로 상공을 올려다보는 그 모습은 빗자루 경기장에 널리고 널린, 관전에 도가 튼 고참 팬 그 자체로 보였다. 그럼에도 더스틴 헤지스는 마법공전에 있어 세계적으로 손꼽히는 영웅이기도 했다. 그 격차에 그는 무의식중에 풋, 하고 웃고 말았다.

"…얼마 후면 차례가 될 것 같네. 슬슬 가자, 나나오."

잠시 후, 올리버가 의자에서 일어나며 옆에 있는 소녀에게 말했다. 그녀 역시 출전을 앞둔 선수라 소년과 함께 유니폼으로 갈아입은 채로 시합을 관전하고 있었다. 나나오가 고개를 끄덕이며 자리에서 일어났다.

"음, 갑시다. …그러면 다들, 이따 봅시다."

"잘해라!" "응원할게!"

친구들의 격려를 순풍처럼 맞으며 두 사람이 떠나갔다. 그 뒷모습이 나머지 네 명의 시야에서 사라진 참에 반대쪽 통로에서 다른 기운이 그들에게로 다가왔다. 그쪽으로 시선을 돌린 캐티가 놀라서 소리쳤다.

"밀리건 선배!"

"여어, 다들 있었구나. 조금 늦었나 보네, 첫 시합 전에는 올

생각이었는데."

큼직한 가방을 어깨에 멘 사안의 마녀가 그곳에 있었다. 네 번째 시합에 돌입한 경기장의 광경을 곁눈질하며 그렇게 말한 후, 그녀는 캐티의 옆자리에 앉았다.

"실례할게. …나나오 양과 올리버 군은, 벌써 가 버렸니?"

"방금요. 간발의 차로 엇갈렸네요."

"그래? 유감이야. 시합 전에 격려의 말을 해 주고 싶었는데."

그렇게 말하며 어깨에 메고 있던 가방을 무릎 위에 올려놓았다. 그러자 그 안에서 뭔가가 꼬물꼬물 움직이는 소리가 나서, 뒷자리에서 그걸 알아챈 가이가 의아한 눈빛을 보냈다.

"……? 선배, 그거 뭡니까?"

"리그전 우승자에게는 관객들 앞에서 연설할 기회가 주어진다는 거 알아, 가이 군?"

마녀는 질문에 직접 답하지 않고 무슨 관계가 있는지 모를 이야기를 하기 시작했다. 당황한 가이를 곁눈질하며 밀리건은 말을 이었다.

"총괄 선거 시기와 겹칠 경우, 우승자는 대부분 그 연설에서 자신이 투표할 후보자에 관해 홍보하지. 나나오 양이 우승하면 그것도 흔쾌히 받아들여 주지 않을까 해서."

밀리건이 가방 한쪽을 열었다. 안에 든 소형 케이지가 가이 일행의 눈에 들어왔는데, 그 틈새로 사랑스러운 새가 머리를 빼꼼 내밀었다.

"그런고로… 나도 아낌없이 응원하도록 하겠어."

경기장 서쪽 선수 대기실. 외길인 통로로 싸움의 장과 이어진 그 장소에, 시합을 앞둔 많은 선수들이 모여 있었다.

긴장감은 느껴지지만 대전할 상대는 필드 너머에 자리한 반대쪽 대기실에서 준비 중이라 실내의 분위기는 그렇게까지 험악하지 않았다. 선수들도 빗자루와 커뮤니케이션을 취하거나 클럽을 닦거나, 잡지를 읽으며 휴식을 취하는 등 가지각색이었다.

"…준비는 다 됐어, 나나오?"

그런 분위기 속에서 올리버가 파트너에게 확인했다. 나란히 장의자에 앉아 있던 소녀가 그에게 등을 홱 돌렸다.

"안 되었소."

"…어디 아픈 데라도 있어?"

"캐처의 격려가 부족하오."

생각지 못한 주장에 올리버는 눈이 휘둥그레졌다. 몇 초의 침묵 후, 그는 상대의 얼굴을 감싸듯이 두 손을 뻗었다. 그러고는 손가락으로 소녀의 뺨을 꼬집어 좌우로 주욱 잡아당겼다.

"…요즘 들어 자주 떼를 쓰네, 나나오."

"니헤헤."

장난을 성공시킨 어린애처럼 나나오가 웃었다. 올리버가 뺨에서 손을 떼더니 두 팔로 소녀의 몸을 감싸듯이 끌어안았다. 서로의 심장소리를 가까이 느끼며 10초 정도를 그대로 있다가… 이쯤이면 됐겠지, 하고 생각한 소년이 몸을 뗌과 동시에 동방의 소녀가 벌떡 일어났다.

"음, 기운이 넘치오! 아마츠카제를 데려오겠소!"

나나오는 그렇게 말하고서 대기실 한편에 자리한 빗자루 거치대를 향해 달려갔다. 그 뒷모습을 올리버가 믿음직하다는 듯이 지켜보던 중….

"…그게 너희의 강점이란 말이지~"

그런 말이 바로 옆에서 느닷없이 들려와서 놀랐다. 순간적으로 고개를 돌려보니, 그곳에는 눈에 익은 다른 선수… 같은 와일드 기스의 팀원인 6학년 여학생이 서 있었다. 이름은 멜리사 칸텔리로, 팀의 부주장이라는 위치에 있는 인물이었다.

지금까지의 대화를 누군가가 듣고 있었다고 생각하니 부끄러워져서 올리버가 곧장 고개를 돌리자, 그녀는 미소를 띤 채 고개를 가로저어 보였다.

"쑥스러워할 것 없어. 플레이어와 캐처의 관계는 당연히 러브러브할수록 좋지. 그 관계가 불안정하면 경기력도 불안정해지니까. 그런 페어를 지금까지 몇 쌍이나 봐 와서 잘 알아."

그렇게 말하며 멜리사는 연신 고개를 끄덕였다. 결국 무시할 수가 없게 되어 올리버는 마지못해 그 말에 귀를 기울였다.

"그 애시베리조차도 그랬다고. 전성기의 그 녀석은 훨씬 미쳐 있었어, 어떤 경기에서도 적수가 없어 보일 정도였으니까. …그런 만큼, 익숙한 캐처를 잃은 직후에는 처참했지만. 나는 그 녀석을 전혀 좋아하지 않는데도 보고 있기가 안쓰러울 정도였어."

"……."

"그러니까, 너도 있는 힘껏 나나오를 귀여워해 주도록 해. 상대가 자기를 좋아한다고 방심하면 안 된다? 이런 건 어느 정도면 만족할 거라는 기준이 없는 거라고. 마법사는 다들 욕심쟁이잖아."

전반까지는 선배의 충고라 볼 수 있는 범주였지만, 후반은 거의 오지랖 넓은 친척 아주머니 같은 투였다. 올리버는 애매하게 고개를 끄덕여 상황을 넘기려 했지만, 저쪽은 아직 할 말이 남았는지 장의자 옆에 진을 치고 계속 귓속말을 해댔다. 그것도 상당히 예민한 내용의 것을.

"…있잖아, 그거 할 때 정성껏 시간 들여서 하고 있는 거 맞지? 피곤하다고 분위기 조성이고 뭐고 건너뛰고 있지는 않아? 그런 건 진짜로 안 좋아, 대충하면 저쪽은 단번에…."

"…선배!"

"무슨 이야기 중이셨소?"

갈수록 수위가 높아지는 내용에 더는 참을 수 없게 된 올리버가 소리친 참에 빗자루를 손에 든 나나오가 돌아왔다. 소년은 곧장 장의자에서 일어나 그녀의 손을 잡았다.

“아무것도 아니야. 그만 가자, 나나오!”

올리버는 소녀의 손을 잡아끌고 그대로 필드를 향해 걸어 나갔다. 두 사람의 뒷모습을 배웅하는 멜리사의 뒤통수에 누군가가 뒤에서 꿀밤을 먹였다. 그 주인공은 그녀들과 마찬가지로 시합을 앞둔 와일드 기스의 주장… 6학년인 한스 라이제강이었다.

“시합 직전에 뭘 그렇게 재잘대, 멍청아. 네가 참견하는 바람에 오히려 관계가 꼬이면 어쩌려고.”

“미, 미안…. 알고는 있지만, 저 둘을 보다 보니 나도 모르게….”

“뭐, 심정은 그럭저럭 이해한다. …하지만 저 녀석들의 저런 부분이 나는 오히려 좋아. 서로가 서로를 애타게 갈구하고 있지만, 양쪽 모두 아슬아슬하게 멈춰 서 있는 모습이.”

멀어져 가는 두 사람의 뒷모습을 흐뭇하게 바라보던 남자의 입에 미소가 걸렸다.

“이 킴벌리라는 흙에서 저런 꽃은 잘 피지 않지. 싹을 틔우는 경우조차 드물어. 네 노파심 자체는 나무라지 않겠지만, 그렇다고 괜히 휘젓지는 마라.”

“…노력은 하겠지만… 하지만, 뭔가 좀, 답답해서… 이것저것 가르쳐 주고 싶어….”

“네가 욕구불만이라 그렇겠지, 그건. 들었다, 또 연인이 도망쳤다며?"

"우오어어어! 그 얘길 한 건 싸우자는 거지, 이 자식아!?"

급소를 맞은 멜리사가 눈물이 그렁그렁해져 상대에게 덤벼들었다. 그렇게 몸이 덜컥덜컥 흔들리는 상태로도, 와일드 기스의 주장은 태연하게 후배들의 뒷모습을 계속해서 배웅해 주었다.

통로를 걷던 올리버와 나나오는 그 중간에 자리한 바닥에 선이 그어진 장소에서 나란히 걸음을 멈췄다. 몇 분을 기다리자 이윽고 앞쪽에서 유도원이 보낸 신호가 반짝여, 두 사람은 빗자루에 올라타 통로에 떠올랐다. 그렇게 필드로 뛰쳐나간 순간, 눈부신 햇빛과 관객들의 성원이 일제히 두 사람의 몸을 감쌌다. 이 순간 또한 수많은 빗자루 경기자들을 중독시키는 요소 중 하나였다.

"…흠? 올리버, 저건."

친구들이 앉아 있는 자리를 바라본 나나오가 그곳에서 희한한 것을 발견하고 말했다. 그것은 조금 전 공중에 그려지기 시작한 커다란 글씨였다. 여러 마리의 새가 관객석 상공에 날아오르더니, 각자의 꽁지깃이 남긴 빛의 궤적이 공중에 메시지를 새겨 나갔다. 불과 몇 초 만에 그것들이 의미를 이루었다. '힘내라 나나오 히비야'.

"…아하, 밀리건 선배구나."

그 즉시 누가 한 것인지 간파해 낸 올리버가 중얼거렸다. 그 추측을 뒷받침하듯이 관객석 한구석에서는 사안의 마녀가 친구들과 함께 손을 흔들고 있었다. 나나오가 손을 흔들어 답하자 올리버가 훗, 하고 미소를 지었다.

"조금 불순한 의도가 느껴지기는 하지만, 네 승리를 바라고 있다는 건 분명해. 고마운 마음으로 받아들이자."

"음!"

응원을 받은 나나오의 투지에 불이 붙었다. 필드 반대편 상공에 상대 선수와 캐처가 모습을 드러내자, 올리버가 시합 전 마지막 조언을 입 밖에 냈다.

"상대는 4학년, 지구력이 강한 스타일이야. 클럽의 타격을 흘려보내고, 시합을 장기화해서 상대의 실수를 이끌어 내는 패턴이 많아. 초중반에는 정면 승부에 응하지 않을 거야."

"그렇다면, **넘어가** 드리겠소."

동방의 소녀가 대담한 말을 내뱉었다. 올리버도 그 말을 듣고서 웃었다. 그대로 하늘 위로 올라가는 나나오와 위아래로 헤어진 올리버는 캐처라는 역할이 기다리는 지상으로 향했다.

"네가 승리하는 모습을 아래에서 지켜볼게. 다녀와, 나나오!"

"알았소이다!"

좌우에서 두 인물이 상승했다. 그중 한쪽의 모습에 관중들이 열광하자, 실황중계자의 목소리 톤은 그 이상으로 높아졌다.

"왔다왔다왔다. 왔어, 드디어 그녀가 왔습니다아! 킴벌리에 입학한 것은 작년 봄! 빗자루를 잡은 것도 수업 때가 처음이었다죠! 그 2년도 안 되는 경력으로 강자들이 모여 있는 시니어 리그를 마구 휘젓고 다니고 있는 경천동지의 2학년생, 나나오 히비야의 등장입니다아! 기다렸다구~ 휘유우우우우우우우우우우!"

"미즈 히비야만 나오면 지나치게 흥분하는 거 아니냐, 너. 자, 상대의 프로필과 전적도 읊어라."

"그것도 당연히 준비했지! 그 상대는 4학년인 아르노 종케 선수! 실력을 인정받아 3학년부터 시니어 리그에 참가한 젊은 유망주입니다! 급성장 중인 2학년을 상대로 체면을 지킬 수 있을 것인가아아아!"

시합 개시를 알리는 나팔소리가 울림과 동시에 두 선수가 상공에서 급강하를 개시했다. 필드 중심의 격돌점에서 양측이 클럽을 휘두른다. 뼈까지 울리는 충격을 주고받은 후, 나나오가 우측으로, 종케가 좌측으로 빠져나갔다. 하지만 그 시점에서의 속도는 명백하게 나나오가 빨랐다.

"강렬합니다아아아! 종케 선수, 공격을 흘려내지 못해 비행궤도가 크게 흔들립니다! 처음 1합에서 히비야 선수가 앞서갑니다아!"

"하핫… 히비야 저 녀석, 압박을 가하는 법을 잘 아는걸. 멋으로 평소부터 양손검(투핸드 소드)을 다룬 게 아니란 건가. 상당한 수준의 고수라도 저 일격을 흘려내기는 쉽지 않을 거다."

씨익 웃으며 더스틴이 말했다. 실황중계자에게 딴죽을 걸어놓고 직전의 1합에 그 또한 명백하게 들떠 있었다. 그것은 지식과 경험의 유무와 무관하게 나나오의 비행을 본 인간들에게 피할 수 없는 반응이었다. 무수히 많은 관중들의 눈이 응시하는 가운데, 소녀가 탄 빗자루가 또다시 하늘 높이 떠오르기 시작했다.

"격돌 장소로부터 좌우로 멀어져서 선회, 두 선수 그대로 두 번째 합을 겨룹니다! 속도에서 우위를 점한 히비야 선수의 도달 고도가 높군요! 다음 일격은 조금 전보다 더 강해지겠는거얼!"

"아직 2합째지만 미스터 종케에게는 고비로군. 이번에도 밀리면 완전히 히비야가 유리해질 거다. 자, 버텨라! 힘을 아껴 둘 때가 아니야!"

관전에 몰입한 더스틴이 긴 테이블을 탕, 때렸다. 그의 시선 끝에서 나나오와 종케가 급강하를 시작했다. 격돌점에서 두 번째로 클럽이 교차된 순간… 이변이 일어났다. 클럽을 부딪힌 순간부터 종케의 빗자루가 격렬하게 스핀. 그대로 비행의 제어를 잃고 하릴없이 지상으로 곤두박질치기 시작한 것이다. 한편, 우측으로 빠져나간 나나오는 말끔한 궤도로 선회하여 무난하게 재

상승하기 시작했다. 승패가 갈렸음을 말해 주는 양 선수의 모습과 달리, 그를 본 관객들은 경악에 찬 비명을 질렀다.

"우오오오오오?! 종케 선수, 낙하! 격돌 지점에서 팽이처럼 돌며 날아갔습니다아! 2합째에 히비야 선수의 승리! 예상을 뒤엎는 단기결전이 되었습니다!"

"쿠츠류 '인력의 회전(트라호)'을 시도하다 실패했군. 첫 시합에 과감하게 비장의 수를 사용한 건 좋았지만, 히비야를 상대로 쓰기에는 기술의 숙련도가 부족했어. 차라리 1합 때 썼으면 이야기가 달라졌을지도 모르지만… 뭐, 그건 결과론에 불과하지."

더스틴이 진지한 얼굴로 그런 결과가 나온 요인을 분석하여 그렇게 말했다. 심판이 승리를 선언하자 동방의 소녀가 관중들에게 손을 흔들며 답하더니, 그대로 시합 개시 전과 다른 곳에 자리한 착륙용 통로로 들어갔다.

"리그전 첫날을 보기 좋게 승리로 장식한 히비야 선수! 관객들의 성대한 박수갈채를 받으며 지금 막 지상으로 귀환했습니다! 하지만, 아아… 나는 지금 절망하고 있다고, 오늘은 더 이상 네가 나는 모습을 못 본다니! 이봐, 누가 날아가서 저 태양 좀 끌어내려 봐! 그대로 한 바퀴 돌아서 내일의 새벽을 끌어와 줘어!"

통로 중간에서 나나오가 빗자루에서 내리자, 다소 늦게 따라

온 올리버가 합류했다. 그 자리에서 손을 마주쳐 승리를 축하한 후, 둘이서 나란히 통로를 걸어 나갔다.

"…눈 깜짝할 새에 시합이 끝났는걸. 하지만 보기와 달리 압승한 건 아니었지?"

"음, 2합째에서는 놀랐더랬소. 조금만 더 기술이 날카로웠다면, 날아간 것은 소생이었을지도 모르오."

"저건 쿠츠류의 고등기술이야. 지금까지의 시합에서 썼다는 이야기는 못 들었으니, 아마 저쪽도 연습 중이었겠지. 받아 낸 감각을 잊지 마. 다음 대전에서는 더욱 완성도를 높여서 올 테니까."

걸으며 시합의 감상과 반성할 점에 관한 이야기를 나누던 두 사람은 문득 전방에서 기척을 느끼고 걸음을 멈췄다. 사나운 미소를 띤 다이애나 애시베리가 통로 좌측 벽에 기대어 서 있었다.

"리그 첫 시합부터 2합승을 거두다니. 아주 건방지네, 미즈 히비야."

"보고 계셨소, 애시베리 공. 운이 좋았소. 상대가 일찍 승부에 나서 준 덕이오."

"말은 잘하네. 네가 이끌어 낸 거면서."

애시베리는 진심으로 유쾌한 듯이 큭큭, 목을 울리며 웃었다. 그녀는 나나오에게 등을 돌려 떠나가며 말했다.

"다른 녀석들은 아무래도 상관없지만, 내 시합만큼은 보고 가.

답례로 재미있는 걸 보여 줄 테니까."

그로부터 10분 후, 선언이 실행되는 순간이 왔다. 경기장 상공으로 날아오른 블루 스왈로의 에이스를 본 순간, 시끌벅적하던 관객들은 오히려 일제히 숨을 죽여서 경기장은 쥐 죽은 듯 조용해졌다.

"…모습을 보이자마자 장내의 분위기가 단숨에 얼어붙었습니다! 더 이상 소개가 필요 없는 여제, 다이애나 애시베리의 등장입니다아아아!"

"한동안 브룸 레이스의 기록 경신에 집중하더니, 이번엔 브룸 파이트 리그에 나왔나. 뭐, 그러는 편이 저 녀석답기는 하지."

"상대는 6학년인 라우로 스카를라티 선수! 지금까지의 전적은 8대 2로 애시베리 선수가 유리합니다! 더스틴 선생님, 이 시합은 어떻게 될 것 같아?!"

"이번 시즌의 시합으로 미루어, 미스터 스카를라티의 컨디션은 나쁘지 않아. 그에 반해 애시베리는 한동안 브룸 파이트, 브룸 워와 거리를 두고 있었지. 그게 어떤 영향을 미칠지에 달렸을 거다."

"여제의 클럽질은 건재할 것인가! 어이쿠, 말을 하다 보니 시합이 개시됐습니다아!"

필드 상공에서 마주한 두 선수가 급강하를 개시했다. 우선 1합째는 탐색전… 모두가 그렇게 생각하며 보고 있던 중, 그 예상을 짓밟는 사건이 일어났다. 가속의 기세를 실어 클럽을 내려친 상대에 비해, 격돌점에 다다랐음에도 애시베리는 어깨에 짊어진 클럽을 휘두르지 않았다. 클럽을 눕힌 채 상대의 품 안으로 파고들었다. 의표를 찔린 상대의 일격이 헛방을 쳤고, 대각선 아래로 아슬아슬하게 통과한 애시베리의 클럽 끄트머리가 상대의 옆구리 아래에 걸렸다. 그러자 상대는 나아가던 것과 반대 방향으로 **몸이 휙 끌려갔다**.

빗자루와 떨어진 선수의 몸이 허공을 날아 땅으로 떨어졌다. 캐처가 주문으로 그걸 받아 냈다. 선수는 그렇게 되고서도 자신에게 무슨 일이 일어났는지 파악이 되지 않아 멍하니 있었다. 하늘을 올려다보는 그 시선 끝에서, 쓰러뜨린 상대도 관객도 안중에 없는 애시베리가 냉큼 통로로 철수했다.

환호성도 갈채도, 술렁거리는 소리조차 새어 나오지 않아, 가득 찬 관객석은 정적에 빠졌다.

"……………………말도 안 돼."

"어이, 중계자, 일해야지. …뭐, 심정은 이해하지만. 강호들이 모인 시니어 리그에서 1합승을 볼 일은 거의 없으니까."

메마른 목소리로 더스틴이 말했다. 경기의 성질상, 브룸 파이트에서 1합승이라는 사태는 거의 일어나지 않는다. 실력 차이가 상당해도 2합이나 3합은 어찌어찌 겨루기 마련이다. 하지만 그걸 목적으로 하는 기습 기술은 분명 존재했고, 애시베리가 선보인 것도 그중 하나였다. 수준 높은 시합에서 볼 가능성은 한없이 낮은, 말하자면 곡예나 다름없는 짓이지만.

그러한 정도를 벗어난 수법을 더스틴은 본래 좋아하지 않았다. 종합적인 비행기술을 겨루는 빗자루 경기의 본질을 벗어난 일이기 때문이다. 그러나 이번에 한해서는 견해가 달랐다. 다름이 아니라… 애시베리가 저 기술을 사용한 이유가, 명백하게 이전 시합에서 나나오가 2합승을 거두었기 때문인 것으로 보여서다.

2보다 높은 숫자는 1. 애시베리의 판단 이유는 그뿐이었다. 바늘구멍을 통과하는 거나 다름없는 난이도의 기습을 성공시킴으로써 그녀는 정상급 선수로서의 실력을 증명했다. 기습으로 거저 승리한 것이 아니라, **수많은 승리 방법 중 1합승이라는 승리 방식을 관철시켰다**. 그 결과에 무슨 트집을 잡을 수 있겠는가. 어떻게 감탄하지 않을 수 있겠는가.

"빗자루 경기는 삼종일체(三種一體)라는 말이 있지. 브룸 레이스, 브룸 파이트, 브룸 워… 어느 것을 연습해도 나머지 두 종목의 강화로 이어진다는 뜻이다. 물론 어디에 무게를 둘지는 사람마다 다르겠지만, 애시베리는 옛날부터 한결같이 이랬어. 사람을 두들겨 패서 마구 추락시키다 보면 레이스의 기록도 팍팍 경신되는 녀석이었다고. 이제 그 방침으로 되돌아가기로 한 거야."

여제가 브룸 파이트 리그전으로 돌아온 이유를 그렇게 분석한 직후, 남자는 두 손으로 자신의 얼굴을 찰싹 때렸다. 그 소리에 놀란 실황중계자 로저가 시선을 옮겨 보니, 조금 전까지 더스틴의 눈 아래에 드리워 있던 다크서클이 흔적도 없이 사라져 있었다.

"저 녀석과 히비야 덕분에 잠기운이 싹 달아났다. …아주 시끌시끌해질 거다, 이번 리그는."

그날 밤에는 나나오의 승리를 축하하는 의미로 비밀기지에서 소소한 파티를 열기로 했다.

"리그 첫 시합 승리 축하해! 정말 멋졌어, 나나오!"

캐티의 건배사로 시작된 건배, 한데 모은 여섯 개의 유리잔+마르코용 대형 목제 잔에서 사이다 방울이 튀었다. 그것으로 입술을 축인 셰라가 오늘 시합을 돌이켜보며 입을 열었다.

"2합승이라니, 리그 개막전을 아주 화려하게 장식했네요. 앞으로도 속공으로 승부를 볼 건가요?"

"그렇다기보다는 한 합 한 합에 온 힘을 다한다는 것 이외의 방침이 나나오에게는 존재하지 않아. 그 부분은 그냥 마음대로 하게 두기로 했어. 결판이 일찍 나느냐 늦게 나느냐는 결과에 불과하니까.”

“하핫, 나나오답네! 그거면 됐지, 뭘! 좌우간 오늘은 첫날의 승리를 축하하는 의미에서 밤새도록 놀아 보자고!”

“무슨 소릴 하는 거야, 가이. 다 먹고 나면 스터디 모임을 할 거야. 연금술 복습, 요즘 빼먹고 있지?”

“느닷없이 찬물 좀 끼얹지 마라! 근데, 빼먹고 있는 줄은 또 어떻게 안 거야!”

“캐티랑 내가 꼼꼼히 가르쳐 줄게. 잘됐네, 가이. 밤새도록 즐기게 됐잖아, 공부를.”

승리를 축하하는 분위기 속에서 시끌벅적한 대화는 계속되었다. 오늘 시합에 관해서, 앞으로의 대전 상대에 관해서, 아무리 이야기해도 화제는 끊이지 않아… 그들의 떠들썩한 연회는 밤늦게까지 계속되었다.

자신 이외의 모두가 잠에 든 새벽 3시. 올리버는 침구 위에서 몸을 일으켜, 같은 방에서 잠든 나머지 다섯 명이 깨지 않도록 주의하며 혼자서 비밀기지에서 빠져나왔다.

빠른 걸음으로 1층을 통과해 2층 ‘북적이는 숲’에 접어든다. 녹음의 냄새가 자욱한 숲속을 주의 깊게 나아가, 그 중심에 우뚝

선 거대수의 기슭으로 걸음을 재촉했다.

"…후우… 하아…."

땅에서 솟아나 까마득한 상공에서 거목의 줄기로 이어지는 나뭇가지 하나. 거기에 발을 내딛기 전에 올리버는 심호흡을 거듭했다. 그렇게 의식적으로 혈액과 마력의 흐름을 가속시킨다. 그것은 오로지 처음 한 걸음부터 최고의 퍼포먼스를 발휘하기 위해서였다.

"…좋아!"

심신의 준비를 마친 후 회중시계를 꺼내 바늘의 위치를 확인함과 동시에 올리버는 달려 나갔다. 발바닥이 스스로도 놀랄 만큼 힘차게 땅을 박차, 그 힘을 추진력 삼아서 몸이 고도를 쑥쑥 높여 갔다. 울퉁불퉁한 지형도 전혀 방해가 되지 않았다.

(마이 로드! 송구스럽지만… 같은 속도를, 유지할 수가, 없습니다!)

머지않아 후방에서 테레사의 마력파가 도달해, 그 비명 섞인 목소리에 올리버는 놀랐다. 미궁에서의 행동에 한해 밀정 소녀는 올리버보다 훨씬 경험이 풍부했다. 특수한 조건이 겹친 경우를 제외하면 그가 아무리 걸음을 재촉해도 소녀가 따라잡지 못할 일은 없었던 것이다.

(…알았어! 계속해서 이 계층에서 대기! 무슨 일이 생기면 신호를 보낼게!)

(…네… 죄송, 합니….)

말을 끝맺기도 전에 목소리가 끊어졌다. 강력한 계약을 통해 통로를 연결하지 않은 탓에, 현재의 마력파 교신으로는 장거리 의사소통이 어려웠다. 다시 거리가 줄어들 때까지 테레사와의 연락은 두절되어 있을 것이다. 그 사실을 염두에 둔 채, 올리버는 계속해서 속도를 높였다.

"후우우…!"

처음으로 걸음을 멈췄을 때. 그는 거대수의 정상, 요컨대 2층에서 가장 높고 평탄한 장소에 있었다. 2층 전체가 거의 다 내려다보이는 높이다. 땀이 배어난 이마를 손등으로 훔친 후, 올리버는 다시 회중시계의 바늘을 확인했다.

"…기슭에서 꼭대기까지 32분. 이전의 기록에서 10분 가까이 단축한 건가."

엔리코와의 싸움 이전에 쟀던 기록과 비교하며 그렇게 중얼거렸다. 달리는 도중부터 속도가 대폭 향상되었다는 것은 실감하고 있었다. 좌우간 발걸음이 멈추질 않았던 것이다. 이전 같았으면 손을 써 가며 오를 수밖에 없었던 가파른 곳도 쑥쑥 뛰어오를 수 있었다. 이 정도로 빠르면 오히려 마수가 들러붙질 않는다. 시기가 좋았던 덕도 있지만, 거의 아무런 방해도 받지 않고 나무의 정상에 도달하고 말았다.

"…정상적인 성장일 리가 없지, 이런 게."

낮은 목소리로 중얼거렸다. 셰라도 말했듯이 아무리 성장기의 마법사라도 짧은 기간에 육체적 기능이 이렇게까지 향상되는 경우는 거의 없다. 나나오와 같은 경우는 있을지 몰라도, 그녀의 경우에는 애초에 성장 속도가 차원이 다른 것이니 별개로 보아야 한다. 위를 향해 힘껏 자라나는 소녀의 성장에 비해 올리버의 성장은 땅을 기어다니던 벌레가 느닷없이 날아오른 듯한, 묘한 느낌을 지울 수 없었다.

그 위화감이 그에게 강압적으로 실태를 알려 주었다. …아마도 이것은 **생을 압축한 것**이리라고.

단순히 시계를 빨리 돌렸다는 표현으로는 부족할 거다. 미래의 성장을 앞당기고, 그것을 압축해 현재에 퍼붓는다. 소년의 육체와 영체는 현재, 그러한 생존전략에 근거해 구동하고 있다. 그 자신의 영혼에 의해 **그렇게 하지 않으면 살 수 없다**고 판단한 것이다.

계기가 된 것은 클로에 할포드의 영혼과의 2분 이상에 걸친 혼백융합 및 그 상태로 단행했던 엔리코 포루기에리와의 전투. 올리버가 생과 사의 경계를 미친 듯이 오가던 그 시간은, 그 영혼에 압도적인 자기부정을 강요했다. 본래 영혼의 계획에 근거한 육체와 영체의 운용, 요컨대 **당연한 생명의 존재방식**으로는 앞으로 1초도 살아남을 수 없다… 영혼이 그런 판단을 내리는 데에는 충분하고도 남음이 있었던 것이다.

그 결과, 그의 영혼은 결정적인 변질을 받아들였다. 클로에 할포드의 영혼에서 받아들인 경험을 최대한 살리기 위해, 올리버 혼이 살 수 있었던 많은 시간을 한줌까지 압축해 사용하기로 결정한 것이다. **한 시간짜리 초를 5분 동안 태우는 행위를 마지못해 용인했다**. 그렇게 하지 않으면 불꽃 자체가 꺼질 테니 어쩔 수 없다면서.

"………….."

힘을 얻은 대신 많은 미래를 잃었다. 그 사실을 깨달은 후, 소년은 상관없다고 생각했다. 그가 지불할 수 있는 대가 중, 그것은 가장 저렴한 부류에 속하기 때문이다. 앞으로 자신의 의지와 상관없이 화로에 투입될 자신 이외의 생명을 생각하면.

"어~~~~이! 올리버~~~ 구~~운~!"

느닷없이 들려온 큰 목소리가 조용히 사색하고 있던 그의 등을 눈치 없게 때렸다. 놀라서 돌아본 올리버의 눈에, 자신을 향해 거대수의 가지를 타고 올라오는 한 소년의 모습이 보였다. 그가 멍하니 있는 동안 상대는 눈앞까지 다가왔다.

"후우~ 따라잡았다! 빠르구나, 너! 놓치는 줄 알았어!"

"…미스터 레이크?!"

믿기지 않는 것을 본 듯한 심정으로 올리버가 그 이름을 불렀다. 알게 된 지 얼마 안 된 자칭 전학생, 유리 레이크가 숨을 헐떡이며 활짝 웃었다. 뜯겨 나간 팔을 고정했던 깁스도 이미 뗐는지, 흐트러졌던 호흡을 고르자마자 그는 두 손으로 올리버의 어깨를 팡팡 두드렸다.

"유리라고 불러도 된다니까! 이야~ 그나저나 기쁜걸! 다섯 번째 도전 만에 겨우 여길 넘었어! 으~~~~음, 기분 좋다!"

눈 아래에 자리한 풍경을 내려다보며 유리는 두 팔을 들고 한껏 기지개를 켰다. 그 무방비한 옆얼굴을 바라보며 올리버는 물었다.

"…그 후로 계속 2층에 도전했던 거야? 팔이 뜯겨 나갔는데도?"

"그야 당연하지, 하겠다고 말했으니까! 다른 사람들은 모르겠지만 나는 아직 모르는 장소가 있으면 내버려둘 수가 없거든!"

탐구심을 훤히 드러내며 유리가 말하더니 문득 올리버에게로 시선을 돌렸다.

"네가 여기 있어서 다행이야. 이런 기쁨은 누군가와 함께 나누는 편이 더 기쁘잖아?"

"……."

너무도 천진한 투로 말하는 바람에 올리버는 말문이 막혔다. 두 개의 눈동자가 또렷한 열기를 띤 채 2층 전역을 내다보았다. 처음 찾은 장소에 기뻐하고, 그곳에서 본 광경에 감동하고 있다. 한없이 순수하고 평온한 정신이 그 모습에 드러나 있었다. 연기로 흉내 내기 가장 어려운 순수함이라는 성질이.

이 상대는 속에 아무런 꿍꿍이도 없을지도 모른다. 온갖 논리를 초월해, 올리버는 그런 감각에 사로잡히고 말았다. 하지만 이성은 그에 이의를 제기해, 상반되는 두 개의 의견이 충돌한 결과… 그는 일단 눈앞에 있는 상대에 관해 더 알아보고자 했다.

"…미스터 레이크. 너는…."

"아아아아앗!"

질문을 가로막듯 유리가 소리쳤다. 그는 느닷없이 달려가서 땅바닥에 웅크려 앉더니 곧장 일어났다. 손바닥 크기의 투구벌레를 잡아, 그걸 올리버에게 자랑스럽게 내밀며.

"이것 좀 봐, 올리버 군! 엄청 큰 벌레가 있어! 무진장 멋지지 않아, 이 녀석?!"

"종류도 모르면서 잡지 마! 공격당하면 어쩌려고 그래, 빨리 버…."

당연한 경고를 입 밖에 내려다가 올리버는 그 말을 중간에 멈췄다. 그게 문제가 아닌 수준의 살기와 기척이 주변에서 느껴졌기 때문이다.

지팡이검을 빼 들고 경계하는 그의 옆에서 유리도 투구벌레를 움켜쥔 채 주변을 둘러보았다.

"저기, 올리버 군. 혹시나 해서 말인데, 이거 포위된 거야?"

"…명백하게 포위되어 있어. 말리지 않은 내게도 잘못은 있지만, 아무리 그래도 관광 기분에 젖어 너무 떠들었어.

하지만 별일인걸. 이곳은 거대수에 영역을 가진 마수들의 완충지대에 해당해. 평소 같았으면 공격해 오기는커녕 대형 생물과 마주치기도 어려운 곳인데."

의아하게 여기며 조금 성가시게 됐다고 올리버는 생각했다. 지금의 자신이라면 포위망을 돌파해 이탈하는 것은 그리 어렵지 않겠지만, 이 계층에 익숙지 않은 유리를 데리고 가려면 이야기가 완전히 달라진다. 그렇다고 거듭 우호적인 행동을 취해 온 그를 내버려두고 도망치려니 마음이 찜찜했다.

"못 본 척해 줄 생각은 없는 것 같군. …미스터 레이크, 싸울 수 있겠어?"

"물론이지. 무슨 일이든 처음은 있는 법이니까."

"경험이 없는 거야?!"

농담이기를 바라며 올리버가 소리쳤다. 초조한 그와 달리 유리는 빙긋 웃으며 답했다.

"괜찮아. 모르는 게 있으면, **잘 보고서** 싸울 테니까."

그렇게 말하더니 그는 허리에 찬 칼집에서 무기를 뽑았다. 지팡이검… 이라고 하기에는 다소 지나치게 간소한 만듦새의 칼날이 달린 막대를.

"GYYYYYYY!"

동시에 풀숲에서 마수가 그를 노리고 뛰쳐나왔다. 중형 마수 원숭이였다. 날쌘 동작으로 유리의 주변을 뛰어다니는가 싶더

니, 몸을 앞으로 기울인 자세로 땅에 두 손을 짚고 긴 발가락이 달린 두 발로 소년을 붙잡으려 들었다. 뒤로 몸을 날려 그 공격을 피하며 유리는 감탄스러운 표정을 지어 보였다.

“아하. 너는 팔다리의 힘이 모두 강하구나.”

그가 상대를 관찰하는 동안, 올리버는 새로 참전한 적을 주문으로 요격했다. 대부분의 마수 원숭이들은 유리에게 정신이 팔려 있어서 이쪽은 비교적 싸우기 쉬웠다. 그가 종잡을 수 없는 움직임으로 적을 휘젓고 다니는 동안, 올리버는 한 마리씩 확실하게 머릿수를 줄여 나갔다.

“바닥을 붙잡을 수 있다니 편리하네. 발가락은 짧지만 나도 따라 할 수 있을까?”

여러 적을 상대하면서도 유리는 여전히 여유가 넘쳤다. 그러더니 마수 원숭이들의 움직임이 흥미로운지, 놀랍게도 나름대로 그걸 재현하려 하기 시작했다. 우선 영역마법으로 발바닥을 지면에 흡착시키고, 체내의 중심 제어를 병용하여 몸을 뒤로 크게 젖혔다.

“아, 됐다. 이것 좀 봐, 너랑 똑같아. 똑같이 따라 했다고.”

“GYYYYYYYYYYY!”

그걸 도발로 받아들인 마수 원숭이 중 한 마리가 덤벼들었다. 하지만 유리는 몸을 젖힌 자세에서 지면에 두 손을 짚더니, 놀랍게도 팔을 받침점 삼아 오버헤드킥으로 그대로 마수 원숭이를 격추시켰다. 놀란 올리버의 눈이 휘둥그레졌다. 이치에는 전혀 맞지 않는 전투방식이기는 하지만, 그걸 통하게 만든 시점에서 센스가 보통이 아니라 할 수 있었다.

탈락한 개체가 여덟 마리 정도 발생하자, 마수 원숭이들은 두 사람에게 등을 돌려 후퇴하기 시작했다. 그 모습을 본 유리가 놀라며 말했다.

"어라, 도망치네. 아직 한참 남았는데."

"당연하지, 무리가 전멸할 때까지 싸우는 생물은 많지 않아. …오히려 전체의 30퍼센트 남짓이 줄어들 때까지 물러가지 않은 게 놀랄 일이지. 지금은 육아기도 아니었을 텐데…?"

의아해 하며 올리버가 지팡이검을 넣었다. 하지만 다음 순간, 유리의 왼손이 그의 어깨를 단단히 붙잡았다.

"올리버 군. 예상한 대로, 너는 믿을 만한걸?"

"…무슨 소릴 하는 거야?"

"좀 더 같이 가 보지 않을래? 여기까지 왔으니, 소문이 자자한 명부의 전장도 보고 싶어."

오른손의 엄지손가락으로 그쪽 방향을 가리키며 소년은 뻔뻔하게도 동행을 제안했다. 여기서 더 갈 셈인가, 싶어서 올리버는 어이가 없다는 표정을 지어 보였다. 하지만 그런 반면 거절해야겠다는 생각은 전혀 들지 않았다. 실력이 있다는 건 알겠지만 내버려두기에는 너무도 위태로워 보였기 때문이다.

"…나는 이미 돌파했어. 너 혼자 싸우는 걸 지켜볼 텐데, 그래도 괜찮겠어?"

"물론이지! 부디 보고 있어 줘, 나도 한 번에 통과해 보일 테니까!"

상대의 승낙을 받아 낸 유리는 신이 나서 달려 나갔다. 그 뒷모습을 바라보며 올리버는 문득 알아챘다. 놀라울 정도의 무지와 그와 반비례하는 행동력, 떼쳐 내도 성큼성큼 거리를 좁혀 오는 붙임성. 이 소년의 그런 면이 아주 조금 나나오와 닮은 것 같다는 것을.

여러 대립과 의도를 어둠에 감춘 채, 교사에서는 브룸 파이트의 리그전이 순조롭게 진행되고 있었다.

관객석에서 밀리건과 나란히 앉은 셰라는 총괄 선거에서 사안의 마녀의 라이벌이 될 것으로 예상되는 퍼시발 웰리의 시합을 지켜보고 있었다. 그는 바야흐로 5합의 격돌 끝에 결국 파고들 틈을 내주지 않고 상대 선수를 격추시킨 참이었다.

"…강하네요, 선배의 대립 후보는."

"응. 솔직히 말해서 빗자루로는 발끝에도 못 미쳐. 만약 나나오 양이 없었다면, 지금쯤 시니어 리그의 신인 필두 자리는 저 녀석이 차지했을 거야."

고개를 끄덕이며 밀리건이 답했다. 관객에게 손을 흔들며 날아다니는 대립 후보의 모습을 바라보며 그녀는 흠, 하고 콧숨을 내쉬었다.

“내게는 눈엣가시지만 나나오 양에게는 오히려 좋은 라이벌이 될 것 같네. 다만… 바라건대 저 녀석을 떨어뜨려 주면 좋겠어. 그 시합의 승패만으로도 선거의 추세에 적지 않은 영향이 생길 것 같으니까.”

그렇게 본심을 슬쩍 흘리며 밀리건은 웰리 일행과 교대해 필드에 나타난 선수를 바라보았다. 리그전 개시로부터 열두 시합 동안 오로지 압승만을 거두고 있는 여제의 모습을.

“하지만 아무리 그래도 우승까지 바라는 건 욕심이 과한 것 같아. …이번 시즌의 미즈 애시베리는, 다른 선수들과 그야말로 차원이 달라.”

“이대로 애시베리가 계속 이기게 두는 건, 그다지 좋지 않겠어.”

그날 밤. 미궁 1층에 위치한 거점에 모인 이전 학생회의 동료들에게 레온시오는 솔직하게 그런 소감을 내놓았다.

“그녀는 선거전에 아무런 관심도 없어. 리그에서 우승한들 아무도 응원하지 않을뿐더러 과거에는 연설 그 자체를 빼먹은 적도 있지. 그렇건만 압도적인 힘으로 화제를 휩쓸어 가니, 정말이지… 쓸모가 없다는 말이지."

남자가 어깨를 으쓱했다. 그 말을 들은 윌리가 어금니를 악물더니 가슴에 손을 얹은 채 걸어 나와 말했다.

"…이겨 보이겠습니다. 제가 우승하면 아무런 문제도…."

끝까지 말하기도 전에 레온시오의 오른손이 그의 턱을 움켜쥐었다. 겁에 질린 후배의 얼굴을 코앞에서 노려보며 그는 싸늘하게 말했다.

"승부욕이 강한 건 네 미점(美點)이다만. 그걸 내 계획에 편입시키라고?"

"…윽…."

"…큭, 너무 분하게 생각하지 말라고, 퍼시. 애초에 애시베리가 리그에 참가한 시점에서 네가 우승할 가능성이 단숨에 낮아질 건 예상한 바니까. 이 전개는 예상 범주 안에 있다. 그 여자를 이기지 못하는 걸 나무랄 생각은 없다고."

그렇게 말하며 윌리를 풀어 주었다. 괴로운 얼굴로 입을 다문 그를 향해 남자는 조금 전과 달리 엄숙한 목소리로 말했다.

"하지만… 나나오 히비야는 반드시 이겨라. 그 2학년은 밀리건의 지지자다. 다른 학생들의 주목도도 높으니, 여기서 요란하게 활약하게 두면 이후의 선거전에 큰 영향을 미칠 거다.

이번 리그전에서 네 역할은, 다름이 아니라 그 계집애를 격추시키는 거다. 그렇게 가슴에 새겨 두도록.”

이의는 받아들이지 않겠다는 투의 레온시오의 명령을 월리가 무릎을 꿇은 채 받들었다. 그 부분은 후배에게 맡기기로 한 한편, 남자는 자신의 턱에 손을 댄 채 다른 각도에서의 문제 해결을 검토하기 시작했다.

“그나저나 이쪽만 속을 끓여서야 재미가 없지. …그렇지 않나, 키리기?”

그렇게 중얼거리며 레온시오는 벽에 기대어 선 엘프 여학생에게 눈짓을 했다. 구체적인 지시는 하나도 내리지 않았지만 그 의도를 남김없이 헤아린 ‘탐욕’의 입가에, 고목에 난 구멍만큼이나 어두운 미소가 떠올랐다.

계획 실행 장소는 밤의 연습장에서 기숙사로 가는 귀갓길. 누구보다도 늦게까지 훈련을 계속하는 빗자루 기수가 그야말로 고립되기 일쑤인 순간.

“…오른쪽에 하나, 왼쪽에 둘, 위에 하나.”

기숙사로 향하던 도중, 중간에 자리한 아치를 지난 직후에 애시베리가 걸음을 멈추고 중얼거렸다. 그녀의 주변에 있던 어둠이 그 말에 소리도 없이 일렁거렸다.

“풀의 숨소리조차 들릴 정도야, 지금의 나는. 얼른 나와, 땅벌

레들.”

지팡이검을 뽑으며 애시베리가 말했다. 그 도발에 세 곳의 어둠에서 동시에 주문이 날아들었다. 도저히 피할 수 없는 궤도와 타이밍을 노린 그것들이 모조리 허공을 갈랐다. **왼손으로 잡은 빗자루에 몸을 밀착시킨** 여자의 동작으로 인해서.

“전광이여 내달려라—토니트루스.”

반격을 날리자 어둠 속에 숨어 있던 한 사람이 그걸 피하려고 굴러 나왔다. 곧장 지팡이 끝으로 표적을 재조준하려던 순간, 그 움직임을 예측해서 **주문을 발사함과 동시에 달려 나가며** 휘두른 애시베리의 지팡이검이 상대의 손목에 적중했다.

덜렁, 간당간당하게 붙은 채 축 늘어진 손에서 지팡이검이 땅바닥에 떨어졌다. 놀란 세 개의 그림자를 향해 애시베리는 싸늘한 눈빛을 날렸다.

“…너무 느려서 한숨도 안 나와. 이제 끝났어? 그럼 간다.”

어깨를 으쓱하는 여자를 본 직후, 두 그림자 사이에서 살기가 부풀어 올랐다. 다음 순간, 그들은 동시에 후방으로 몸을 날려 애시베리와 거리를 벌렸다. 이제 야습의 철칙이고 뭐고 깡그리 버리기로 한 듯. 그들은 남들 눈에 띄지 않기 위해 억제하고 있던 주문의 성량(聲量)과 위력, 그것들을 망설임 없이 전개했고….

“““휘몰아쳐라 눈보라—프리구스　흙까지 얼려라—인텐섬!”””

“불태워 정화하라—이그니스!”

그 모든 것을 상회하는 화염이 애시베리의 등 뒤에서 날아들어. 밀려드는 눈보라로부터 그녀를 완벽하게 지켜 냈다.

“…모건….”

타오르는 화염에 기억이 되살아나, 여자의 시선이 반사적으로 등 뒤로 향했다. 그곳에 있기를 바라는 덩치 큰 남자의 모습을, 너무도 그리운 태연자약한 그 모습을 눈이 필사적으로 찾았다.

그러나 그 기대는 이루어지지 않았다. 그녀의 앞에 서 있는 것은 모건 못지않게 키가 크지만, 완전히 다른 남자였다.

“교사에서 습격을 하다니 간과할 수 없군. …몇 학년의 누구냐, 네놈들!”

학생총괄 알빈 고드프리가 분노를 담아 정체를 물었다. 그가 등장하자 세 사람은 곧장 몸을 돌려 철수하기 시작했다. 망설이는 낌새조차 없었다. 이 남자가 나타난 시점에서 습격은 완전히 실패한 것이기 때문이다.

그런 습격자들의 뒷모습을 보고 곧장 추격할까 싶었지만, 고드프리는 그 자리에서 움직이지 않고 멀어지는 기척이 느껴지는 곳을 노려볼 따름이었다. 그걸 의외라고 생각한 애시베리가 물었다.

“…안 쫓아?”

“그러고 싶지만 너를 기숙사까지 배웅하는 게 먼저다. 미즈 애시베리.”

“필요 없어, 그런 거.”

“그럼 내가 억지를 부리는 것으로 하지.”

고드프리는 거듭 동행하겠다고 주장했다. 이렇게 되면 절대로 고집을 꺾지 않는다는 것을 알기에 애시베리도 포기하고 그가 마음대로 하게 두었다. 지팡이검을 꽂은 후, 그녀가 먼저 걸음을 뗐다.

기숙사까지의 밤길을 둘이서 나란히 걸으며 그녀는 문득 생각났다는 듯이 말했다.

“아아… 그러고 보니 총괄 선거 시기였지, 지금. 저것들도 그거랑 관련된 거야?”

“모르고서 응전했던 건가?!”

“알 리가 없잖아, 관심도 없는데. 아무튼 나를 노렸다는 건… 지금 진행 중인 리그에 차기 총괄 후보자라도 나온 거야?”

“…후보자는 나왔다. 하지만 그것과 방금 전 사건의 관련성은 단정 못 짓겠군.”

떨떠름한 얼굴로 남자가 말했다. 누가 무슨 목적으로 보낸 것인지 추측하기는 쉽지만, 자신도 후보자를 지지하는 입장인 이상 그걸 안일하게 입 밖에 내는 건 불공정한 짓이다… 그렇게 생각해 자신을 억제하고 있는 것이다. 그런 낌새는 빈말로도 다른 사람들의 마음을 알아채는 데 능하다고 할 수 없는 애시베리에게도 느껴질 정도라서, 그렇게 우직하리만치 올곧은 상대의 모습에 그녀는 어깨를 으쓱하며 대꾸했다.

"당신도 옛날이랑 똑같네, 그런 바보 같은 면은. …그럴 만도 하지. 그런 부분이 그 녀석이랑 잘 맞았으니까."

"…모건 말인가."

누구 이야기인지를 알아챈 고드프리의 입가에 쓸쓸한 미소가 떠올랐다. 애시베리와 가까운 캐처였던 남자는 그에게도 구하기 어려운 친구였기 때문이다.

"그립군. …화염을 다루는 법에 관해서는, 그에게도 많은 조언을 받았지. 그가 없었다면 나는 지금도 주문을 쓸 때마다 팔을 태워 먹었을지도 몰라."

"위태로운 걸 잘 다루거든, 그 녀석. 화염이든 마수든, 뭐가 됐든 말이야."

"…흠."

고드프리는 턱에 손을 댄 채 고민스러운 표정을 지었다. 자연스러운 그 동작을 애시베리가 노려보며 말했다.

"…방금, 나도 그중 하나라고 생각했지."

"뭣… 독심술인가?! 언제 그런 고등기술을?!"

"바보한테 독심술씩이나 필요할 것 같아?! 문맥! 표정! 미묘한 침묵!"

어이가 없다는 투로 애시베리가 대꾸했다. 상대가 얼마나 속

마음을 숨기지 못하는지를 새삼 깨달은 순간, 문득 뭔가가 떠올라 걸음을 멈췄다.

"잠깐, 바보라는 소리가 나와서 생각났어. …선거 관련 문제라면 당신, 이런 데서 농땡이나 피울 때가 아니잖아. 나보다 더 표적이 될 만한 애가 있지 않아?"

그 물음에 고드프리가 걸음을 멈췄다. 그 역시 그러한 감은 결코 나쁘지 않았다.

"…나나오 히비야 말이군. 분명 표적이 될 수 있지만 그녀라면 괜찮을 거다. 같은 팀의 학생회 멤버가 지켜보고 있으니. 게다가 너와 달리 혼자 남아 연습을 할 타입은…."

"연습 후에 얌전히 기숙사로 돌아갈 경우의 이야기잖아, 그건. 아무리 그래도 리그전 시기에는 얌전히 지낼 거다… 라고 생각하고 있는 거 아냐? 당신과 같은 수준의 바보라고, 걔는."

애시베리가 거듭 지적했다. 그 말을 듣고 몇 초 동안 생각한 후, 고드프리는 교사 쪽으로 몸을 돌렸다.

"…미즈 애시베리. 미안하지만 여기서부터는."

"글쎄 필요 없다고 했잖아! 얼른 가기나 해!"

날카로운 목소리로 등을 떠밀자 남자는 사과의 말을 하고서 달려 나갔다. 자신과 같은 수준의 바보, 라는 말이 고드프리의 귓가에 강하게 남아 있었다. …과연. 그렇다면 분명, 이 상황에서 얌전히 있을 리가 없지.

그 무렵. 가라앉지 않는 인공 태양 아래 수많은 생명이 숨 쉬고 있는 미궁 2층 '북적이는 숲'에서는 또다시 재활훈련을 위해 거대수의 기슭을 찾은 올리버가 어이없다는 표정을 짓고 있었다.

"…또 너야, 미스터 레이크?"

"기다리고 있었어, 올리버 군!"

깊은 한숨이 새어 나왔다. 그 원인인 소년이 이전과 완전히 같은 미소를 띤 채 성큼성큼 올리버에게 다가왔다. 약간의 경계심을 담아 거리를 유지한 채, 그는 위를 흘끔 쳐다보았다.

"…거대수 기슭에서 만나자는 약속을 한 기억은 없는데. 나무 위에서 내가 오는 걸 보고 달려온 거야?"

"아, 티 나?! 맞아, 계속 나무 위 저 근처를 어슬렁거리고 있었어! 경치를 구경하면서 쉬고 있었는데 네가 보이기에 이거 가 봐야겠다 싶어서…."

"그것 참 희한한 일이로구려!"

신이 나서 떠들어 대는 유리의 말을 가로막듯이 그 등 뒤에서 또 다른 이가 내려왔다. 낯익은 소녀의 모습을 본 올리버는 놀라서 눈이 동그래졌다.

"…나나오?! 네가 왜 여기 있는 거야?! 그리고 방금 어디서 내려온 거야?!"

"거기 계신 분과 마찬가지로, 나무 위에서 기다리고 있었소. 최근 들어 올리버가 미궁 탐색에 초대해 주지 않아서 말이오."

"지금은 뒤숭숭한 시기니까 들어오면 안 된다고 했잖아! 너는 리그전에서 주목받는 선수인 데다, 현 학생회 측의 지지자로 간주되고 있다고! 교사에서도 경계가 필요할 정도인데, 치외법권인 미궁 같은 데 들어왔다가 표적이 되면 어쩌려고 그래!"

"그건 그렇소만."

올리버가 설교를 퍼부으며 다가서자 나나오는 풀이 죽어 어깨를 움츠렸다. 그 모습을 보고 있던 유리가 문득 좋은 생각이 났다는 듯이 두 사람 사이에 끼어들었다.

"자자, 뭐 어때, 올리버 군. 이 계층은 밝고, 지금도 인기척이 꽤 느껴지잖아. 공간이 복잡하지 않고 목소리도 잘 울려 퍼지니 오히려 1층보다 안전할지도 몰라."

"입 좀 다물어 줘, 미스터 레이크. 이건 우리 쪽 문제…."

"진정해, 올리버 군. 일단 좀 진정하라고."

설교를 계속하려는 올리버와 어깨동무를 한 후, 유리는 그 몸을 억지로 나나오에게서 떼어 내 나무 뒤로 끌고 갔다. 당황한 올리버에게 그는 동방의 소녀를 가리키며 작은 목소리로 말을 이었다.

"…좀 보라고, 저 얼굴을. 네가 무슨 소릴 할지 정도는 그녀도 처음부터 전부 알고 있었어. 그런데도 오고 싶어서 여기 온 거라고."

"음? 그렇다면 더더욱 왜 그런 무모한 짓을…."

"그야 뻔하잖아! 네가 너무너무너무너무너무너무너무너무너무너무너무너무너무너무너무너무 좋아 죽을 것 같아서지! 널 만나고 싶어서 온 거야, 그녀는! 내일까지 기다릴 수가 없었던 거라고! 위험을 무릅써서라도 지금 당장 만나고 싶었던 거야, 너를!"

유리는 두 어깨를 잡고 덜컥덜컥 흔들며 열의를 담아 말을 쏟아 냈다. 그 모습을 멀리서 바라보던 나나오가 두 사람의 대화를 듣지 못했음에도 풀이 죽어 어깨를 축 늘어뜨린 채 중얼거렸다.

"…올리버와, 함께 있고 싶소."

기습적으로 날아든 화살처럼 그 말은 올리버의 가슴 깊숙이 박혔다. 소년은 숨이 턱 막혀 왔다. 그 자리에서 몇 번인가 헛기침을 한 후, 그는 어색하게 소녀를 돌아보며 말했다.

"…조, 조급하게 움직이면, 오히려 눈에 띄어. 질 나쁜 상대와 얽히지 않도록 신중하게 교사로 돌아가자.

담화실이라면 불이 켜져 있을 테고, 밤샘을 하는 학생들도 있을 테니 미궁보다는 훨씬 습격을 받을 위험성이 적어. …네가 바란다면 거기서 이야기하며 시간을 보내자. 그러면 어떨까, 나나오."

그 제안을 들은 나나오의 표정이 환해졌다. 그런 두 사람의 모습을 한동안 만족스러운 얼굴로 지켜본 후, 유리는 다시금 입을 열었다.

"그럼 나도 오늘은 탐색을 중단하도록 할까. 단둘만 있게 해 주고 싶지만, 교사로 돌아갈 때까지는 머릿수가 많은 편이 좋잖아? 그래야 습격하기 어려울 것 아냐."

"…그건 그래. 너도 따라와, 미스터 레이크. …새삼스러운 이야기지만, 전학 온 지 얼마 안 되는 네가 단독으로 미궁에 들어온 것도 상당히 위험한 일이라고."

"괜찮아, 앞으로는 올리버 군이랑 같이 들어올 거니까! 그치, 나나오?!"

"물론이오! 귀공, 말이 통하는구려!"

나나오와 유리가 갑자기 의기투합해서 손을 마주쳤다. 그 모습을 보며 올리버가 한숨을 내쉬었다. …성격이 비슷해서 죽이 잘 맞을 것 같다고 생각한, 그 예상이 적중한 것이다.

앞으로는 문제아를 둘이나 돌보게 될 것 같다. 그런 생각을 하며 올리버는 왔던 길로 되돌아가기 시작했는데… 몇 초도 되지 않아 문득 걸음을 멈췄다.

"…잠깐."

그 한마디로 나나오와 유리도 떠들썩하게 늘어놓던 자기소개를 멈췄다. 푸릇한 나무들이 울창하게 자라난 눈앞의 공간… 그곳에서 희미하게 새어 나오는 험악한 기운에 올리버가 나직하게 중얼거렸다.

"…한발 늦었나."

그렇게 중얼거린 순간, 올리버는 몸을 돌려 전속력으로 달리기 시작했다. 손목을 붙잡힌 나나오와 유리도 그 즉시 의도를 파악하고 등 뒤를 경계하며 달려 나갔다. 직후, 주문이 세 사람의 뒤로 날아들었다.

"올리버!" "올리버 군!"

"나무 위로 올라가!"

딛고 선 땅, 바로 옆에 자리한 나무에 그들을 노린 번갯불이 차례로 직격했다. 보법을 구사해 지그재그로 달려 그것들을 피하며 거대수의 기슭으로 돌아온 세 사람은 그대로 가지 중 하나를 타고 올랐다.

조금 올라간 곳에 가지가 혹처럼 볼록 튀어나온 부분이 있어, 그들은 그 뒤로 뛰어들어 몸을 숨겼다. 한 박자 늦게 날아든 번갯불이 나무의 혹에 직격하여 흩어졌다. 올리버가 후우, 하고 한숨을 내쉬었다.

"…좋아, 이로써 위치 관계는 이쪽이 유리해졌어. 다른 가지를 통해 크게 돌아들지 않고는 우리의 측면이나 배후는 찌를 수 없고, 풀숲에 몸을 숨긴 채 접근할 수도 없어. 빗자루를 타고 날아올라 봐야 가속하기 전에 격추될 테고."

그렇게 말하면서도 속으로는 다른 생각을 했다. 이런 상황에서도 마력파가 날아오지 않는 걸 보면, 테레사는 지금 근처에 없다. 그것은 본인의 보고에 따르면 교사들의 내분을 목적으로 한 공작에 그녀가 차출되었기 때문이다. 따라서 '동지'들의 도움은 기대할 수 없고, 이 상황을 세 사람만의 힘으로 돌파해야 한다.

"우회해서 오는지 경계하다가 모습을 드러내면 주문으로 저격. 잘 지켜봐, 둘 다."

올리버의 제안에 두 사람이 고개를 끄덕였다. 나무의 혹에 숨은 채 거목의 기슭 쪽 상황을 살피던 유리가 문득 나직하게 말했다.

"…상대는 다섯. 그중 둘이 상급생이야."

"본 거야?"

"보이지는 않지만, **물어보니 알려줬어**. …아, 저기서 나온다. **화염이여 휘몰아쳐라—플람마**."

유리가 지팡이검을 휘두르며 주문을 외웠다. 그것은 직후에 풀숲에서 뛰쳐나온 적의 다리로 빨려들다시피 하며 직격했다.

"크…!"

"보라고."

씩 웃으며 유리가 말했다. 공격을 맞은 상대에게 올리버가 추가공격을 시도해 보았지만, 그러자마자 다른 적들로부터 엄호용 탄막이 쇄도해 곧장 나무 혹에 다시 몸을 숨길 수밖에 없었다.

그러는 동안 공격에 맞은 상대는 다시 풀숲에 숨고 말았다. 잘해야 기동력을 떨어뜨린 정도인가… 그렇게 판단하며 올리버는 옆에 있는 소년에게로 시선을 옮겼다.

“응? 왜 그래, 올리버 군. 내 얼굴에 뭐라도 묻었어?”

유리가 천진한 눈빛으로 마주 보았다. 방금 그건 어떻게 한 거냐… 그런 질문이 목구멍까지 올라온 순간, 그들이 숨어 있는 나무 혹에 적이 날린 폭렬주문이 직격했다. 의문은 일단 접어 두기로 한 후, 올리버가 주문을 날렸다. 적은 제압사격을 가하며 장해물을 끼고 곡사를 해서라도 그들을 맞히려 하고 있다. 방벽주문으로 좌우의 벽을 보강하며 올리버 일행은 응전을 이어 갔다.

“**번쩍이고 터져라—플라르고!** …아니, 계속 그렇게 해 줘. 우선 접근하지 못하게 해야 해.”

“끄응. 이런 싸움에서는 소생이 할 수 있는 일이 없구려.”

“그렇지 않아. 무턱대고 쏘기만 해도 효과는 있으니까. 중요한 건 맞히는 게 아니라 적이 ‘섣불리 움직이면 맞는다’고 생각하게 만드는 거야.”

“그거라면 할 수 있소만, 섣불리 쏘면 불이 나지 않겠소?”

“숲이 손상되면 미궁의 항상성이 작동할 거야. 고드프리 총괄이라도 오지 않는 한, 이곳이 허허벌판이 될 걱정은 없어. 온 힘을 다하도록 해.”

올리버의 말에 걱정이 사라졌는지, 나나오가 칼을 치켜들었다.

"알겠소이다. **화염이여 휘몰아쳐라—플람마!**"

상상을 통한 연마작업을 거쳐 칼끝에서 불덩이가 발사되었다. 나무숲 한구석으로 날아간 그것은 착탄 지점에서 단숨에 부풀어 올라 사방으로 몇 야드나 되는 면적을 불길에 휩싸이게 만들었다. 우연히 근처에 있던 적 중 한 명이 허둥지둥 뛰쳐나오기에 올리버는 그 빈틈을 놓치지 않고 추가로 주문을 날려서 처리했다. 유리가 환호성을 질렀다.

"굉장한걸, 나나오? 일절주문으로 저렇게 큰 불을 일으키다니!"

"음. 최근에 요령을 익혔소."

"네 마법 출력이라면 원래 이 정도 위력은 낼 수 있어. …저쪽도 이쪽이 2학년이라고 화력은 별 볼 일 없을 거라 얕보고 있었던 모양이야. 운 좋게 한 명을 처리했어."

풀숲 밖에 쓰러져 있는 적을 바라보며 올리버가 중얼거렸다. …상당히 강하게 쏘았으니 동료가 치유마법을 건다 해도 금방은 움직일 수 없을 거다. 유리의 말이 사실이라면 이제 남은 적은 네 명이다.

"나쁘지 않은걸? 저쪽도 섣불리 공격해 올 수는 없게 된 것 같으니, 지금처럼만 하면 의외로 쉽게 이기려나?"

"그럴 일은 없어. …만약 네 말대로 저쪽에 상급생이 두 명 있다면 말이야."

올리버는 낙관하지 않았다. 그에게는 1학년 때 베라 밀리건과 싸웠던 기억이 있다. 킴벌리에서 상급생이란 4학년 이상을 말한다. 다시 말해… 나머지 네 명 중에는 밀리건과 동급이거나 그 이상의 상대가 둘 포함되어 있을 가능성이 있다는 뜻이고….

"…진짜 싸움은 지금부터야. 온다!"

풀숲에서 뛰쳐나와 질주하는 두 개의 그림자를 발견한 순간, 그 능숙한 발놀림과 속도를 통해 소년은 그들이 바로 상급생이라고 확신했다.

"앞에 있는 한 사람을 노려!"

올리버의 지시에 세 사람은 한 사람에게 집중적으로 주문을 퍼부었다. 사격을 분산시키면 두 명 모두 접근에 성공할지도 모른다고 판단해 한 사람씩 확실하게 처리하기로 한 것이다. 그들 세 사람이 있는 장소까지 오는 길은 거대수의 가지로 된 좁고 기다란 외길로 되어 있다. 그 지리적 이점상, 한 명씩 처리할 만큼의 여유는 충분히 있을 거라 생각했지만… 물론 그것이 낙관적인 예상이라는 사실 또한 올리버는 알고 있었다.

"…큭!"

그리고 예감은 맞아떨어졌다. 거대수의 가지에 발을 디딘 순간, 두 사람은 가지의 **측면**과 **아래쪽**을 발판 삼아 질주를 계속한 것이다. 벽면 딛기(월 워크)… 당연히 예상했던 전개였다. 올리버와 나나오도 사용할 수 있는 마법검의 기능을 그들과 같은 상급생이 익히지 못했을 리가 없는 것이다.

애초에 거대수의 가지는 입체(立體)다. 그 측면과 아래쪽을 디딜 수 있다면, 발판으로 이용할 수 있는 면적은 급격히 늘어난다. 더 이상 실질적으로 가느다란 외길이 아니게 된 탓에, 가지의 뒤편으로 돌아들면 올리버 일행으로서는 주문의 사선조차 확보할 수가 없다. 상급생이 가지에 달라붙은 시점에서 그들이 접근하는 것은 시간문제였지만….

"지금이야, 나나오!"

올리버는 처음부터 그걸 예상하고 이곳에 방어진을 친 것이다. 나나오에게 소리침과 동시에 유리의 손을 잡아끌고 나무 혹에서 물러난 소년은 지팡이검으로 바닥을 내려치는 동작을 취해 보였다. 그걸 본 순간, 소녀는 그 의도를 파악하고는….

"알았소이다! **베고 끊어라—글라디오!**"

영창과 동시에 그녀가 칼을 내려쳤다. 온 힘을 다한 절단주문이 **발판인 가지 그 자체**를 절단했다.

"……크?!" "……!"

의지할 곳을 잃은 가지가 우직우직 소리를 내며 기울어지는 가운데, 두 사람이 소리 없이 놀라는 낌새가 전해져 왔다. 무리도 아니다. 거대수의 가지는 하나가 평범한 거목에 필적해서, 일절주문밖에 다루지 못하는 하급생이 그걸 벨 수 있으리라고는 누구도 생각지 않는다. 나나오가 얼마나 예외적인 존재인지, 그들은 정확하게 알지 못했던 것이다.

그럼에도 그것으로 끝이 아니었다. 그들 중 한 명은 가지가 쓰러지기 전에 지면으로 달아났다. 하지만 선행했던 나머지 한쪽은 전혀 속도를 줄이지 않고 계속해서 달렸다. 절단면이 가까워지자 가지의 위쪽으로 돌아가기 시작해, 도달한 순간 망설임 없이 도약했다. 맞은편까지의 거리는 대략 12야드. 그 인물은 뛰어넘기엔 너무도 먼 거리를 앞서 보낸 빗자루를 잡고 상승, 활공해서 좁히려 했고….

“““몰아쳐라 질풍—임페투스!”””

올리버 일행이 그 순간을 노리고 기풍주문을 날렸다. 적도 곧장 대항 속성으로 응전했지만 빗자루에 마력을 주입하는 상태로 3대 1로 붙으면 아무리 상급생이라 해도 불리할 수밖에 없었다. 적은 완전히 상쇄하지 못한 바람에 밀려 공중에서 감속했다. 동시에 그 손이 빗자루의 자루를 놓았다. 공중에서 무방비한 상태가 되고 싶지 않다면 지상으로 달아날 수밖에 없다. 이번에야말로 떨어뜨렸다고 올리버가 생각한 그때….

“…하아, 하.”

섬뜩한 웃음소리가 세 사람의 귓가에 들려온 순간. 하릴없이 떨어질 줄만 알았던 적의 발이, **허공을 두 번 디뎠다**.

“……크?!”

예상을 뛰어넘은 두 번의 도약. 세 사람이 딛고 선 것보다 낮은 곳으로 도약한 적은, 그대로 주문의 사선에서 벗어나며 가지의 뒤편에 도달했다. 적당한 돌기를 왼손으로 잡고, 그곳을 기점으로 몸을 위아래로 빙글 뒤집어 거꾸로 착지. 그대로 느긋하게 걸어, 가지의 뒤편으로 다가왔다.

"……크!"

나머지 두 사람과 함께 가지의 후방으로 물러나 거리를 벌리기는 했지만, 올리버는 이번에야말로 놀라서 말이 나오지 않았다. 두 번의 허공 딛기(스카이 워크). 단 한 걸음을 실현하는 데에도 크나큰 재능과 오랜 수련이 필요한 이 기술은, 두 걸음을 디딜 수 있다면 달인의 영역에 근접한 것이라고 일컬어졌다. 그만큼 어려운 탓에 밀리건조차 공중에서 두 걸음을 걷지는 못했다.

이미 평균적인 상급생이 구사할 수 있는 기술이 아니었다. 상급생 중에서도 상위에 드는 고수… 그렇게 인식을 수정한 후, 올리버는 학년을 짐작할 수 없는 교복을 입은 상대를 노려보았다. 푹 눌러쓴 후드와 예스러운 목제 가면에 감춰진, 아직도 정체를 알 수 없는 그 얼굴을.

"…이름 정도는 알려 주셨으면 하는데요, 선배."

비아냥거림을 담아 말하며 올리버는 생각했다. …이절주문을 사용하지 않는 것은, 위력이 큰 마법으로 이목을 집중시키는 일을 피하기 위해서일 거다. 이 시간에도 2층에는 많은 학생들이 있을 테고, 그중에는 학생회 멤버도 있을 수 있다. 이쪽도 그럴 가능성에 걸고 경적주문과 구난구(救難球) 등으로 구조를 요청할 수도 있겠지만….

"**그건** 아직 이르오, 올리버."

그런 그의 생각을 읽기라도 한 듯, 옅은 미소를 띤 옆얼굴로 나나오가 말했다. 그 말을 들은 순간, 소년은 벼락을 맞은 듯이 깨달았다. 공포심에 젖은 자신이 '합리적인 사고'에 숨으려 하고 있다는 사실을.

"…그래, 그렇지. 나나오, 네 말이 맞아."

힘껏 고개를 끄덕인 후, 올리버가 지팡이검을 중단으로 겨눈 채 말했다. 불확실한 요소가 너무도 많은 도박이다. 구조를 요청한들 상황이 호전된다는 보장은 어디에도 없는 데다, 오히려 성가신 상대를 불러들일 가능성도 있다. 어쩔 수 없는 경우의 최종 수단으로는 염두에 둘 수 있겠지만, 지금은 아직 그때가 아니다.

"…올 테면 와 봐. 언제까지고 당신들을 겁내고 있을 줄 알았어?!"

자신을 고무시키듯 올리버가 소리쳤다. 지형을 구사한 요격으로 일시적으로나마 3대 1의 상황을 만들었다. 그건 틀림없이 자신들이 이뤄 낸 성과인 동시에 상황적 우위였다. 그렇다면 그걸 최대한 살려 싸울 뿐이다…!

"소용돌이치고—투르보　불살라라—플람마!"

그런 소년의 각오를 칭찬하듯이. 적의 등 뒤에서 화염의 소용돌이가 맹렬하게 솟구쳤다.

"꽤나 요란하게들 싸우고 있구만. 나도 좀 끼워 주지 그래."

낮고 굵은, 도저히 잘못 들을 수가 없는 목소리가 주변 일대에 울렸다. 소용돌이치는 화염이 잦아든 후, 올리버 일행 셋, 눈앞에 있는 적, 거대수의 기슭에서 우회를 시도하던 적들… 그들 모두의 시선이 지상의 한곳에 태연하게 선 한 남자에게 집중되었다.

"모건 공!"

그 모습을 발견한 나나오가 가장 먼저 소리쳤다. 그녀를 향해 가볍게 손을 들어 답해 주며 클리프턴 모건은 주변을 빙 둘러보았다.

"으으음? …기분 탓일지도 모르지만. 그쪽은 상급생이 두 명 정도 있는 건가?

카카캇. …에이, 설마 그럴 리가. 그렇다면 수치심이라는 게 너무 없는 거 아닌가. 2학년짜리 셋을 상대로, 상급생이 머릿수로 밀어붙이다니."

전황을 대충 확인한 모건이 통렬한 비아냥거림을 담아 말했다. 온몸에서 불똥이 솟아오르는 가운데 입가를 치올린 모습에서 장렬한 박력이 느껴졌다.

"그런 추태를 그냥 넘어가 줄 수는 없지. 만약 그렇다면, 내가 **없었던 일로** 만들어 주마. …많은 부분을 잿더미로 만들어서 말이야."

그렇게 말함과 동시에 지팡이검을 높이 들었다. 올리버 일행 앞에서 적이 혀를 차더니 가지 위에서 뛰어내려 지상의 풀숲으로 뛰어들었다. 그걸 본 다른 적들도 후퇴하기 시작해, 차례차례 숲속으로 사라졌다. 적의 기척이 모두 멀어지자 모건이 천천히 지팡이검을 내렸다.

"갔나. 카캇… 그나저나 너희도 참 답이 없구나. 이렇게나 어수선한 시기에 들어오다니. 킴벌리 학생다운 일이기는 하지만."

거대수 위에 있는 올리버 일행을 올려다보며 모건이 웃었다. 정신을 차린 세 사람이 허둥지둥 지상으로 뛰어내렸다. 그리고 나나오가 가장 먼저 말 그대로 구세주인 상급생의 앞으로 나서며 입을 열었다.

"가세해 주어 감사하오, 모건 공. …헌데, 드릴 말씀이 하나 있소. 잠시 시간을 내주시겠소?"

음? 모건이 고개를 갸웃했다. 그 순간 올리버도 깨달았다. 동방의 소녀가 오늘 밤 이곳을 찾은 이유를…. 자신을 만나고 싶었다는 것 말고도 또 하나의 이유가 있었다는 것을.

미궁 안에서 나나오 히비야를 습격해 상처를 입히든 저주를 걸든 해서, 완치까지 다소 시간이 걸릴 만한 부상을 입히는 것. 쓰러뜨릴 필요는 없지만 빗자루 경기에서 그녀가 온전한 퍼포먼스를 발휘할 수 없게 만들면 충분. **그녀**는 레온시오의 의도를 그렇게 짐작했다.

좌우간 상대는 2학년이다. 그녀 본인이 움직이면 일이 너무 쉬워질 테고, 애초에 꼴사납기 그지없을 거다. 싸움을 할 때는 비슷한 학년끼리… 라는 것은 킴벌리 학생들 모두가 암묵적으로 공유하고 있는 미의식이다. 그 기준에 따라 그녀는 직접적으로 손을 대지는 않을 생각이었다. 그렇다… 어디까지나 일을 맡긴 후배들의 뒤치다꺼리를 위해 따라온 것뿐. 그렇게 생각했던 것이다.

"…하아… 하, 하."

생각을 할수록 웃음이 치밀어 올랐다. 그랬던 것이 어쩌다 이렇게나 유쾌한 일이 됐을까.

가면을 쓴 여자는 방의 벽에 기댄 채, 연신 숨을 헐떡이는 것처럼 들리는 독특한 웃음소리를 흘리고 있었다. 그런 그녀의 모습을 한 남학생이 정면에서 날카롭게 쏘아보았다.

"…뭘 잘했다고 웃어. 요란하게 실패해 놓고."

가시 돋친 목소리에 불만이 고스란히 묻어났다. 1층에 자리한 전 학생회 진영의 거점 중 하나에서 차기 총괄 후보인 퍼시발 월리가 엄지의 손톱을 깨물고 있었다. 그 짜증의 원인은 다름이 아니라 조금 전의 공작에서 실패하고 돌아왔다는 동료들의 보고였다.

"후배들이 하도 팔팔해서, 흥이 오른 나머지 허공 딛기(스카이워크)까지 보여 줬다고? 그것도 두 걸음씩이나? …생각이 짧은 것도 정도껏이어야지. 대체 뭐 하러 얼굴과 귀를 숨긴 거야!"

월리가 호통을 쳤다. 방 한쪽 면을 차지하고 있는 카운터 너머에서 이전까지 잠자코 셰이커를 흔들고 있던 '바 맨'이 어깨를 으쓱하며 대꾸했다.

"동감입니다만, 새삼스럽군요. 이 탐욕스러운 엘프와 몇 년을 알고 지냈는데 그러십니까."

"그래, 욕망을 자제하질 못하지! …애초에 왜 이 상황에서 당신이 현장에 나간 거야? 실패가 용납되지 않는 작전도 아니었을 텐데. 기대되는 성과에 비해 위험성이 턱없이 높았잖아!"

월리가 날카롭게 본인을 노려보았다. 이치에 맞는 승리를 지향하는 그에게 변덕스럽게 움직이는 동료는 때때로 적보다 더 감당이 안 되었다. 그러한 비난을 받고 있다는 것을 알면서도 조금 전 올리버 일행과 일전을 벌이고 온 그녀는 후드와 가면을 벗으며 미소 지었다. 6학년 엘프… 키리기였다.

"…심심풀이 삼아, 살짝 구경이나 할 생각이었는데 말이야. 싸우는 모습을 보다 보니 식탐에 발동이 걸려 버렸거든. 산책 중에 엉덩이를 흔드는 수사슴을 발견한 거야. 그런데 어떻게 놀고 가지 않을 수 있겠어?”

‘탐욕’은 뻔뻔하게 말했다. 아직도 화를 가라앉히지 못하고 있는 윌리에게 조용히 다가간 그녀는, 달아올라 있는 상대의 뺨을 두 손으로 감싸며 말을 이었다.

“그렇게 열 내지 마, 퍼시. 무슨 일이 생기면 내가 어떻게든 할 테니, 네가 학생총괄로 선출된다는 결과는 변하지 않을 거야.

게다가 생각지 못한 수확도 있었어. 그렇지, 레온시오?”

고개를 돌리며 키리기가 물었다. 방 안쪽에 자리한 의자에 깊이 앉은 남자가 가볍게 고개를 끄덕였다.

“그래, 그랬지. …모건, 네가 살아 있었을 줄이야.”

그가 손에 든 하나의 수정. 그것이 재현하는 영상과 음성에 태연하게 서서 호쾌하게 웃는 남자의 모습이 비춰져 있었다. 모두가 한참 전에 마에 삼켜졌을 거라 여겼던 6학년생의 모습이.

킴벌리에서 빗자루 경기의 리그전은 1차 리그와 2차 리그로 나뉘어 진행되고는 한다. 우선 세 종목 전체의 1차 리그를 연속으로 진행하고, 그것이 모두 끝나면 같은 순서로 2차 리그가 개최된다. 세 종목의 순서는 해마다 다르지만 올해는 브룸 파이트,

브룸 워, 브룸 레이스 순으로 정해졌다.

"열띤 브룸 파이트 1차 리그도 어제로 막을 내렸습니다! 축제가 끝나서 허전하냐, 자식들아? 안심하라고, 다음 축제가 곧 시작될 테니까. 브룸 워 1차 리그 개막이다아아아!"

그리하여 빗자루 경기의 대명사, 브룸 워의 리그전이 막을 올렸다. 만석인 경기장에서 한참 기다렸다는 듯이 성원을 보내는 관객들을 향해 실황중계자인 로저가 그들 못지않게 소리를 질러 댔다.

"개인전도 좋지만, 빗자루 경기의 꽃은 역시 이거란 말이지이! 개인의 실력, 작전, 그리고 팀워크를 모두 겨루는 총력전! 요소도 구경거리도 한가득인, 좋아하는 음식만 담은 런치 플레이트 같아서 어디서부터 먹어야 할지 고민이 될 정도라고! 안 그래, 더스틴 선생님?!"

"그래, 그 말은 딱히 농담도 뭣도 아니지. '너무 많은 일들이 일어나서 어딜 어디서부터 즐겨야 할지 모르겠다'. …브룸 워의 관전 초심자들은 이런 이야기를 자주 하니까. 응원하는 선수를 눈으로 좇기만 해도 충분히 즐겁고, 딱히 어렵게 생각할 필요는 없지만 요령을 익히면 관전이 더 즐거워지는 것도 사실이다. 오늘은 그런 부분도 해설하도록 하지."

"부탁 좀 하자고! 제1시합은 래비드 호크스 vs 블루 스왈로! 첫 시합부터 열띤 양상이 기대되는걸! 나오라고! 야만스럽고도 사랑스러운 빗자루 기수드으으으을!"

커다란 나팔소리와 함께 양 팀 선수들이 필드의 동서쪽 상공으로 날아올랐다. 동쪽에 진을 친 블루 스왈로의 빗자루 기수들이 시합 전 마지막 확인 작업을 하고 있었다.

"…아~ 애시베리. 확인차 묻겠다만."

"나는 멋대로 할게. 맞추고 싶으면 그쪽이 맞춰."

애시베리가 눈길도 주지 않고 답했다. 주변에 있던 학생들이 동시에 한숨을 내쉬었다.

"쌀쌀맞기도 하네, 우리 에이스는." "딱히 이의는 없지만."

"어차피 소용없잖아. 감정적으로 날뛰는 지금의 너한테 작전이니 뭐니 하는 소릴 해 봐야."

불만이 가득한 얼굴로 저마다 비아냥거리는 소리를 해댔다. 그걸 순수한 사실로 받아들이며 애시베리가 육식 동물처럼 입가를 치올렸다.

"잘 아네. …오늘은 전반전에 전부 떨어뜨릴 거야. 해 보자고, 완전시합."

"야, 제정신이야?" "눈이 진지하잖아." "무서워 죽겠는데 눈을 어떻게 쳐다보냐."

에이스가 진지하다는 걸 알아챈 선수들이 어깨를 부르르 떨었다. 그런 그들을 전장으로 내몰듯이 시합 개시를 알리는 나팔소리가 울려 퍼졌다.

양 팀 선수들이 일제히 움직이기 시작했다. 목이 빠져라 기다렸던 그 광경에 실황중계자인 로저가 책상을 탕탕 두드리며 말했다.

"시합 개시이이! 우오오오. 일 났네, 보고 싶은 게 너무 많아서 눈이 핑핑 돌아! 어디부터 보면 될까, 선생님!"

"느닷없이 점(點)으로 보려 하지 말고, 우선은 전체를 봐라. 대장을 중심으로 한 선수들의 진형을 통해, 두 팀이 어떤 식으로 싸우려 하는지 대충 알 수 있지. 이번에는 래비드 호크스 쪽이 알기 쉽군. 공방 양면으로 균형 잡힌 기본적인 진형이야."

흥분한 상대를 달래듯이 더스틴이 해설했다. 물론 로저는 빗자루 경기의 오랜 팬으로, 시합 관전 방법 같은 건 설명을 듣지 않아도 완벽하게 알았다. 하지만 그럼에도 필요할 때는 초심자의 시점으로 돌아가 보는 것이 그의 방식이었다. 브룸 파이트 때와 마찬가지로 로저의 절묘한 맞장구를 들으며 더스틴이 해설을 이어 갔다.

"빗자루 기수는 속도를 잃으면 무력해지지. 그래서 체스와 달리 대장을 움직이지 않을 수는 없어. 이건 알겠냐?"

"알았어! 그래서 저렇게 양쪽 대장 모두 필드의 동쪽 끝과 서쪽 끝의 같은 장소를 빙글빙글 돌고 있는 거구나!"

필드 양쪽 끝을 가리키며 로저가 말했다. 그의 말대로 양 팀의 대장은 속도를 유지하며 동쪽과 서쪽의 좁은 범위를 계속해서 돌고 있었다. 더스틴이 고개를 끄덕이며 답했다.

"그래, 호위를 두 명 정도 대동한 채로. 물론 적이 날아들면 유격을 맡은 녀석들이 떨궈 내겠지.

직감적으로 알 수 있겠지만, 브룸 워에서 가장 적을 격추시키기 좋은 순간은 '상대가 다른 선수를 쫓고 있을 때'다. 다시 말해서 가장 표적이 되기 쉬운 대장은 절대로 격추돼서는 안 되는 반면, 어태커 녀석들을 위해 적의 주목을 끄는 역할도 띠고 있는 거지. 간이 커야만 할 수 있는 포지션이다, 이 말씀이야."

더스틴이 대담하게 웃었다. 브룸 워는 하나부터 열까지 '동적인' 경기로, 진지 안쪽에 틀어박혀 있기만 하는 대장에게는 아무런 가치도 없다. 적 팀을 몰아붙일 때는 대장도 공격에 참가하고, 수세에 몰렸을 때는 대장도 직접 싸운다. 그것이 대원칙이다.

"그 밖에도 적성에 따라 역할을 분담한다. 공격적이면서 겁이 없는 놈은 돌격을 맡고, 신중하고 방어가 탄탄한 놈은 공격해 오는 적을 요격하는 역할을 맡지. 단, 이 역할 분담은 유동적이라 상황에 따라서는 팀 전체가 어태커가 될 수도 있어. 이게 흔히 말하는 '총공격(풀 어택)'이란 거다. 시합 후반, 한쪽 팀의 인원

수가 크게 유리해졌을 때 하는 경우가 많지."

"뒤집어 말하면, 그렇게 되기 전까지는 머릿수 줄이기 싸움이라는 거구나!"

"그렇지. 우선 서로의 어태커들이 부딪히고, 그 형세를 지켜보며 후방의 아군이 엄호한다. 결론을 말하자면 초반 볼거리는 전위인 어태커들의 싸움이야. 브룸 파이트와 달리 옆에서도 공격이 날아올 수 있는 만큼, 예측이 어려워서 보는 맛이 있다. 한 명이 격추되면 단숨에 전황이 뒤집히기도 하고 말이야."

더스틴이 진지한 투로 말했다. 하지만 설명대로 전위인 어태커들이 몇 번인가 충돌하는 가운데, 그 틈새를 뚫고 한 선수가 적진으로 돌격했다. 관객들이 일제히 술렁거렸다.

"어이쿠, 여기서 애시베리 선수가 단신으로 돌격했습니다?! 선생님, 저거 괜찮은 거야?!"

"…아~ 또 시작이군. 아니, 괜찮지는 않지, 보통은. 이래서 싫단 말이야, 저 녀석이 나오는 시합은. 툭하면 정석을 무시하니까.

대장에게는 적들의 주목을 끄는 역할도 있다고 좀 전에 말했지? 소수로 적진에 돌격한 선수는 일시적으로 그런 상태가 된다고 할 수 있어. 누구든 자신의 진지에 있는 적을 내버려둘 수는 없을 것 아니냐. 그렇게 적 선수의 주의를 독점하고 다님으로써, 적 진형에 아군이 쳐들어오기 위한 균열을 억지로 만들어 내는 거다."

어이없다는 투로 말했지만, 혹은 **어이없는 척**을 하고 있지만… 그 목소리는 웃음을 참느라 살짝 떨리고 있었다. 줏대 없어 보일지 모르겠지만 완전히 억제할 수가 없었다. 한 선수가 정석을 박살 내고 날아다니는 그 모습이야말로 모든 빗자루 경기 팬들이 진심으로 보고 싶어 하는 것이기에.

해설이라는 입장을 내팽개치고 일개 관객으로 돌아가고 싶은 충동을 억제하며, 간신히 교사의 입장에서 더스틴은 말했다.

"엄청나게 실력 있는 엄청난 바보만이 할 수 있는, 엄청나게 미친 포지션. …그게 바로 광전사(버서커)다."

그리고 그가 말한 대로. 애시베리의 돌격으로 인해 래비드 호크스 선수들은 그 순간부터 '냉정함이란 것'을 도저히 유지할 수 없게 되었다.

"…억!" "커헉…!"

스쳐 지나며 등을 얻어맞은 한 명이 낙하했다. 그걸 보고 반격에 나선 동료가 상대를 쫓던 도중에 다른 동료와 충돌했다. 허둥지둥 균형을 바로잡던 중에 애시베리가 돌아와 결정타를 가했다. 래비드 호크스 선수들은 더더욱 당황했다. 이렇게 되었으니 포지션 같은 걸 신경 쓸 때가 아니라고 생각해 각자의 판단에 따라 애시베리를 치기 위해 움직인다. 그렇게 전체의 통제가 흐트러져, 혼란은 계속 커져 갔다.

"거기 서, 이 자식!" "얼마나 더 휘젓고 다닐 셈이야!"

빨리 처리해야 한다는 생각에 허둥댈수록 애시베리의 술수에 빠져들었다. 그녀가 내부에서 휘젓고 다니자 래비드 호크스의 포진은 와르르 무너졌고, 그 균열을 블루 스왈로의 어태커들이 가차 없이 물어뜯었다. 한 번 시작된 붕괴는 걷잡을 수 없이 커졌다. 적 선수가 차례로 추락하는 가운데, 자신을 향해 날아드는 여러 클럽들을 피하며 애시베리는 광기 어린 미소를 지은 채 소리쳤다.

"그야 뻔하잖아. …다 떨어뜨릴 때까지야!"

관객들이 마른침을 삼켰다. 그것은 시합이라기보다는 차라리 **사냥**이었다.

본래 버서커라는 포지션은 오래 날 수 없다. 적진의 한복판에 단신으로 돌격한 선수는 머지않아 격추당하기 마련이기 때문이다. 몇 십 초 동안 적들을 있는 대로 교란하다 격추되어, 뒷일을 모두 동료들에게 맡기는 것이 역할이다. 그것만으로 충분한 활약이라 할 수 있건만, 놀랍게도 애시베리는 **격추되지 않는다**. 하물며 스스로 적을 **계속 격추시킨다**.

"…빗자루 기수로서. 애시베리의 몸과 기술은 이미 완성 단계에 있지."

더 이상 해설을 할 상황이 아니다. 지팡이의 확성마법을 끊은 후, 더스틴은 혼잣말처럼 그렇게 중얼거렸다. 옆에 앉은 로저도 눈으로는 홀린 듯이 필드 위를 날고 있는 애시베리를 바라보며 귀를 기울였다.

"내 눈으로 봐도 그래. 아닌 게 아니라 옛날부터 빗자루 기수로서의 순도는 나보다 저 녀석이 더 높지. 이단 사냥꾼의 전선에서 괴물들을 베는 게 일이었던 나에 비해, 저 녀석의 적은 늘 '시간' 그 자체였으니까.

적을 베기 위해 속도를 갈고닦아 온 만큼, 나는 마음 한구석에서 그걸 전투의 수단으로 보고 있는 부분도 있어. 하지만 저 녀석은 그렇지 않아. 속도는 목적이고, 인생을 걸고 도전할 목표 그 자체야. 그 부분은 단 한 번도 흔들린 적이 없어."

선망과 경의를 담아 더스틴이 말했다. 그러던 그는 문득 숫자의 나열을 읊기 시작했다.

"2:25:21. …이게 무슨 숫자인지 알겠냐?"

"…빗자루 경기 팬을 자칭하는 인간 중 그걸 모르는 놈이 어디 있어, 선생님."

"그래, 그렇지. …이건 브룸 레이스의 공식 규정 코스에서 가장 유명한 세계 기록이니까."

로저의 말에 고개를 끄덕인 후, 더스틴은 더욱 진지해진 목소리로 말을 이었다.

"애시베리의 적은, 요컨대 이거야. 이 숫자를 넘을 수 있을 것인가, 아닌가. 저 녀석의 인생은 그 둘 중 하나라고.

하지만 과거에 이 기록을 세운 빗자루 기수는 그 달성과 동시에 사망했지. 이건 그런 숫자야. 이 기록 자체가 하나의 '마(魔)'라고 할 수 있어."

"…기록 자체가, 마라니."

"시간이 적이라고 한 데에는 한 가지 의미가 더 있다. …최고 속도를 추구하는 빗자루 기수에게 그 능력 면에서의 정점은 무시무시하게 빠르게 지나가. 구체적으로는 10대 후반부터 20대 전반. 이걸 넘기면 초고속 영역에서는 기록 경신이 딱 멈추지. 이유에 관해서는 여러 가지 설이 있지만… 아마도 **쓸데없는 걸 너무 많이 가지게 되기** 때문이겠지.

저 녀석은 지금 20세. 기록 경신을 노릴 수 있는 제한시간이 다가오고 있다는 건, 본인이 누구보다도 잘 알고 있을 거다."

필드를 미친 듯이 날아다니는 애시베리의 모습에서 더스틴은 처절한 절박함을 느꼈다. 그런 한편, 자신은 결코 그 심정을 이해해 줄 수 없으리라는 것도 알았다. 과거 어느 톱 플레이어가 말했듯이, 최고 속도를 목표로 하는 빗자루 기수는 언제나 고독함에 시달린다. 그 괴로움 앞에서 지도자는 무력할 따름이다.

"거듭 말하지만, 애시베리의 몸과 기술은 완성된 상태다. 남은 문제는 마음이지. 브룸 파이트나 브룸 워를 통해 극한까지 고조시킨 투쟁심으로, 저 녀석은 지금 그 문제를 해결하려 하고 있어. 그러니 미친 것처럼 보일 수밖에. **그런 마음이 아니면 깰 수 없는 벽**을 깨려 하고 있는 거니까."

지금의 애시베리의 비행을 본 학생들은 모두가 깨달았다. 한 사람의 마법사로서, 그녀의 존재방식은 한없이 올바르다고. 그리고 자신에게 물었다. …하나의 목표를 위해 **자신은 저렇게까지 순수하게 미칠 수 있을까**.

"그 노림수가 결실을 맺을지 어떨지는 모르지. …하지만 한 가지는 확실하다.

난 저 녀석의 팬이야. 지금까지도, 지금 이 순간도… 앞으로도 계속."

그 말을 끝으로 더스틴은 말없이 관전을 이어 갔다. 빗자루 기수로서 정도(正道)를 날고 있는 제자의 모습을, 멀고도 눈부신 모습을. 머지않아 사라질 광채를 그 눈에 새겨 두려는 듯이.

예고한 대로 적 팀의 전멸로 끝난 시합 후, 애시베리는 늘 그랬듯이 미팅에 참가하지 않고 유니폼을 갈아입지도 않은 채 교정을 걷고 있었다. 시합 중의 기백은 지금도 유지되고 있어, 스쳐 지나는 학생들은 다친 짐승을 본 듯이 겁을 내며 거리를 벌렸다.

"…후~욱… 후~욱…!"

근처에 있던 분수에 도착한 그녀는 망설임 없이 그 수면에 머리를 처박았다. 머리를 식힌다는 표현으로는 한참 부족한 그것은, 그야말로 달군 금속을 **냉각**하는 행위와도 같았다. 육체도 정신도 지나치게 고양되어 이렇게라도 하지 않으면 진정이 되지 않는 것이다.

"…무시무시한 기백이로군. 눈이 타 버릴 것 같아."

그녀가 수면에서 고개를 들자, 웬 남자의 목소리가 귓가를 울렸다. 파문이 사라진 수면에 아름다운 금색 머리카락이 비쳤다. 기척은 진작 알아챘던지라 그녀는 돌아보지도 않고 대꾸했다.

"선거 따위 알 바 아니야. 당신들끼리 알아서 해."

"물론 그럴 거다. 하지만… 너에게 알려 주고 싶은 게 하나 있어서 말이야."

그녀의 곁으로 다가온 레온시오가 분수 연못 가장자리에 수정을 턱, 내려놓았다. 그것이 공중에 작은 영상을 띄우고 소리를 내기 시작했다. 그녀가 결코 잘못 들을 수 없는 소리를.

"보다시피. …**클리프턴 모건은 살아 있다**."

애시베리의 시간이 얼어붙었다. 그 반응으로 기대했던 결과를 확인했다 생각하며 남자는 시원스럽게 몸을 돌렸다.

"주지. 조작이 아니라는 건 조사해 보면 알 거야.

내가 할 말은 그뿐이다. …그럼 이만. 응원하고 있다, 애시베리."

레온시오가 뻔뻔스러운 말을 남기고 떠나갔다. 그 뒷모습에는 눈길도 주지 않고, 애시베리의 두 눈은 하염없이 수정이 비추는 영상을 응시할 따름이었다.

그날 밤, 브룸 워 리그 첫 시합의 결과를 확인한 와일드 기스 선수들이 긴급회의를 열었다.

"이번 시즌의 블루 스왈로는 위험해."

방에 죽 늘어선 팀원들 앞에서 주전 선수 중 한 명인 멜리사가 진지한 얼굴로 말했다. 그것은 모두의 의견을 대변한 것이나 다름없어서, 말을 하기도 전부터 이미 긴장감이 그들 사이에 가득해 있었다.

"아니, 애시베리가 위험해. 어제는 적진 한복판에 쳐들어가서 혼자 여섯 명을 격추했어. 아니, 이상하잖아. 뭔데, 그 경기는."

"소생도 뚫어져라 쳐다봤었소. 무시무시한 활약이더구려!"

나나오가 악의라고는 눈곱만큼도 없는 미소를 띤 채 말했다. 그녀는 이들 가운데 가장 순수하게 애시베리를 존경하고 있었고, 그 순수함에 다른 팀원들은 쓴웃음을 지을 수밖에 없었다.

진행을 맡은 멜리사가 다가가 그래, 그래~ 하고 소녀의 머리를 쓰다듬은 후 곧장 원위치로 돌아왔다.

"평범하게 싸우면 일방적으로 유린당할 게 뻔해. 진형도 작전도 역할 분담도 철저하게 정해 둘 필요가 있겠어. 의견 있는 사람?"

구체적인 대책을 묻자 선수들이 일제히 생각에 잠겼다.

"…거꾸로 말하면, 애시베리만 격추하면 이기는 거잖아."

"에이스 저격 작전은 안 되나?" "다른 팀은 그랬다가 전부 실패했어."

"아니, 애시베리한테만 신경 쓰면 그 녀석이 원하는 대로 되는 거잖아."

"그렇다고 그 녀석을 마음대로 날아다니게 하는 건 더 안 좋아."

이것도 안 되고 저것도 안 된다며 온갖 의견이 난무했다. 의견은 잔뜩 나오고 있고 모두의 사기도 높았지만, 지금의 논의는 너무도 막연하다. …그렇게 느낀 올리버가 숙고 끝에 조용히 손을 들었다. 주장인 한스 라이제강이 곧장 응했다.

"말해 봐, 혼."

"…처음부터 총공격에 나서는 건 어떨까요."

선수들이 일제히 술렁거렸다. 그렇게 장중의 분위기에 파문이 일어난 것을 확인하고는, 그 파문이 일시적인 것으로 끝나지 않게 하기 위해 올리버는 말을 이었다.

“억지스러운 방법이긴 하지만, 난전으로 몰고 가면 포지션의 의미가 사라집니다. 교란할 진형이 없으면 버서커도 일개 어태커와 다를 게 없죠. 그다음은 어느 쪽이 먼저 대장을 격추시킬 것인가 하는 싸움이 될 겁니다.”

“…방어를 버리고 치고받자는 거구나. 확실히 일리는 있어.”

“하지만 그거야말로 애시베리의 특기 아니야?”

“그런 이유로 전부 트집을 잡으면 아무것도 못 하잖아.” “애초에 그 녀석이 잘 못하는 분야는 뭔데.”

“팀워크.” “커뮤니케이션.” “다른 사람을 도발하지 않고 5초 이상 말하는 거.”

긴장이 풀린 선수들의 말에 웃음소리가 터져 나오자, 진행을 맡은 여학생이 그들 모두의 머리를 순서대로 쥐어박았다. 그때… 지금까지 방의 뒤쪽에서 논의를 지켜보던 주장 한스가 처음으로 의견을 냈다.

“과연, 좋은 아이디어다. …하지만 난 반대야.”

그 한마디에 장중의 분위기가 단숨에 경직되었다. 다음 말을 기다리는 선수들을 향해, 와일드 기스의 주장은 차분한 목소리로 천천히 말을 이었다.

“브룸 위에서 초반 총공격은, 경기성의 포기를 뜻해. 각자가 개인전을 치를 때와 크게 다를 바가 없어지지. 그렇게 되면 팀전의 의미가 없다고… 나는 생각한다.”

올리버는 허리를 쭉 폈다. 그렇다. 바로 저 말이 그의 입을 통해 이끌어 내고 싶은 발언이었다.

“통솔된 집단은 개인의 힘을 능가한다, 따위의 말이나 하며 거들먹거리려는 게 아니야. 무엇보다도 자신의 힘을 믿는 건 마법사로서 당연한 일이니까. 실제로 블루 스왈로는 그러한 에이스를 중심에 둠으로써 결과를 내고 있고. 특출한 한 마리의 뒤를 따라 나머지가 나는 것, 그건 그것대로 하나의 이상형일지도 모르지.

하지만 우리 와일드 기스에게는 다른 방식이 있어. 안 그러냐?”

그 말에 선수들은 얼굴을 마주 보았다. 그들 모두를 빙 둘러본 후, 한스는 말을 이었다.

“애시베리만큼은 아니지만 너희도 참 난감한 놈들이야. 내 말은 순순히 듣지도 않지, 사전에 정했던 작전을 시합 때 멋대로 변경하는 건 일상다반사지. 다른 사람과 의견 충돌이 있으면 금세 지팡이를 뽑는 다혈질인 녀석도 있지.

하지만… 그런 우리도 확실하게 공유하고 있는 게 하나 있다. **즐겁게 날고 싶다는 욕망**.”

움켜쥔 주먹을 치켜들며 한스가 말했다. 의심의 여지 없이 이 자리에 있는 모든 이의 근간에 자리한 감정을.

"즐기는 걸 우선시하는 플레이어들을 인조이 세력이라고 한다면, 와일드 기스는 엄선된 인조이 세력이다. 그렇기에 알고 있지. 제멋대로 나는 것보다 팀원과 호흡을 맞춰 나는 편이 더 즐겁다는 걸. 각자의 역할 분담이 잘 맞아떨어져서 하나의 결과를 이루어 낸 그 순간의 기쁨과 충실함을.

거듭 말하지만 나는, 통솔된 집단은 개인을 능가한다고 할 생각이 없다. 하지만… 훨씬 심플하게 우리 모두로 구성된 **한 마리의 커다란 거위**를 상상해 봐라. 아닌 게 아니라 제비들을 한입에 삼켜 버릴 수 있을 것 같지 않냐?"

한스가 대담한 미소를 지어 보였다. 그러자 나나오가 손을 들고 말을 곁들였다.

"상대에 맞춰서 싸우는 게 아니라 우리의 가장 강한 부분으로 부딪히자. 주장 공이 말하고자 하는 바는 바로 그러한 것이로구려."

"바로 그거다, 히비야. 그래, 우리의 강점은 무엇보다도 브룸워를 탐욕스럽게 즐기고자 하는 마음이다. 그걸 염두에 두었을 때, 초반 총공격이 우리에게 가장 즐거운 선택이냐? 훨씬 더 즐거운 방법이 있을 것 같지 않냐?"

질문의 본질이 바뀐 것을 올리버는 깨달았다. 그가 추가로 말을 보태지 않았음에도 한스는 그것을 또렷한 말로… 아니, 이 모임의 테마로 빚어냈다.

"의논의 규칙 하나를 추가해 두지. …시합에 이기기 위한 작전이 아니라 즐기기 위한 작전을 내놔라.

이유는 이제 알겠지? 우리에게는 그게 최강의 계획이란 뜻이기 때문이다."

네 시간에 걸친 미팅 후. 서클동을 나와 완전히 깜깜해진 하늘 아래를 걸어 경기장으로 향한 올리버는, 그곳의 풀밭에 앉아 있는 한 상급생의 뒷모습을 발견했다.

"주장."

"음, 혼이냐."

부름을 받은 남자가 고개를 돌렸다. 미팅 중 계속 얼굴을 마주했던 와일드 기스의 주장이었다. 우연스러운 재회가 아니라 아마도 여기 있을 거라 예상하고 올리버가 따라온 것이다. 뒤에 선 후배에게 한스는 평소처럼 너그러운 미소를 지어 보였다.

"좀 전에는 미안했다. 모처럼 아이디어를 내 줬는데 그걸 발판으로 삼아 내 이야기를 진행해서."

"아닙니다. 애초에 그 아이디어가 그대로 통과될 거라고는 생각지 않았으니까요."

올리버는 고개를 가로저어 보였다. 그가 일종의 밑거름으로 쓰일 의견을 내놓았다는 것은 물론 한스 쪽도 알고 있었다. 머리가 지나치게 잘 돌아가는 후배라는 생각에 쓴웃음을 지은 채, 주장은 밤하늘로 시선을 돌리더니 나직하게 입을 열었다.

“사실… 평소와 같은 리그전의 한 시합이었다면, 그 작전을 채용했을 수도 있겠지. 가끔 다른 걸 시도해 보는 건 중요한 일이고, 모두의 어태커로서의 소질을 재발견할 기회도 될 테니까. 그렇게 하지 않으면 승산이 별로 없는 상대라면 더더욱.

하지만, 상대는 **지금의 애시베리**다. 그 정도의 빗자루 기수와 싸울 수 있는 기회는 지금뿐이야. 녀석의 실력은 정점을 찍었다. 내년이면 분명 내리막길에 접어들겠지.”

올리버도 말없이 고개를 끄덕였다. 같은 마법사이기에 직감적으로 알 수 있었다. **저건 생명을 불사르고 있는 모습이라는 것을**. 오래 지속되지 않고, 돌이킬 수도 없다. 그러한 세계에 몸을 던지는 가열함을, 형태는 완전히 다르지만 소년은 이미 너무도 잘 알고 있었다.

“지금의 그 녀석과 같이 나는 시간을, 우리답지 않은 전투방식으로 낭비하고 싶지 않아. 이기든 지든 말이다. 왜냐하면… 나는 뼛속부터 인조이 세력이거든.”

주장의 얼굴에 악동 같은 미소가 떠올랐다. 그걸 보고서 쓴웃음을 지으며 올리버도 상대의 옆에 앉았다.

“…저와 나나오는 이 팀의 그런 면에 끌려서 들어온 것 같습니다.”

"너무 기쁜 소린 하지 말라고, 후배. 울어 버린다."

커다란 손이 소년의 머리를 마구 쓰다듬었다. 난감한 얼굴로 그걸 받아들이며… 올리버는 곧 다가올 블루 스왈로와의 시합과 그 속에서 나나오가 어떤 역할을 맡아야 할지를 고심했다.

온갖 패턴과 가능성을 고려하며 맞은 사흘 뒤 오후 1시. 드디어 그 순간이 찾아왔다.

"자아, 자. 드디어 브룸 워 리그 네 번째 시합! 와일드 기스 vs 블루 스왈로! 동쪽과 서쪽에서 만반의 준비를 한 양팀 선수들이 입장합니다아!"

실황중계자인 로저가 소리쳤다. 선수들이 하늘로 날아오르는 모습을 바라보며 그는 오늘도 옆에 앉은 빗자루 비행술 교사에게 물었다.

"선생님, 오늘 시합은 어떨 것 같아?!"

"2연승 중인 블루 스왈로에는 강력한 승리 패턴이 완성되어 있지. 우선 애시베리가 돌격해서 적진을 휘저어 놓으면 어태커가 돌격, 몇 사람을 격추해서 기세가 오르면 그 즉시 총공격. 지금까지의 시합에서 완승을 거둬 왔으니, 이 패턴은 오늘도 바꾸지 않을 거다. 와일드 기스가 이걸 어떻게 공략할 것인가에 달렸지."

시합이 계속되면 각 팀의 컨디션이나 경향이 보이기 마련이다. 최상의 상태인 블루 스왈로를 상대로 와일드 기스의 면면은 어떻게 맞설 것인가. 관객들의 관심사는 바로 그것이었다. 그건 블루 스왈로의 팬들조차 예외가 아니다. 좋아하는 팀이 활약하길 바라는 마음과 좋은 시합을 보고 싶은 마음… 이 두 가지가 한 사람의 인간 안에 공존하고 있는 것이다.

싸움의 시작을 알리는 나팔소리가 울림과 동시에 양 팀의 어태커들이 움직이기 시작했고, 블루 스왈로에서는 한 선수가 튀어나왔다. 기대를 배신하지 않는 초반 흐름에 관객들은 흥분했다.

"시합 개시이이이! 당연하다는 듯이 애시베리 선수가 돌격합니다아! 어떻게 할 것인가, 와일드 기스! 저 압도적 폭거에 대항할 방법은 있을 것인가아!"

"딱히 특별한 진형을 구축하지는 않았군. 이판사판이라는 식으로 초반 총공격을 시도할 수도 있겠다고 생각했지만, 그건 선택하지 않은 모양이야. 뭔가 다른 방법을 준비해 뒀어야 할 텐데…."

더스틴이 팔짱을 낀 채 와일드 기스의 포진을 보고 말했다. 그 시선 끝에서 어태커들의 돌격을 피한 애시베리가 그 즉시 버서커로서 행동하기 시작했다. 닥치는 대로 적 선수에게 덤벼들어, 그들 모두의 주목을 끌며 날아다닌다. 정석과 상식을 깡그리 무시한 압도적인 공중기동이었다.

"애시베리 선수, 적진에서 혼자 마구 날뛰니다! 어제까지의 시합과 같은 전개입니다! 그녀에 이어 후방에 있던 어태커들도 움직이기 시작했어요! 큰일입니다, 와일드 기스!"

"…아니. 그렇지도 않아."

더스틴이 나직하게 중얼거렸다. 얼핏 같은 전개로 보이는 광경 속에서 그의 눈은 결정적인 차이점을 발견해 냈다.

"선수들이 매우 차분해. 애시베리가 품 안으로 뛰어들었는데… 저 녀석들은 혼란에 빠지지 않았다고."

실황중계석의 더스틴이 꿰뚫어 본 대로. 이때 이미 와일드 기스의 작전은 시작된 상태였다.

"무서워! 무섭다고오오오오오!"

애시베리에게 쫓기는 도중인 선수가 눈물이 그렁그렁해져서 날아다녔다. 작은 몸집을 살린 날렵한 공중기동이 특기인 선수라, 속도 차이가 큰 상대에게서도 비교적 잘 달아났다. 하지만 그건 어디까지나 격추되기까지의 시간을 다소 연장시킬 수준에 불과해서.

"거기 서! 이게 정마아아아알!"

그렇게 두지 않기 위해 동료가 끼어들었다. 옆에서 덤벼든 멜리사는 팀에서 주장과 어깨를 나란히 하는 고참 선수다. 안정된 비행 기술과 풍부한 시합 경험 덕에 '격추하는' 것보다는 '격추되지 않는' 타격전에 능했다. 애시베리가 상대라도 몇 합은 살아남을 수 있을 정도였다.

"…다음은 나인가. 제대로 쫓겨 주지, 망할…!"

그다음으로 참가한 세 번째 선수 역시 고참인 6학년생으로, 어떤 의미에서는 앞의 두 사람보다 이 역할에 딱 맞는 인재라고 할 수 있었다. 왜냐하면… '뭔가 나는 꼴이 마음에 안 들어'라는 황당한 이유로, 아마도 킴벌리 전체에서 애시베리에게 격추된 횟수가 가장 많을 선수였기 때문이다.

"팀의 디펜더 중 세 명을, **애시베리 담당**으로 둔다."

앞서 열렸던 미팅의 종반. 많은 의견과 의논을 정리하는 과정에서, 와일드 기스의 주장이 구체적인 계획으로 제시한 게 그것이었다.

"하지만 착각하지 마라. 이건 애시베리를 격추하기 위한 요원이 아니라, 그 녀석의 주의를 끌기 위한 미끼다. 구체적으로는 애시베리가 이 세 명을 교대로 **쫓게 하는 거다**. 술래잡기는 네 명에게 맡겨 두고, 나머지 멤버들은 자신이 표적이 됐을 경우를 제외하고 애시베리에게는 일체 대응하지 않는다. 우선 이렇게 해서 팀 전체가 혼란에 빠지는 걸 막자."

선수들이 팔짱을 낀 채 신음했다. 확실히 일리는 있지만, 이라는 심정이 각자의 얼굴에 떠올랐다.

"쫓게 한다, 라. 기술적으로 참 어려운 걸 요구하시네…."

"요컨대 세 명이 애시베리를 맡아서, 나머지 멤버들한테는 손을 못 대게 하자는 거잖아?"

"격추하라는 요구보다는 쉬울지도 모르지만…." "오래 버티기는 힘들어. 목적도 들통날 테고."

"끝까지 계속하란 게 아니다. 이건 어디까지나 초반에 한정된 작전이야. 시간으로 말하자면 4, 5분 버티면 충분해. 그런 전제로 자신 있는 사람 있냐?"

주장이 다시금 물었다. 동방의 소녀가 가장 먼저 일어나 손을 들었다.

"소생이 하겠소!"

"좋은 대답이다. 하지만 히비야, 너는 다른 역할을 맡아야 해."

주장이 딱 잘라 말했다. 그 말에 다시 앉은 나나오와 교대라도 하듯 칠판 앞에 서 있던 멜리사가 조용히 손을 들었다.

"…내가, 할게. 내가 적임자라고 생각해. 애시베리하고는 자주 붙었으니까."

그녀가 그렇게 말하자 얼마쯤 지나서 다른 선수들도 드문드문 손을 들었다.

"…그럼 나도 해 볼까. 그 녀석한테는 엄청 쫓겨 다녀서, 어떻게 하면 울컥해서 쫓아올지 대충 알거든."

"도발에도 다양성이 필요하긴 하지. 어쩔 수 없지, 내가 가학심을 부추기는 역할을 맡아 보실까."

그렇게 배역이 정해져 가자 주장이 미소 지었다. 멤버들의 이런 개성이야말로 와일드 기스의 강점이라는 사실을 재확인하며.

"…셋 다 훌륭하군."

기대한 대로의 활약을 펼치고 있는 팀원들을 곁눈질하며 주장인 한스가 중얼거렸다. 애시베리가 자신도 모르게 억제되고 있는 몇 분… 이 순간을 잘 활용해야만 한다.

"공격!"

다른 면면에게 수신호로 지시를 날렸다. 그것을 본 선수들이 어태커부터 디팬더까지 일제히 전선으로 향하기 시작했다.

"…오오?! 뜻밖의 전개가 벌어졌습니다! 애시베리 선수가 와일드 기스의 품 안으로 파고든 상황임에도 불구하고 멤버 중 대다수가 공세에 나섰습니다아!"

"과연, 그렇게 나왔나!"

더스틴이 책상에 몸을 내민 채 외쳤다. 필드에서 뜻밖의 전개가 벌어지자 그의 눈이 반짝반짝 빛났다.

“애시베리 녀석, 이거 낭패인걸. 와일드 기스의 공세에 응해 다른 동료들이 방어로 돌아선 탓에 저 녀석의 뒤를 따르는 동료가 없어. 이 상황에서는 아무리 적을 교란해도 의미가 없다고.”

버서커라는 역할은 어디까지나 자신이 만들어 낸 기회를 동료가 살려 줘야만 의미가 있다. 방어에 정신이 팔린 상태에서는 아무도 그녀의 뒤를 따를 수 없어, 결과적으로 애시베리 혼자만 적진에 남게 된다. 주된 전장에 영향을 미치지 못하는 ‘겉도는 병사’가 되고 마는 것이다.

머지않아 본인도 그 상황을 알아챘다. 애시베리가 후방을 의식하기 시작한 것을 알아챈 더스틴이 그 움직임을 보며 나직하게 중얼거렸다.

“그래, 방향을 틀어 돌아가는 수밖에 없겠지. …하지만 그렇게 하면 그다음엔….”

“…쳇.”

자신의 공격이 무의미해졌음을 알아챈 애시베리가 곧장 선회해 자신의 진형으로 돌아가려 했다. 하지만 그녀의 의식이 눈앞에 있는 싸움에서 떨어진 순간, 클럽의 일격이 대각선 위에서 맹렬하게 날아들었다.

"……?!"

간신히 자신의 무기로 받아 냈지만 자세가 불안정했던 탓에 충격을 완전히 흘려내지 못했다. 비행의 균형이 흐트러져 자세를 회복할 때까지 속도와 고도가 확 떨어졌다. 기세를 잃은 상태로 저공을 선회하는 그녀에게 적 선수들이 상공에서 소리쳤다.

"어딜 가시려고, 애시베리."

"상처받았어. 네 댄스 파트너는 우리잖아?"

"그래, 맞아. 이쪽은 아직 한 명도 안 떨어졌다고."

지금까지 애시베리에게 쫓겨 다니던 세 명의 선수였다. 쫓겨 다니기만 하던 사냥감의 가면을 벗어던지고 역습을 가해 강탈한 상공에서, 이번에는 이쪽이 사냥할 차례라는 듯이 히죽거리고 있었다. 애시베리가 입가를 치올리며 말했다.

"…날벌레들이 잘도 울어 대네."

"우오오오오오오오오?! 와일드 기스의 삼인방, 공세로 전환! 아군을 지원하러 가려던 애시베리 선수에게 강렬한 일격을 가했습니다! 마치 처음부터 노리고 있었던 듯한 반격입니다아!"

"실제로 노리고 있었던 거다. 상황이 이렇게 되면 애시베리는 좋으나 싫으나 진영으로 돌아갈 수밖에 없지. 그러면 그 뒤를 치는 건 당연한 일이고. 저 셋은 교묘하게 연계해서 애시베리를 잡아 두면서 처음부터 계속 그 타이밍을 엿보고 있었던 거야."

감탄한 투로 더스틴이 말했다. 격추되지도, 의도를 간파당하지도 않고 세 사람이 연계해서 애시베리의 의식을 잡아 둔 솜씨 자체가 훌륭했다. 그 후 반격으로 이행한 타이밍도 완벽했다. 아마 시니어 리그 상위의 선수를 세 명 모아도 같은 짓은 못 할 거다. 와일드 기스에 속한 선수들의 다양한 개성, 그것들을 유감없이 발휘한 결과라 해야 하리라.

"저렇게 한번 저공으로 떨궈 놓고 상공을 막아 버리면, 재가속도 재상승도 쉽지가 않지. 빗자루 기수의 강점 두 개를 모두 잃은 상황에서 3대 1은 아무리 애시베리라도 힘들 테고. 뭐, 그래도 저 녀석이라면 어떻게든 할지도 모르지만…."

와일드 기스 삼인방을 상대로 애시베리는 불리한 위치에서 타격전에 돌입했다. 더스틴은 그 모습에서 일단 눈길을 떼어 많은 선수들이 격돌하고 있는 전선으로 시선을 옮겼다.

"그렇다 해도 지금 당장 어떻게 할 순 없겠지. 그 시간이 그대로 와일드 기스의 기회가 될 거다."

브룸 위에서의 타격전에는 '선수유리(先手有利)'라는 원칙이 있다. 먼저 움직이는 쪽이 빠른 속도를 낼 수 있다는 지극히 심플한 원칙이다.

"우오오…?!" "젠장! 왜 우리가 공격을 당하고 있는 거야!"

"선수를 빼앗겼어! 가속이 부족해…!"

빗자루 기수라면 누구나 아는 그 법칙에 따라 블루 스왈로의 선수들은 불리한 상황에서 응전할 수밖에 없었다. 왜냐하면 그들은 지금까지 애시베리가 휘저어 놓은 적진에 빈틈이 생기기를 '기다리고' 있었기 때문이다. 그 순간이 오기 전에 적이 공격해 오면 선수를 빼앗길 수밖에 없는 것이다.

"뭐 하는 거야, 애시베리 녀석은…!" "얼른 돌아와!"

타격전을 벌이며 선수들은 욕지거리를 했다. 자신들이 수세에 몰리는 사태… 거기까지는 그나마 괜찮다. 적측의 초반 총공격도 염두에 뒀던 만큼, 수세로 돌아섰을 때의 대응법도 머릿속에 새겨 두었기 때문이다. 문제는 **애시베리가 거기에 참가할 수가 없다는 것**이다. 그녀만 자유로운 상태였다면 지금의 상황은 오히려 앞뒤에서 적을 협공할 기회가 됐을 거다.

하지만 그런 사고방식이 그들을 더더욱 깊은 늪으로 끌어들였다. 에이스에 치중된 사고방식으로는 지금의 와일드 기스의 공세를 막을 수가 없다. 그 기세에 밀린 두 선수가 차례로 낙하했고, 클럽의 일격이 어깨에 스친 한 선수가 균형을 잃고 크게 비틀거렸으며, 그를 노린 적이 계속해서 추가 공격을 가했다. 격추되는 자신의 모습이 본인의 머릿속에 떠오른 순간.

"뭘 겁내는 거냐, 이 자식들아아!"

그 사이에 끼어든 선수가 적을 쫓아내고 동료를 구했다. 블루 스왈로 선수들의 얼굴에 놀란 빛이 떠올랐다. 적 어태커의 공격으로부터 팀원을 구해 낸 것은, 최후방에서 보호받고 있어야 할 자신들의 팀 대장이었다.

"이놈이고 저놈이고… 뭐냐, 그 한심한 모습은. 네놈들은 언제부터 애시베리의 부록으로 전락한 거냐? 우리 팀의 이름을, 그 상징의 의미를 떠올려라!"

날카로운 시선이 팀원들을 훑었다. 지나치게 강한 에이스 한 명으로 인해 발생한 폐해, 그것이 위기를 초래할 수 있다는 사실을 그는 당연히 알았다. 그래서 지금… 자신을 잃고 있는 선수들을 보고 그는 주장으로서의 책무를 다하기로 했다. 스스로 전선에 나서서 그 뒷모습으로 모범을 보이기로.

"우릴 얕보지 마라, 거위 놈들아. …친목질이나 하며 무리 지어 있는 네놈들과 우리는 각오 자체가 다르다."

그들의 기본자세를 알 수 있는 상징적인 이야기가 하나 있다. 그것은 와일드 기스나 다른 팀의 이름이 복수형인데 비해 왜 블루 스왈로만 단수형인가 하는 것이다. 그것은 이 제비가 **최강의 에이스**를 뜻하는 동시에, **모두가 그것을 지향한다**는 팀의 존재 방식을 뜻하기 위함이다. 자신의 힘만을 믿는 개인의 집단. 그것이야말로 팀 창설 당시부터 관철되고 있는 블루 스왈로의 이념이며.

"다른 사람을 기다리지 마라! 길은 자기 손으로 개척해라! 우리는 한 마리 한 마리가 에이스를 노리는 고고한 제비(스왈로)다!"

그 말을 듣고 자신들이 무엇인지를 기억해 낸 순간부터 그들의 망설임은 완전히 사라졌다. 입가를 끌어올려 흉포한 미소를 지은 채, 블루 스왈로의 고고한 제비들은 함성을 지르며 거위 무리에게 돌격했다.

"…와일드 기스의 맹공을 블루 스왈로가 버텨 냅니다! 이렇게나 밀어붙여도 끝내 밀려나지 않습니다! 엄청난 끈기입니다아아아!"

"주장의 호통이 먹혀들었군. 사기가 돌아오면 이 정도 불리한 조건으로는 안 무너지지. 블루 스왈로에 약한 선수는 한 명도 없으니까."

어쩐지 기쁜 듯이 더스틴이 말했다. 하지만 문득 그는 진지한 표정을 짓더니 확성주문을 끊었다. 시합이 민감한 국면에 접어들면 늘 이랬다. 만에 하나라도 자신의 발언이 게임의 흐름에 영향을 미치는 걸 막기 위해서.

"…하지만 저 녀석들에게는 예상과 정반대되는 전개겠지. 눈앞에 있는 상황에 대응하기 위해 집중해야 하니, 선수들의 시야는 좁아질 수밖에 없어. 이런 상황에서는 아무리 베테랑 플레이어라도 필드 전체를 지속적으로 파악할 수가 없다고."

그렇게 말하며 더스틴은 상공을 흘끔 쳐다보았다. 실황중계석의 시야는 늘 넓었다. 따라서… 싸움의 한복판에 있는 선수들에게는 보이지 않는 것도 그에게는 보였다.

"거기에 의식의 사각이 생겨난다. 예를 들자면… **유달리 몸집이 작은 2학년이 시야에서 사라져도, 금방은 못 알아챌 정도로.**"

격전이 펼쳐지고 있는 필드 바로 아래의 지상. 다른 캐처들과 함께 선수의 낙하에 대비하며… 올리버 역시 그와 같은 것을 보고 있었다.

"…그래. **거기야**, 나나오."

그렇다, 요컨대…. 홀로 필드 상공으로 떠오른 동방의 소녀가 **바야흐로 그곳에서 적진을 향해 돌격하려 하는 모습을.**

"목을, 접수하겠소!"

조준과 동시에 급격한 각도로 강하를 개시. 고도를 속도로 변환해 단숨에 가속한다. 무시무시한 기세로 지면이 벽처럼 육박하는 가운데, 두 개의 눈동자가 대장의 목만을 주시했다.

표적이 된 남자도 직전에 낌새를 채고는 놀란 눈으로 상공을 올려다보았다.

"이런…!"

하지만 늦었다. 이미 어떻게 움직여도 제때 회피할 수 없다. 나나오가 치켜든 클럽이 압도적인 속도로 블루 스왈로의 주장에게 닥쳐들었다. 직접 대장을 노릴 수 있는 기회는 아마도 이번 한 번뿐… 따라서 어떻게 받아 내든 일격에 격추해야 한다. 그러한 결의를 가슴에 품은 채 소녀는 온 힘을 다해 승리를 향해 돌격했고….

"…큭?!"

그 순간. 관객석에서 방출된 한 줄기 눈부신 빛이 그녀의 시야를 하얗게 물들였다.

적의 대장을 노리고 상공에서 급강하한 나나오. 클럽이 아쉽게도 종이 한 장 차이로 허공을 가른 후, 지상에 닿을 듯 말 듯한 고도에서 그녀는 빗자루 머리를 들어 선회했다. 그 광경을, 모든 관객들이 숨을 죽인 채 지켜보았다.

"우오오오오오! 히비야 선수, 상공에서의 기습! 적 대장을 향해 일직선으로 덤벼들었습니다아! 하지만 아쉽게도 실패! 너무도 중요한 상황이라 그녀도 긴장을 한 걸까요오!"

"…아니."

실황중계자인 로저의 옆에 있던 더스틴이 자리에서 일어났다. 그는 확성주문의 강도를 높인 후, 눈앞에 있는 필드를 향해 힘껏 소리쳤다.

"시합을 중단해라, 방해 행위다! …이봐, 거기! 관객석에서 히비야의 시야를 가린 망할 자식! 한 발짝도 움직이지 마라! 내 눈은 못 속여!"

관객석 한곳을 가리키며 외치자, 그와 동시에 콩알만큼 작아 보이는 누군가가 자리에서 일어나 달리기 시작했다.

시합 일시 중단을 알리는 나팔소리가 울렸다. 필드 위를 날아다니던 선수들은 그걸 듣고 차례로 동작을 멈췄다.

"어, 중단?" "뭐야, 대체. 중단이라고…?"

애시베리를 셋이서 막고 있던 와일드 기스 삼인방도 마찬가지였다. 그들이 멀거니 공중에 정지해서 실황중계석을 바라보는 가운데, 직전까지 격전을 펼치고 있던 블루 스왈로의 에이스가 선회를 개시. 어딘가로 날아가는 그녀를 멜리사가 허둥지둥 불러 세웠다.

"…앗?! 잠깐, 기다려! 중단이라잖아…!"

"…칫. 너무 요란하게 일을 벌였나…!"

군중들의 열기에 기척을 숨긴 채 관객석 사이를 가로질러 출구를 향해 달려가며, 시합 중단의 원인을 만든 그는 혀를 찼다.

그에게 방해공작을 지시한 이전 학생회 진영에게 이 시합의 승패는 아무래도 상관없는 것이었다. 애시베리의 팀이 이기건 나나오의 팀이 이기건, 요란하게 활약해 화제를 독점하는 그녀들이 눈엣가시라는 데에는 변함이 없기 때문이다. 따라서 그들의 목적은 어느 쪽이 이기건 그 과정에서 꼴사나운 모습을 보이게 하는 것이었다.

초반에 움직임이 봉쇄된 애시베리에게는 굳이 방해공작을 할 의미가 없어졌고, 그 결과 상공으로 상승한 시점부터 움직임을 예측할 수 있었던 나나오 쪽을 노리게 되었다. 그로서도 최대한 탄로 나기 어려운 타이밍을 노려서 시야를 차단한 것이었지만, 그럼에도 더스틴이 눈을 부릅뜨고 있는 시합에서 이러한 짓거리를 하는 데에는 무리가 있었다. 그렇다면 정체가 들키기 전에 도망칠 뿐이다. 그렇게 생각하며 경기장에서의 탈출을 목표로….

"놓칠 리가 없잖아, 등신아."

출구 앞을 가로막은 2학년들의 모습을 보고 그는 자신의 의도가 간파당했음을 깨달았다.

"다 봤어요. 당신의 지팡이에서 빛이 발사되는 걸, 이 눈으로 똑똑히."

"더스틴 선생님이 지적하자 도망치는 모습도 말이야."

"시합 중인 나나오한테 그런 짓을…! 위험하게 떨어졌으면 어쩌려고 그랬어, 이 나쁜 놈!"

가이, 셰라, 피트, 캐티, 네 사람은 노기등등한 얼굴로 백장을 겨누었다. 그는 다른 도주로를 찾아 순간적으로 몸을 돌렸지만 이내 그 발을 멈출 수밖에 없었다. 한쪽 눈을 앞머리로 가린 상급생이 백장을 겨눈 채 그곳에 서 있었기 때문이다.

"나 참, 예상을 벗어나질 않는구나. …**너희**의 그 천박한 방식이, 난 이전 선거 때부터 마음에 안 들었어."

"…크…."

앞쪽에는 가이를 비롯한 사인조, 뒤쪽에는 밀리건. 도주할 길을 잃고 포위된 공작원은 주춤거렸다. 2학년 쪽이라면 그나마 돌파할 가능성이 있을까…. 그런 생각에 그가 지팡이검을 손에 든 직후, 측면에서 번뜩인 클럽이 어이없이 그걸 떨궈 버렸다.

"…으억?!"

직후에 뻗어 온 손이 그의 목을 붙잡더니 조임틀처럼 콱 조였다. 기도를 짓눌러 숨을 쉬기는커녕 비명을 지르는 것조차 용납하지 않고, 그대로 공중에 **매달았다**.

"너냐. 방해한 게."

빗자루에 탄 채 공중에 정지하여 온몸에서 열화와 같은 분노를 뿜어내고 있는 다이애나 애시베리가 그곳에 있었다. 너무도 짙은 살기에 가이 일행과 밀리건까지 뒷걸음칠 정도였다. 당사자인 공작원은 너무도 늦게 깨달았다. 그녀 앞에서 빗자루 경기를 더럽히는 짓거리가 자신에게 어떤 결말을 초래할지를.

"…컥… 크억…!"

"죽어."

콱 조른 목에서 경추가 삐걱대는 소리가 울렸다. …경기 중인 선수는 지팡이검도 백장도 지니고 있지 않고, 클럽은 애초에 사람을 다치게 하지 못하도록 만들어졌다. 따라서 **죽이려면 맨손으로 하는 수밖에 없다**. 한없이 순수한 살의를 품고 애시베리는 그것을 실행에 옮겼다. 일체의 저항과 해명을 봉인당한 채 죽으라는 명령에, 공작원이 눈알을 까뒤집은 채 팔다리를 축 늘어뜨린 순간….

"애시베리 공. 그만하시오."

옆에서 들려온 소녀의 목소리와 팔에 살며시 얹은 손이 그 살의를 다정하게 달래기 시작했다.

"소생은 괜찮소. 잠시 어지럽기는 했소만, 아무 문제도 없소. 자아, 시합을 재개합시다. 싸움은 아직 끝나지 않았소."

나나오가 클럽을 든 채 힘껏 웃어 보였다. 그것을 본 애시베리의 입가에 미소가 걸렸다.

"…그래. 너랑 싸우고 있는데, 이딴 구더기를 신경 쓸 시간은 없지."

집어던진 몸이 바닥에 털썩 쓰러졌다. 애시베리는 더 이상 그 쪽으로는 눈길도 주지 않고 필드로 돌아가, 상공을 빙 돌며 심의 중인 심판들에게 큰 소리로 외쳤다.

"시합을 재개해, 심판! 방해의 영향을 감안해서, 와일드 기스에 유리한 위치에서!"

그렇게 재촉하자 심판들도 서둘러 의견을 주고받더니, 그로부터 1분도 채 되지 않아 재개를 위한 배치를 발표했다. 나나오의 기습은 본래 유효했을 가능성이 높아서, 그만큼의 우위를 시합 재개 시점에 와일드 기스 선수들의 고도로 부여하는 쪽으로 결론이 났다. 어느 팀에서도 이의가 제기되지 않아, 선수들은 신속하게 지시된 위치에 섰고… 이내 재개를 알리는 나팔소리가 울려 퍼졌다.

"자아, 시합 재개야. …댄스의 분위기도 바꿔야지."

애시베리의 상황도 시합이 중단되기 전과 거의 같았다. 그녀를 그 자리에 잡아 두기 위해 와일드 기스의 삼인방이 습격을 재개했다. 우선 한 명이 정면에서 덤벼들었고, 그에 대응하는 상대의 움직임을 살피고서 두 번째 선수가 가세했으며, 세 번째 선수는 고도를 유지한 채 대기하며 압박을 가했다. 철저하게 상대에게 속도와 고도를 넘겨주지 않기 위한 전법이다. 아무리 애시베리라도 평범한 기술로는 빠져나갈 길이 없었다.

그러나. **평범함의 틀을 뛰어넘는 기술**을, 그녀는 몇 개나 가지고 있었다.

애시베리가 첫 번째 선수의 습격을 클럽으로 흘려보내고 피했다. 그렇게 약간 자세가 흐트러진 참에, 시간차로 두 번째 선수가 대각선 후방에서 덤벼들었다. 피하려면 고도를 낮춰 가속하는 수밖에 없고, 그렇게 되면 더더욱 불리해진다. 애시베리의 등 뒤로 접근하며 멜리사는 또 한 걸음 승리에 가까워졌다고 확신했지만….

"후우…."

상대를 향해 클럽을 내려친 순간. 그 뒷모습이 훅 꺼지듯이 시야에서 사라지더니, **다리에 무언가가 들러붙었다**.

"…어?"

멜리사가 멍하니 자신의 왼쪽 다리를 내려다보았다. 등자를 밟고 있는 그 발목에, 클럽의 끄트머리… 후크가 걸려 있었다. 거기서 이어진 자루 끝에 애시베리가 있었다. 속도와 각도를 교묘하게 제어하여 클럽을 걸친 상대가 **자신을 끌고 가게끔 만든** 상태로.

"뭐…?" "뭐야아?!" "말도 안 돼."

걸쳐 머물기(백 호크)라 불리는 곡예다. 이론상 추격전 도중, 서로의 속도가 비슷해진 순간을 노려 쫓기는 쪽이 시도하는 기술로. 상대가 뒤쪽에서 덤벼든 순간, 깃털 떨구기(페더 폴)와 같은 기술로 의도적으로 감속하여 앞뒤로 위치를 교대하고, 거리가 멀어지기 전에 상대의 몸 어딘가에 클럽의 후크를 걸친다. 난이도가 너무 높은 탓에 숙련된 빗자루 기수조차 문헌으로만 접하는 기술이었다.

"잠깐…! 떠, 떨어져! 이게…!"

멜리사는 가속하며 궤도를 좌우로 흔들고 발을 휘저어 떨쳐내려 했다. 하지만 클럽은 그냥 걸려 있는 게 아니라, 마법검의 기술… 라노프류에서 말하는 '달라붙는 칼날(스틱 엣지)'로 그녀의 발에 흡착되어 있었다. 자신의 클럽으로 반격하고 싶어도 상대는 바로 뒤에 있다. 이렇게 되면 나머지 두 사람도 손을 쓰기가 어렵다. 두 사람의 거리가 너무 가까워서 적만 노리고 싶어도 동료의 몸을 방패 삼아 버리기 때문이다.

게다가 무시무시한 사실이 하나 있었다. 애시베리는 그냥 상대가 자신을 끌고 가게 하고 있는 게 아니었다. 그렇게 함으로써 조금씩 상대에게서 **속도를 빼앗고** 있는 것이다.

"**이제 됐어**."

충분한 속도를 얻은 순간, 애시베리는 걸치고 있던 클럽을 따라잡으며 붕 휘둘렀다. 옆으로 후린 일격이 가슴에 직격… 실컷 뒤에 들러붙어 있다가 날린 그 일격으로 멜리사는 지면을 향해 곤두박질쳤다.

"이, 이 자식이이이이이…!"

무시무시한 욕지거리가 아래에서 들려왔지만, 그런 것에 귀를 기울일 시간이 애시베리에게는 없었다. 걸쳐 머물기(백 호크)로 속도를 흡수한 덕에 나머지 두 사람과 맞붙을 수 있을 정도로는 속도를 회복했다. 하지만… 상공에서는 이미 새로운 적이 그런 그녀를 향해 돌격해 오고 있었다.

"가겠소, 애시베리 공."

"그래, 덤벼."

여자가 대담하게 입가를 치올렸다. 이렇게 될 것은 예상한 바였다. 그래서 시합 재개와 동시에 억지로 속도를 되찾은 것이다. 고양감에 전율이 이는 것을 느끼며 애시베리는 온 힘을 다해 동방의 소녀를 요격했다.

"히비야 선수, 시합 개시와 동시에 방향을 돌려 애시베리 선수에게 향했습니다! 웅장한 격돌이 시작됩니다아!"

"용기 있는 판단이군. 한 번 기습에 실패한 이상, 저쪽의 대장은 이미 경계하고 있겠지. 목표를 바꿔 애시베리를 처리하러 나선 건 좋은 판단이다. 좌우간 지금의 상황에서 저 녀석이 세 사람을 따돌리면 그 순간부터 와일드 기스가 단숨에 불리해질 테니까."

각각 떨어진 두 개의 전장을 번갈아 보며 말하던 더스틴은 확신했다. 양쪽이 합류할 때까지의 시간이 이 시합의 클라이맥스가 될 것이라고.

"원래 마크하고 있던 셋 중 하나가 격추되고, 거기에 히비야가 가세해서 다시 3대 1. …여기가 분수령이다. 이 구도가 무너지기 전에 애시베리를 격추할 수 있을지 어떨지. …그걸로 시합의 판세가 정해질 거다."

"타아아아아아아아아아아앗!"

"하아아아아아아아아아아앗!"

두 개의 기합성이 하늘에 울렸다. 한껏 속도가 오른 양측의 일격이 불꽃을 튀기며 격돌했다. 그 횟수가 거듭되자 나나오는 생각했다. 정말로… 이 사람은 정말로 강하구나.

결코 호각(互角)이라 할 수 있는 조건이 아니다. 팀원 둘은 지금도 결정타를 날리는 역할을 자신에게 맡기고 애시베리의 속도를 죽이는 일에 전념하고 있다. 격돌 후 선회, 선회 후 상승… 그 두 움직임을 그들이 방해하다 보니 상대의 비행은 결코 최상의 모양새일 수가 없었다. 그럼에도 불구하고 그녀가 그리는 원은 자신의 그것과 손색이 없을 정도의 크기를 자랑했다. 요컨대 **3대 1로 붙어야 겨우 균형이 맞는 것**이다.

"참으로 극진한 대접이구려…!"

따라서 나나오는 감사했다. 무시무시한 적에 믿음직한 아군… 이러한 전장을 성립시켜 주고 있는 모든 요인에. 저들이 없었다면 지금처럼 싸우지 못했을 거다. 이렇게나 뜨겁고 충실한 시간에는 결코 도달하지 못했을 거다.

"하아아아아아아아아아아앗!"

자세 회복 후 선회해 급상승, 최고 도달 고도에서 전속력 강하. 움직임 하나하나에 최대한의 집중력을 쏟으며 소녀는 생각했다. …그렇기에 온 힘을 다해 보답해야 한다고. 같은 하늘에서 싸우고 있는 팀원들에게. 관객석에서 마른침을 삼키고 있을 친구들에게. 지상에서 자신을 지켜보고 있는 캐처에게. 하늘에서 애시베리와 맞서 주기를 바랐던 클리프턴 모건에게.

자신을 이 하늘로 밀어올려 준, 그 모든 이들의 마음에!

"크…!"

애시베리도 알았다. 거기에는 자신의 마음마저 포함되어 있다는 것을.

그렇기에 지금. 여섯 번의 격돌 끝에 그 몸을 끝내 빗자루에서 밀어낸 것은… 어떻게 보면 그녀 자신이라 할 수 있었다.

"아…."

오랜만에 맛보는 부유감이 온몸을 감쌌다. 공포와는 다른, 팔다리부터 모래가 되어 무너져 내리는 듯한 허전함이 가슴속을 가득 메웠다. 그렇게 된 그녀를 받아 낼 그릇은, 이미 지상에 없

다.

그 감각을 마중물 삼아… 그녀의 머릿속에 어느 기억이 되살아났다.

"명심해라, 다이애나. …이게 네 목표다."

처음 빗자루를 쥐었던 다섯 살 때. 흥분과 전능감 속에서 최초의 비행을 마친 후. 아버지와 어머니 앞에서 그녀는 그 영상을 보았다.

수정이 공중에 투영한 것은, 어느 빗자루 기수가 비행하는 모습이었다. 어린 그녀도 알 수 있을 만큼 터무니없는 속도에 순식간에 눈길을 빼앗겼다. 자신이 조금 전까지 했던 장난 같은 비행과는 모든 것이 달랐다. '빨리 나는 것'에 모든 것을 바친 마법사가 그 인생의 정수로서 현현한 모습. …그것은 아름답고도 무서운 '마'의 한 형태였다.

"이걸 목표로 해라. 이걸 초월해라. 이 영역 앞으로 나아가라."

뭔가 생각을 하기도 전에 입이 네, 라고 답하고 있었다. 그녀의 몸속을 흐르는 피가 그렇게 명령했다. 애초부터 선택의 여지 따위 없었다. 소녀의 목숨은 태어나기 전부터 그렇게 디자인되어 있었다. 극한까지 경량화한 몸은 성장해도 아이를 가지는 기능을 지니지 못한다. 그것은 애시베리라는 가계가 자신의 혈통에서 온갖 군더더기를 깎아낸 끝에 만들어 낸 한 세대에 한정된 **예술품**이었다.

피는, 형제자매들이 후세에 이을 것이다. 그녀의 역할은 나는 거다. 다른 모든 것을 내버려둔 채, 다른 그 누구도 다다르지 못한 장소로.

"…크!"

그 생애 끝에 도달할 광경을, 영상은 그녀에게 보여 주었다.

몸이… 무너진다. 처절한 비행 끝에 기록 경신에 성공한 빗자루 기수의 온몸이, 엄청난 열기로 불타 버린 재처럼, 빗자루와 함께 무수히 많은 티끌이 되어 하늘에 흩어졌다. 다시는 그 발로 대지를 딛지 못하고, 푸른 하늘에 섞여 사라졌다.

그 뒤에 남은 텅 빈 푸른 하늘을 바라보며 소녀는 생각했다.

…그녀는 어디로 간 걸까.

모든 것을 해내고 하늘에 녹아 없어지기까지의 몇 초. 더는 목표로 할 것이 없는, 최초이자 최후의 시간.

그녀의 마음은 어디를 향해 날아갔을까.

애시베리가 격추된 후에는 별다른 파란이 일지 않아, 그날 시합은 와일드 기스의 승리로 막을 내렸다.

직후에 열린 미팅에서 우선 팀원 모두에게서 헹가래를 받고, 다음으로는 방을 나서자마자 검화단 동료들에게 칭찬 세례를 받은 나나오는 일단 그들과 헤어져 블루 스왈로의 연습장으로 향했다. 예상대로 그녀가 찾던 상대는 그 풀밭에 벌렁 드러누워 있었다.

"밤이 늦었소, 애시베리 공."

"……."

"옆에 앉아도 되겠소?"

그렇게 말한 후, 나나오는 답변을 기다리지 않고 옆에 앉았다. 그로부터 몇 분 동안 침묵이 이어졌다. 부루퉁해져서 입을 다물고 있던 애시베리가 그제야 입을 열었다.

"…실력이 늘었네, 너. 설마 격추될 줄은 몰랐어."

"소생 한 사람의 힘이 아니오. 책략을 꾸미고, 기회를 엿보고, 아군과 호흡을 맞춰 도전하여… 겨우 해낸 것이오."

"그렇다 해도 결정타를 날린 건 너야. 마지막에 가세한 게 다른 선수였다면, 최소한 버텨 내기는 했을 거야."

"소생과 정면으로 부딪히지 않았다면, 그것도 가능했을 터."

겸손이 아니라 진심으로 나나오는 말했다. 실제로 철저하게 팀의 승리를 추구했다면 애시베리는 그녀와의 격돌전에 어울려 줄 필요가 없었다. 동료가 지원하러 올 때까지 회피에 전념해, 불리한 상황이 해소된 후 반격에 나섰어도 됐을 것이다. 그 또한 간단한 일은 아니겠지만, 3대 1의 상황에서 정면승부를 통해 이기는 것보다는 쉬웠을 거다.

하지만 그 지적을 받은 본인은 단호하게 고개를 가로저었다.

"네가 똑바로 덤벼드는데, 나한테는 꼴사납게 도망쳐 다니라고? …그럴 수 있을 리가 없잖아."

애시베리가 콧방귀를 뀌며 말했다. 옆에서 나나오도 고개를 끄덕였다. 온 힘을 다해 싸운 지금, 그것이 상대의 긍지라는 것은 그녀가 누구보다도 잘 알았다.

"한 가지, 긴히 드릴 이야기가 있소."

문득 그렇게 말한 후, 나나오는 상대를 향해 똑바로 앉았다. 애시베리의 눈이 그녀를 흘끔 쳐다보았다.

"뭐야, 새삼스럽게."

"모건 공이 살아 계시오. 소생과 함께, 오늘 밤에라도 만나러 가시지 않겠소?"

그것은 그녀에게 순간적으로 눈을 깜박이는 것도 잊을 만큼 기습이나 다름없는 말이었다.

한편, 멍하니 기억을 되짚어 보니. 레온시오가 건넨 영상 속에서 어디서 들어 본 듯한 목소리가 그 이름을 불렀던 것 같다.

"…그래. 네 목소리도 들어 있었지, 거기에."

"?"

"아무것도 아니야, 혼잣말이야. …그래서. 그게 뭐 어쨌다고? 진작 인연이 끊어진 캐처가 살았건 죽었건, 솔직히 말해서 난 아무래도 상관없거든?"

후반에는 허세가 섞여 있었지만, 전반 부분에는 순수한 의문이 담겨 있었다. 모건의 생존 사실을 그녀에게 알린 레온시오의 목적은 동요를 일으켜 역량을 저하시키는 것이었다. 그것은 상대의 성격과 상황을 통해 쉽게 예측이 가능했지만, 눈앞에 있는 소녀는 그런 발상과 근본적으로 인연이 없다. 무슨 의도로 말을 한 건지 모르겠다.

그러나… 자신을 똑바로 바라보는 눈과 시선이 마주친 순간, 애시베리도 알아챘다. 그녀의 그것이 선배를 향한 후배의, 한없이 올곧은 걱정이라는 것을.

"자신을 이기려면, 자신을 알아야만 하오. 애시베리 공에게는 그것이 모건 공이오."

"…나는 나야. 내가 가장 잘 알아."

"아니. 애시베리 공은 계속 그로부터 눈을 돌리고 계시오."

"…윽."

애시베리는 가슴이 무거워졌다. 그녀를 상대로 이런 말을 단호하게 하고야 마는 것이 나나오라는 소녀였다. 그야말로 거침없이, 기탄없이. 편견 없는 눈으로 본 것을 그저 최대한의 성의를 담아 말할 뿐이다.

피할 수는 없었다. 정곡을 찔렸다는 생각마저 들었다. 하지만… 그럼에도 애시베리는 고개를 가로저었다.

"…네 말이 맞을지도 몰라. 그렇다 해도 만나러 가진 않을 거야. 누가 무슨 소릴 하건.

얼굴을 마주하면 나약해질 테니까. 또 그 녀석에게 기대고 싶어질 테니까. 그렇게 되면 다 끝이야. 해이해진 마음으로는 최속(最速)의 세계에 발을 디딜 수 없어. …그 영역에는, 닿을 수 없어."

"…애시베리 공."

나나오는 계속해서 말을 자아내려 했다. 그것을 한 손으로 제지한 후, 애시베리는 단호하게 말했다.

"거절하는 김에 내 쪽에서도 부탁이 있어, 미즈 히비야. …2주 후, 내 비행을 보러 와 줘."

"그야 물론, 상관없소만."

나나오는 고개를 갸웃했다. 본인은 알지 못했지만, 그녀는 모건과 했던 약속을 지켰다. …오늘 시합을 통해 투쟁심에 불이 붙은 덕에, 애시베리는 이제 모든 것이 충족되었음을 느꼈다. 이 이상의 준비는 무의미한 시간낭비에 불과하다고 확신하며.

"그날이 내 승부의 날. 다이애나 애시베리가 이 세상에 태어난 의미를 묻는 날이야."

그녀는 결심했다. 자신의 모든 것을 걸고, 평생 지향해 왔던 '마(魔)'에 도전하기로.

빗자루 경주의 세계 기록 경신 도전에는 보유한 기록의 순위에 따른 우선권이 있다. 이는 킴벌리 교내가 아니라 연합 전체에서 통용되는 것으로, 과거에 높은 실적을 낸 선수일수록 기록에 도전할 때 여러 가지 편의가 제공된다.

이 '편의'라는 것이 구체적으로 무엇인가 하면, 가장 대표적인 것이 '수준이 비슷한 톱 플레이어를 소집해서 경기회를 개최할 수 있다'는 것이다. 요컨대 '자신의 도전에 다른 빗자루 기수들을 참가시키는' 것이다. 물론 규정으로 정해진 코스와 참관인만 있으면 혼자서도 기록 경신은 가능하지만, 이는 어디까지나 규정상의 이야기일 뿐 최고 속도를 지향하는 플레이어들 중 대부분은 그렇게 생각하지 않았다. 그들의 경험상, 그리고 빗자루 경기의 역사에서 보이는 경향으로 미루어, **같은 코스에 라이벌이 있는 편이 명백하게 기록이 잘 나오기** 때문이다.

"…곧 오겠군."

잔혹하리만치 맑고 푸른 하늘 아래. 자신의 지시로 반짝반짝 광이 나게 닦은 공중 코스의 고리(링)를 올려다보며, 마찬가지로 도전을 지켜보러 온 수많은 학생들과 함께 더스틴 헤지스는 주인공이 도착하기를 기다리고 있었다.

머지않아 그때가 찾아왔다. 블루 스왈로의 유니폼을 입은 한 여자가 느긋한 발걸음으로 회장에 모습을 드러냈다. 빗자루는 등에 짊어졌지만 클럽은 들고 있지 않다. 지금부터 시작될 경기에 그 요소는 필요 없기 때문이다. 그 영향인지 그토록 사나웠던 살기도 오늘은 두르고 있지 않았다.

팔짱을 낀 채 자신을 바라보는 더스틴에게 애시베리는 가볍게 손을 들어 인사했다.

"보러 왔구나, 선생님."

"당연하지. 나 아니면 누가 교섭을 했겠냐."

콧숨을 내쉬며 더스틴이 답했다. 그가 말한 대로 이 도전의 장이 마련된 것은 다름 아닌 그의 노력 덕분이었다. 아무리 우선권이 있다 해도 2주 만에 톱 플레이어들을 한곳에 모으는 것은 쉬운 일이 아니다. 본인뿐 아니라 각 학교며 지도자들과도 교섭해야 하고, 그에 따른 신경전도 발생하기 마련이다.

그의 성격상 질색을 할 듯한 그러한 일들을, 더스틴은 애시베리가 경기회 개최를 의뢰한 순간부터 불평 한마디 하지 않고 묵묵히 해치웠다. 제자가 눈부시게 활약할 무대를 완전한 모양새로 준비하고야 말겠다는 그 일념으로.

"고마워."

애시베리가 가볍게 웃으며 감사 인사를 했다. 그녀 역시 알았다. 눈앞에 있는 교사가 지도자로서 자신에게 얼마나 많은 배려를 해 주었는지를. 때로는 공공연히, 때로는 아무도 모르게 지금까지 얼마나 자신을 위해 힘써 주었는지를.

제자의 시선이 낯간지러워 고개를 돌리며 더스틴은 퉁명스럽게 답했다.

“교장은 안 왔다. 괜히 선수를 긴장시키고 싶지 않다더군. …뭐, 그 사람이라면 분명 어디선가 보고 있겠지만.”

그 말에 애시베리도 교사가 있는 방향을 바라보았다. …그래, 보지 않으면 가만 안 둘 거다. 사람을 부추겼으니 끝까지 지켜봐야 할 게 아닌가. 지금도 통렬하게 귀에 남아 있는 ‘느려졌다’는 그 말. 그게 영원히 뒤집히는 순간을 눈에 새길 때까지.

뭐, 애시베리도 상대가 그 순간을 놓칠 위인이라고는 생각지 않았다. 반드시 어디선가 자신을 보고 있을 거다. 그렇게 믿으며 시선을 뗀 그녀는 같은 장소에 모인 면면을 바라보았다. 빗자루 경기 협회에서 파견된 심판, 시간계측자, 캐처, 기록 경신을 기대하고 모여든 많은 관객들… 그리고 무엇보다도, 연합 전체에서 온 톱 플레이어들.

“다들 모였네.”

저마다 심상치 않은 분위기를 풍기며 서 있는 초일류 빗자루 기수들을 바라보며, 그들을 이 자리에 불러 모은 여자는 대담하게 웃었다. …1위인 애시베리를 비롯해 이 자리에는 브룸 레이스의 세계 랭크 12위까지의 강호들이 모여 있었다. 그중 셋이 킴벌리 학생이고 나머지 아홉 명은 모두 다른 학교의 선수들이다. 브룸 레이스의 상위 집단은 좁은 세계다. 모두가 과거 경기장에서 얼굴을 마주했던 선수들로, 모르는 얼굴은 한 명도 없었다.

"생각보다 일찍 불렀네. 내년까지는 질질 끌 줄 알았는데."

"**넘을 수** 있는 거 맞지? …이만한 면면을 모아놓고 헛걸음시킨 거면 다들 가만 안 둘 거다."

험악한 눈초리로 애시베리를 쳐다보며 선수들이 말했다. 피부를 저릿저릿하게 하는 그 감각을 즐거운 마음으로 받아들이며, 여자는 그들을 향해 딱 부러지게 말했다.

"먼 길 오느라 수고 많았어. 내 요구는 하나야.

다들, 죽일 생각으로 덤벼. 안 그러면 내가 죽인다."

그 말을 끝으로 시원하게 시선을 뗀 후, 그녀는 코스 쪽으로 걸어갔다. 남겨진 선수들의 얼굴에 분노가 차오르는가 싶더니, 이내 쓴웃음이 떠올랐다.

"…크하하하하. 사람들을 불러내 놓고 저 따위 태도라니."

"나는 난국(란실)에서 오늘 아침에 왔다고. 장소가 킴벌리라니, 진짜 짜증 나."

"미안하게 됐다. 저 녀석은 머릿속에 빨리 날 생각밖에 없거든."

"그런 것 같군. 어쨌든… **완성됐다**는 건 잘 알겠어."

당사자의 뒷모습을 바라보며 가장 나이가 많은 남성 선수가 중얼거렸다. 그 입꼬리는 한없이 거만하게 치올라가 있었다.

"녀석의 태도를 나무라지 마라. 어차피 너희도 이렇게 생각하고 있지 않나? …**다른 놈들은 모두, 내 발판**이라고."

그 순간, 완전히 같은 미소가 다른 모든 선수들의 얼굴에 떠올랐다. 그렇다. 당연히 그들은 단순한 '손님' 같은 게 아니다. 이것이 경기회인 이상, 기록에 도전할 기회는 그들 모두에게 있다. 그렇기에 소집에 응해 온 것이다. 실제로 과거를 돌이켜보면 그렇게 초대된 선수가 기록을 경신한 사례도 한두 번이 아니었다.

애시베리의 도발로 그들 모두의 투지와 의욕이 정점에 달했다. 그 사실을 알아챈 더스틴이 천천히 입을 열었다.

"결원 없음. 문제없으면 예정대로 시작한다. …1회차 세 명, 코스로 들어가라."

그는 백장을 뽑아 오른손에 들고서 세 명의 선수들에게 그렇게 재촉했다. 두 사람이 그 즉시 빗자루를 타고 하늘로 상승하는 가운데, 애시베리는 관중들이 모여 있는 한곳 옆에 살며시 빗자루를 붙였다.

"미즈 히비야. 이걸 갖고 있어."

그렇게 검화단의 멤버들과 함께 와 있던 나나오에게 허리에서 끄른 자신의 지팡이검과 백장을 내밀었다. 마법사의 상징인 그

둘은 빗자루 기수에게 마지막 무게추이기도 했다. 확고한 신뢰와 함께 맡긴 그것들을 동방의 소녀는 가슴에 꼭 끌어안았다.

"…음. 확실하게 받았소."

"부탁할게."

애시베리는 그렇게 말한 후, 이번에야말로 공중의 출발 지점으로 상승했다. 나나오 일행이 올려다보는 가운데, 세 명의 선수가 횡렬로 나란히 늘어섰다. 그들을 향해 더스틴이 확성마법으로 소리쳤다.

"다들 위치에 섰나! 출발은 30초 후! 10초 전부터 카운트다운을 시작한다!"

그렇게 말한 후, 그는 주머니에서 작은 구슬을 꺼내 지팡이 끝에 띄웠다. 나팔이나 호루라기는 소리가 충분히 날카롭지 못하고, 주문을 사용한 신호는 영창 소리에 반응할 가능성이 있어서 빗자루 경기의 호령에는 이러한 전용 작렬구가 사용되고는 했다. 카운트다운 그 자체는 옆에 선 심판에게 맡기고, 더스틴은 거기에 타이밍을 맞춰 작렬구에 마력을 주입했다.

"…3, 2, 1… 0!"

푸른 하늘에 무미건조한 파열음이 울렸다. 그와 동시에 세 개의 유성이 일제히 뛰쳐나갔다.

브룸 레이스는 지극히 심플한 경기다. 코스는 공중에 여러 개의 링으로 구성되어 있고, 선수들은 그것들을 정해진 순서에 따라 통과한다. 통상적인 레이스의 경우, 링을 중간에 건너뛰거나 다른 선수를 방해하는 부정행위 없이 날기만 하면 골인 지점의 링을 처음으로 통과한 이가 승자가 된다.

이번에 도전하는 세계 기록 규정 코스는 지극히 정통적인 내용으로 구성되어 있는데, 세 개의 직진로와 네 개의 코너, 그리고 완만한 두 개의 곡선구간으로 된 코스를 세 바퀴 도는 기록을 겨룬다. 지상에서의 레이스와 달리 코스는 3차원적인 구조라 선수는 상하좌우로 민첩하면서 유연하게 궤도를 그릴 필요가 있다.

"후우우…!" "휘우우…!"

심상치 않은 속도로 출발한 선수들이 직선로에서 믿기지 않을 정도의 가속을 거쳐 코너에 접어들어, 관성에 사기를 쳤다고 볼 수밖에 없는 궤도로 그것을 통과, 이어지는 곡선구간을 아찔한 공중기동으로 통과한다. 1분도 안 돼서 첫 번째 바퀴가 끝나, 그 기세를 유지한 채 다음 바퀴에 돌입한다.

처음으로 톱 플레이어들의 레이스를 본 일반 빗자루 기수들은 이렇게 말하기 일쑤였다. …다들 미쳤어.

"1회차 종료! 기록은?!"

"2:26:47!"

더스틴이 묻자 시간계측자가 정확한 숫자를 입 밖에 냈다. 빗자루 비행술 교사의 눈가에 웃음이 걸렸다.

“26초 초반대인가, 나쁘지 않군. 간다, 2회차! 애시베리 이외는 교대해라! 다음 두 사람, 위치로!”

애시베리를 제외한 다른 선수들이 차례로 교대하며 숨 막히는 긴장감 속에서 처음 10분이 지나갔다.

“…10분 휴식! 일단 돌아와라, 애시베리!”

짧은 휴식을 가질 타이밍이라고 판단한 더스틴이 레이스 중단을 알리며 애시베리를 불렀다. 지상으로 돌아온 애시베리는 그가 미리 준비해 둔 벤치에 반쯤 쓰러지듯이 주저앉았다.

“…허억, 허억….”

“하나만 마셔. 조금씩. 꽃의 꿀을 빨 듯이.”

더스틴이 용기에 빨대를 꽂아 내민 마법약이 꼴깍꼴깍 애시베리의 목을 타고 흘러들었다. 성분부터 농도까지 모두 그녀를 위해 준비한 물건이다. 호흡을 가다듬고 가만히 체력 회복에 힘쓰는 그녀에게 더스틴은 조용한 목소리로 말했다.

“…잘하고 있어. 승부는 지금부터다. 집중력 유지해.”

“…당연한 소릴 하고 있어…!”

이를 악물자 송곳니가 빨대를 씹었다. 그것을 본 더스틴은 자신의 말이 옳았다고 확신했다. …정말로 승부는 지금부터 시작인 것이다.

"…3, 2. 1… 0!"

짧은 휴식을 마치고 네 번째 계측에 돌입하는 그녀들의 모습을, 관객들은 지상에서 물끄러미 쳐다보고 있었다. 비치된 벤치에는 그 누구도 앉지 않았다.

"…숨을, 못 쉬겠어…."

"무리해서 보고 있지는 마, 캐티."

가슴을 억누른 채 얕은 호흡을 반복하는 곱슬머리 소녀의 모습에 위기감을 느낀 올리버가 그렇게 말했다. 감수성이 뛰어난 그녀에게 이 광경은 너무도 강렬한 것이다.

"…이게 브룸 레이스의 세계 기록 경신 도전이야. 이날을 위해 자신을 갈고닦고, 모든 군더더기를 깎아낸 빗자루 기수들… 그들 모두가 한계를 넘어서 날지. 너무도 가열한 탓에 도중에 사망하는 선수도 드물지 않아. 추락해서 죽는 게 아니라 나는 도중에 죽어."

"결코 즐겁게 볼 수 있는 경기가 아니군요. 하지만… 그렇기에 자세를 똑바로 하게 돼요.

마법사의 삶이란 어떠한 것인지. 평생을 걸고 무언가에 도전한다는 것은 어떠한 것인지. 저들이 나는 모습은 저에게 그러한 것들을 또렷하게 상기시켜 줘요."

세라가 진지한 목소리로 그렇게 중얼거리며 하늘에서 펼쳐지는 빗자루 기수들의 싸움을 계속해서 바라보았다. 그 말에 복잡한 기분을 느끼며 올리버는 옆에 선 동방의 소녀에게 시선을 던졌다.

"…그녀가 넘을 수 있을 것 같아, 나나오? 그 기록을."

아무런 근거도 없이, 결과를 예측할 수 있는 사람이 있다면 그녀뿐일 거라고 올리버는 생각했다. 그의 물음에 잠시 침묵한 후 그녀가 조용히 입을 열었다.

"……아직, 충분치 않소."

계속해서 여섯 번의 계측을 거듭한 30분 후, 극한의 비행을 반복하다가 맞이한 세 번째 짧은 휴식시간. 의식이 몽롱해진 상태로 벤치에 쓰러진 애시베리의 몸을, 더스틴이 두 손으로 붙잡아 일으켜 세웠다.

"어떻게 된 거냐, 애시베리! 그게 다냐?! 네 한계는 이 정도냐?!"

"…으…크…."

마지막으로 남은 눈동자 속 빛을 꺼뜨리지 않기 위해 더스틴은 필사적으로 말을 걸었다. 무슨 수를 써서든 의식이 끊기게 해서는 안 된다. 그렇게 되면 집중력도 끊어질 테고, 그 순간에 모든 게 끝난다. 이번만큼 훌륭한 멤버들이 모여 기록 경신에 도전할 기회는 앞으로 두 번 다시 없을 거다. 설령 있다 해도 애시베리의 능력의 정점은 이미 지나간 후일 거다. 지금이다. 그녀가 목적을 달성할 수 있는 타이밍은 지금뿐인 것이다.

"그렇지 않잖아! 그럴 리가 없잖아! 그럴 리가…!"

정신을 차려 보니 남자의 두 눈에서 하염없이 눈물이 흘러나오고 있었다. 마지막 선을 앞에 두고 자신은 아무것도 해 줄 수가 없다는 생각에, 지도자로서 무력함을 느끼며 그는 절망하고 있었다. 그런 그의 목소리조차 애시베리의 귀에는 멀게만 느껴졌고, 붙잡고 있을 것이 모두 사라진 의식은 하릴없이 어둠 속으로 가라앉아….

"카카캇. 끝내 교사까지 울려 버렸나."

눈꺼풀이 번쩍 들려 올라갔다. 귀에 남는 독특한 웃음소리가, 그 일격으로 그녀의 마음을 건져 올렸다.

"…모거, 언…?"

몽롱해졌던 의식이 시야와 함께 순식간에 초점을 맺었다. 그녀가 쓰러진 벤치에서 멀지 않은 장소에, 그녀가 찾던 커다란 실루엣이 있었다.

"…아슬아슬하게 안 늦었나."

옆에 선 '생환자(서바이버)', 케빈 워커가 작은 소리로 웃었다. 몸집이 작은 그에게 커다란 몸을 부축받으며… 그녀의 캐처가, 클리프턴 모건이 분명 그곳에 서 있었다.

"…애시베리 공을, 만나러 와 주실 수 없겠소?"

미궁 2층에서 올리버 일행이 자객들과 붙었던 밤. 그들을 구하러 나선 모건과 얼굴을 마주하게 된 나나오는 그를 똑바로 본 채 그런 부탁을 입 밖에 냈다.

"무리한 부탁이라는 것은 알고 있소. 허나… 지금 이대로는 아니 되오. 일생을 걸고 임하는 큰 싸움에서, 애시베리 공은 가진 힘을 모두 발휘할 수 없을 것이오."

소녀의 말에서는 확신이 느껴졌다. 그 이유가 궁금해진 모건이 되물었다.

"…왜, 그렇게 생각하지?"

"마음이 향할 곳을 잃었기 때문이오. 목표와는 별개로… 무언가를 목표로 달릴 때, 사람에게는 반드시 그것이 필요하게 된다오. 돌아갈 집이 없는 여행길은, 표류와 다를 바 없으니."

그렇게 말하는 소녀의 고향 그 자체가 전쟁으로 사라진 상태였다. 킴벌리에 초대되어 올리버 일행과 만나, 그들에게 받아들여질 때까지, 그녀 역시 정착할 곳 없는 표류의 시간을 보냈더랬다. 그렇기에 아는 것이다. 본인은 인정하지 않을지 몰라도, 지금의 애시베리에게 무엇보다 필요한 것이 무엇인지.

"자신이 돌아갈 장소를 찾는 그 마음조차, 지금의 애시베리 공은 나약함이라 간주하고 버리려 하오. 허나 그분이 사람인 이상, 그것만은 불가하오. …그렇건만 소생은 아마도 그런 애시베리 공을 이곳으로 데려오지 못할 것이오. 참으로 한심하게도 말이오."

주먹을 움켜쥔 채 말한 나나오는 그 자리에서 무릎을 꿇고 땅에 두 손을 짚고서 깊이 고개를 숙였다. …설령 문화가 다르더라도 늠름한 행동거지는 때때로 무엇보다도 선명하게 의도를 전하기 마련이다. 다시 말해서… 그 자세야말로 그녀가 표현할 수 있는 최대의 성의인 것이다.

"클리프턴 모건 공. 부디 다시 한번, 교사로 발걸음해 주시오. …귀공이 사랑하는, 한 빗자루 기수를 위해."

며칠에 걸쳐 고민한 끝에. 남자는 결국 그 부탁을 수락하기로 했다.

"…아무것도 해 줄 수 없어. 지팡이를 쥐는 것조차 힘들지. 그저 자리만 차지하는 장식품이야."

오랜만에 만난 상대를 향해 모건은 담담하게 자신의 현재 상태를 밝혔다. …그가 계속 미궁에서 나오지 못했던 데에는 이유가 있었다. 여차할 때에 대비한다는 것도 그중 하나지만, 마소가 짙은 장소에 있으면 체내를 좀먹는 이계의 화염이 활성화되는 것을 어느 정도는 억제할 수 있었기 때문이다.

2층이라면 싸울 수 있을 정도의 컨디션을 유지할 수 있었다. 그러나 1층으로 올라오면 단숨에 상태가 돌변했고, 교사로 나올 즈음에는 보조 없이 걷기도 어려워졌다. 케빈 워커에게 도움을 요청한 것은 그런 사태를 예상했기 때문이다. 서바이버는 두말없이 그 부탁을 받아들여, 도중에 몇 번이나 위기를 겪기는 했지만 지금 이 순간 간신히 모건을 이 자리에 있게 한 것이다.

"…그래도, 뭔가 바뀔까?"

모건은 말을 그치고 상대를 바라보았다. 그 눈앞에서 애시베리의 몸이 천천히 벤치에서 일어섰다.

"…글쎄. 어떨까."

그런 말과는 정반대되는 미소를 띤 채, 그녀는 빗자루를 타고 하늘로 날아올랐다. 그녀를 따라 나머지 두 선수가 출발 위치에 서자… 분위기가 바뀌었음을 알아챈 더스틴이 심판과 시간계측자에게 눈짓을 한 후, 작렬구를 머리 위로 들어 올렸다.

"3, 2, 1… 0!"

카운트다운 후 열 번째 도전이 시작되었다. 하늘에 해방된 세 개의 유성. 그 출발 속도를 본 순간, 관객들이 일제히 술렁거렸다.

"…이봐, 저거…."

"비행이 바뀌었나?" "바뀌었어. 가속도부터 달라."

지상에 남은 선수들의 입에서 그런 말이 튀어나왔다. 그들이 옳다는 것을 증명하듯, 애시베리가 나머지 두 선수를 제치기 시작했다. 그 비행이 코너를 지나 곡선구간에 접어든 순간부터 선수들은 더더욱 놀란 목소리로 말했다.

"말이 돼, 저게?" "말도 안 되지. 저길 저 속도로 돈다고?"

"환장하겠네. 물이 수로를 타고 흐르는 것 같잖아…!"

선수들의 얼굴이 질투심과 감동으로 경직되었다. 힘차고 공격적인 공중기동은 조금 전과 같았다. 그러나 그 동작에 보였던 딱딱함이 모조리 사라져 있었다. 필사적으로 무언가를 씻어 내려는 듯한 박력이 완전히 사라지고, 거기에 쓰였던 모든 힘이 이제 그녀의 등을 밀어 주고 있다. 즉, **똑바로 날고 있다**.

"…나나오. 저건…."

"**충족되었소**."

올리버의 물음에 나나오가 고개를 끄덕이며 답했다. 소년은 생각했다. 역시… 그녀의 눈에는 줄곧, **이것**이 보였던 것이다.

이때가 돼서야 애시베리는 겨우 알아챘다. 자신이 계속 두려워했던 것은 추락하는 것도, 하물며 죽는 것도 아니었다.

연령적인 한계가 다가오고 있다는 압박감도, 그전까지 기록 경신을 못 할지도 모른다는 불안감조차 이 마음을 치명적으로 갉아먹지는 않았다. 오히려 반대로, 늘 **할 수 있다**고 생각했었다. 평생 모든 것을 바쳐 단련해 온 자신은, 분명 그 영역에 도달할 수 있을 것이라고.

2:20:87

본인이 생각해도 어이가 없지만, 두려웠던 것은 그 **후**였다. 목숨을 건 비행으로 코스를 끝까지 내달린 직후, 자신은 아마도 육체적 한계로 죽음을 맞이할 거다. 과거 부모가 보여 주었던 영상을 통해 꿈꾸었던 그 광경이… 하늘에서 산화할 때까지의 **불과 몇 초**의 시간이, 애시베리는 두려웠다.

2:22:16

그 몇 초의 시간에서는 터무니없는 쓸쓸함이 느껴졌다. 애시베리의 피가 부여한 책무를 달성하고 그 장소를 통과한 후… 남겨진 자신의 마음은 어디로 가면 좋을까. 그것을 알지 못한 채, 어디로도 가지 못한 채, 텅 빈 하늘에 마음이 오도카니 떠오른 채 사라져 버리는 것…. 단지 그것이 두려울 따름이었다. 어릴 적부터 계속, 자신이 언젠가 그 순간에 도달해 버리는 것이 두려웠다.

2:23:58

그래서. 자신에게 필요했던 것은, **그때 향할 장소**를 정하는 것이었다.

떠오르는 것은 하나뿐이었다. 하지만 그걸 인정하고 싶지 않았다. 한 번 사라진 상대에게 다시 의지하려는 자신의 나약함이 짜증 났고, 그래서 무의식적으로 문제를 외면했다. 그런 게 있으면 목표에 도달할 수 없다. 애초에 진작 죽은 걸 어쩌라고. 그렇게 거듭 자기 자신을 설득했다. 그럴싸한 이유로 자신 한 사람을 속이는 것은 어렵지 않았다.

하지만 그 녀석은 끈질기게도 살아 있었다. 2년이나 미궁에 틀어박혀 있었으면서.

심지어 오지랖 넓은 후배는 속아 주지 않았다. 그렇게나 바보면서, 사람의 마음을 빤히 꿰뚫어 보기나 하다니.

분명 이 두 사람이 태그 팀을 이룬 순간부터… 자신은 체념해야 할 운명이었을 거다.

2:24:37

곡선구간을 지나 마지막 직선로에 돌입한다. 초고속 비행으로 극단적으로 좁아진 시야 속, 코스의 끝을 나타내는 마지막 링이 전방에 보인다. …하지만, 괜찮다. 이제 안 무섭다. 저걸 통과한다 해도 마음이 길을 잃을 일은 없다.

어디로 갈지는, 이미 정해져 있다.

지상에서 계속, 그 녀석은 자신을 기다리고 있다.

"…후…."

그러니, 간다. 이 링 너머로.

아무런 두려움 없이. 망설임 없이. 과거 보았던 최속(最速)보다, 한 걸음 더 먼 곳으로….

2:24:98

시간계측자의 카운트가 그 숫자에서 멈춘 순간. 경기장 전체는 침묵에 휩싸였다.

"…넘었다…."

더스틴의 입에서 떨리는 목소리가 새어 나왔다. 한 박자 늦게, 눈물이 뺨을 타고 흘렀다.

"……네가 세계 최속이다… 애시베리…!"

그 말을 내뱉은 순간, 관중들로부터 노도와 같은 환호성이 터져 나왔다. 심판도, 캐처도, 시간계측자도, 그 이외의 관객들도 모두 하나같이 하늘을 향해 팔을 치켜든 가운데… 애시베리와 같은 하늘을 날았던 선수들만이 여러 감정 속에서 말없이 하늘을 올려다보고 있었다. 이것은 그들 모두에게도 전환점이 될 사건이었다.

"해냈어, 모건 군. 애시베리가, 해냈다고…."

모건을 부축한 채 워커가 중얼거렸다. 이전에 세계 기록이 경신될 때처럼 골인한 순간 애시베리가 사망하지 않을까 하는 걱정도 있었지만, 아무래도 이번에는 그런 사태를 피한 것인지, 상공에 있는 그녀는 선회를 계속하며 천천히 감속하고 있었다. 미소를 띤 채 그 광경을 바라보며 모건은 더듬더듬 말했다.

"…카캇…. 하여간, 단순한 녀석, 같으니. 장식품 하나, 늘어난 것 정도, 로…."

그렇게 짓궂은 소릴 하며 남자는 진심으로 생각했다. …다시 한번 이 교사에 오길 잘했다고. 여기까지 데려와 준 서바이버 덕분에, 이곳으로 불러 준 그 후배 덕분에… 한 위대한 빗자루 기수를 위해 자신은 마지막 임무를 다할 수 있었다고.

"…크…."

그렇게 생각한 순간. 그때까지 그의 안에서 팽팽하게 유지되고 있던 것이, 뚝 끊겼다.

"…이, 런… 이건…."

남자의 온몸이 이상할 정도의 열을 내뿜으며 떨리더니, 그 내부에서 흘러나온 여러 개의 화염이 주변에 떠올랐다. 그 사실을 알아챈 워커가 화들짝 놀라 소리쳤다.

"모건 군!"

"…떨어져, 선배!"

소리침과 동시에 상대를 밀쳐냈다. 그렇게 마지막 힘을 쥐어

짜낸 모건은 인기척이 없는 방향으로 기다시피 걸어갔다. …갈 만한 장소는 이미 점찍어 두었다. 이미 오늘의 임무를 마친, 상공에 아무도 없어진 코스의 한복판.

"…모건. 너…."

그 모습을 본 더스틴이 곧바로 상황을 알아챘다. 그들로부터 멀리 떨어진 장소에 선 모건이 마지막으로 미소를 지어 보였다.

"…미안, 다들. 아무래도… 여기까지, 인 것 같아.

카캇…. 선생님… 뒤처리를… 부탁, 해…."

뒤를 부탁한다는 쉰 목소리가 사그라졌다. 그 순간부터 그의 주변을 맴돌던 괴상한 화염들이 단숨에 부풀어 올랐다.

"모거어어어언!"

직후에 미친 듯 날뛰는 거대한 화염 구체가 발생했다. 그것은 코스 상공의 링들을 집어삼키고 소용돌이치며, 지상의 태양처럼 그곳에 현현했다.

"우와악…?!" "우오오…!"

"다들 물러나! 저 화염에 닿으면 안 돼!"

갑작스러운 광경에 압도된 동료들을 올리버가 소리치며 필사적으로 등 뒤로 물러나게 했다. 결국 이때가 와 버렸다…. 예상했던 결과이기는 했지만 그 역시 이 일 앞에서는 괴로운 마음에 사로잡힐 수밖에 없었다.

"…모건 선배가 마에 삼켜졌어. 저건 선배가 불러냈다가 제어하지 못하게 된 이계의 화염이야."

소년이 어금니를 악물었다. 의지를 가진 듯 꿈틀대는 화염의 모습과 피부를 찌르는 것만 같은 무시무시한 열기만으로 그것이 얼마나 이질적인 것인지 직접 느낄 수 있었다. 저것은 말 그대로 이 세계의 화염이 아니다. 루프트 마스에서 소환된 이후 계속 클리프턴 모건의 체내에 봉인되어 있던 것이 이 세계에서 해방되고자 미쳐 날뛰고 있는 것이다. 숙주의 모든 마력을 퍼져 나가기 위한 장작으로 변환하며.

"분하지만 아무리 발버둥 쳐도 우리로서는 감당할 수가 없어. 뒷일은 선생님에게 맡기고 빨리 대피…."

애써 냉정하게 판단을 내리며 올리버는 동료들의 등을 떠밀었다. 하지만… 그 옆에서 자신의 빗자루에 오른 동방의 소녀가 하늘로 날아올랐다.

"…나나오?!"

"모두를 데리고 먼저 도망치시오, 올리버. …소생은, 부름을 받았소."

품 안에 넣은 두 자루의 지팡이를 내려다보며 소녀는 말했다. 올리버가 말릴 새도 없이, 나나오는 그것들의 주인이 있는 곳을 향해 전속력으로 날아갔다.

가볍게 손을 흔들었을 뿐이다. 그것만으로 전해질 거라 생각했다. 그 기대를 조금도 어기지 않고… 신호를 보내고 20초가 되기도 전에 동방의 소녀는 그녀가 기다리는 상공으로 날아왔다.

"이게 필요하신 게 맞소, 애시베리 공?"

"그래. 빨리 알아채 줘서 고마워."

가볍게 고개를 끄덕인 후, 애시베리는 상대가 내민 두 자루의 지팡이 중 지팡이검만을 골라 쥐었다. 칼집도 곧장 소녀의 손에 돌려주었다. 그녀에게는 이제 필요 없는 것이기에.

"소생이 도울 만한 일은 없소?"

"없어. 이걸 가져다준 것만으로 충분해. 자, 너도 친구들이 있는 곳으로 돌아가."

한 손을 들며 말하자 나나오가 입술을 꽉 깨물었고, 그 모습을 본 애시베리의 입가에 미소가 걸렸다.

"그런 표정 짓지 마. 배웅하는 역할은 내 거야. 저 녀석은 내 캐처니까."

"…알겠소이다."

깊이 고개를 숙인 후, 치밀어 오른 모든 말을 억누르며 나나오는 끄덕였다. 그 짧은 순간 동안 온갖 미련을 집어삼키고 억지로 납득했다. 그렇게 해서 그녀가 다시 상대를 바라보았을 때… 그 얼굴에는 지금부터 여행을 떠날 이를 배웅하는 사람에 걸맞은, 힘차고도 밝은 앞날을 축복하는 듯한 표정이 떠올라 있었다.

"부디 좋은 여행이 되기를 바라오, 애시베리 공. 귀공을 만나, 소생은 행복했소."

"나도야. 미즈 히비야."

그 한마디에 온갖 감정을 담아 애시베리도 답했다. 그렇게 두 사람의 이별은 끝났다. 공중에서 선회한 나나오가 지상으로 돌아가자, 애시베리만이 하늘 한복판에 남았다. 그제야 문득 생각이 난 듯, 그녀는 자신이 타고 있는 빗자루의 자루를 손바닥으로 쓸며 입을 열었다.

"미안해, 너만은 끝까지 어울리게 해서. …하지만, 괜찮지? 나랑 날아가는 거잖아."

오랜만에 말을 걸었다. …처음 하늘을 알았을 때부터 계속 함께 지낸 빗자루다. 보다 능숙하게, 보다 빠르게…. 그런 바람을 담아 날다 보니 어느샌가 경계가 사라져, 자신이라는 존재의 일부가 되어 있었다. 그것은 빗자루 쪽도 마찬가지라, 이제 와서 이의가 있을 리가 없었다. 그녀가 바라는 방향으로 날아가는 것. 그저 그것만이 다이애나 애시베리의 빗자루에게는 언제나 최고의 비행이었다.

모든 준비를 마치고 더 높은 상공으로 떠오르며 애시베리는 불타오르는 구체를 내려다보았다. 까마득한 높이에 있는 그녀에게까지 전해지는 열기. 시간이 갈수록 영역을 확대하고 있는 두꺼운 화염의 벽. 지금도 그 너머에 있는 한 남자의 모습을 바라보며.

"…하여간, 손이 많이 가는 녀석이라니까. 오랜만에 얼굴을 비쳤다 싶었더니, 눈 깜짝할 새 이렇게 되기나 하고."

그렇게 중얼거리고서 흥, 하고 콧김을 내쉬었다. 옛날부터 눈치가 없는 녀석이라 생각했다. 해 주고 싶은 잔소리가 산더미처럼 쌓였다. 불평은 안 들어 줄 거다, 좌우간 2년도 더 내버려뒀으니까. 그러니.

"안심해. …금방 갈 테니까."

충분한 고도에 도달한 순간, 그녀는 그곳에서 선회하여 지상으로 방향을 틀었고. 불타오르는 구체의 중심을 뚫어져라 바라보며, **똑바로 급강하하기 시작했다**.

"…애시베리 ────────!"

모든 것을 알아챈 더스틴의 절규가 지상에서 터져 나왔다. 그녀가 무슨 짓을 시작했는지… 그걸 막을 방법이 전혀 없는 상황에서, 그는 너무도 명확하게 이해하고 말았다.

세계에서 손꼽히는 고수이기는 하지만, 더스틴의 전문분야는 어디까지나 빗자루 비행술이다. 이토록 규모가 큰 이계의 화염이 유출되는 것을 그 자리에서 막아 낼 방법은 없다. 유일한 방법은 모건이 마에 삼켜지기 직전에 목을 치는 것이었지만, 순간적으로 그런 결단을 내리기에 그는 너무도 정이 많았다. 오래도록 예뻐했던 제자다. 애시베리의 캐처다. 그런 학생이 마에 삼켜지는 광경을 보고, 그는 어떻게든 구하고 싶다고 생각하고 말았다. 그게 불가능하다는 것은 진작 알고 있었음에도.

따라서, 문제는 그다음이었다. 모건을 구출하는 것은 무리라 해도, 이 사태 자체는 시간을 들이면 수습할 방법이 얼마든지 있다. 지금 이 순간에도 분명 이변을 알아챈 다른 교사들이 움직이고 있을 거다. 운이 좋으면, 10초만 기다리면 교장이 달려올 거다. 더스틴이 무슨 수를 쓰기도 전에 이 모든 이변이 다른 교사들의 손에 의해 해결될지도 모른다.

하지만, **그건 너무 늦다**.

기다릴 리가 없는 것이다. 10초라는 영원과도 같은 시간을, 세계 최속의 빗자루 기수가…!

강하 개시로부터 2초도 지나지 않아 밀어닥친 열기가 애시베리의 온몸을 감쌌다. 3초 후면 자신은 소용돌이치는 화염 한복판으로 뛰어들 테고, 그로부터 얼마 안 가 흔적도 없이 몸이 불타 버리는 광경이, 의심할 나위 없는 비전이 되어 그녀의 머릿속에 떠올랐다.

애시베리는 빗자루 기수다. 이계의 화염을 처리할 방법 같은 건 모른다. 그런 건 처음부터 생각도 안 했다. 그 대신 문제를 극한까지 심플하게 바꿔 보았다. 요컨대… 목표 장소까지의 **거리**와 거기에 도달하는 데 얼마만큼의 **시간**이 허용될지로.

전제 조건을 말하자면, 화염구의 중심에는 지금도 그녀의 캐처가 있다. 이계의 화염은 그 마력을 먹고 불타오르고 있으니 당연하다. 숙주가 죽으면 힘을 흡수할 수 없다. 결국 그 자신이 마에 삼켜진 지금도 모건의 존재는 이 현상의 **핵**이라는 뜻이다.

그렇다면 막는 것은 간단하다. 그곳에 도달해, 베면 끝난다.

그냥 심장을, 그 생명을 꿰뚫으면 된다. 조건은 하나뿐이다. 자신의 몸이 불타 없어지기 전에 하는 거다.

"…크…."

강하하는 몸이 화염층에 돌입했다. 그 전과는 차원이 다른 화염의 열기가 애시베리를 덮쳤고, 순식간에 눈을 불태웠다. 시각이 완전히 사라졌고, 다음 순간에는 소리와 온몸의 피부 감각이 날아갔다. 아무것도 보이지 않고, 아무것도 들리지 않는다. 오감을 순서대로 잃어 가며 작열의 어둠 속을 날고 있음에도, 그녀는 조금도 동요하지 않았다.

왼손만으로 빗자루의 자루를 잡은 채, 상체를 앞으로 기울인다. 오른손에 든 지팡이검의 칼끝을 정면에 겨눈다.

아무 문제도 없다. 보이건 안 보이건, 그녀는 반드시 **그곳**을 향해 날아간다.

가장 사랑스러운 방향으로. 피의 책무에서 해방된 마음이, 마지막으로 향하기로 정한 장소로.

자신을 아프도록 끌어안아 주었던, 그 힘찬 두 팔 안으로!

"──────!"

오른손에 또렷한 감각이 느껴졌다. 동시에 탄화한 팔이 부러졌고, 이어서 충격이 온몸에 퍼졌다. 그조차도 한순간에 사라져, 그녀는 자신이 찰나의 한계를 맞았음을 알아챘다.

의식이 어둠에 녹아 없어지는 마지막 순간. 그녀는 매우 넓은 품 안에 안긴 듯한 느낌이 들었다.

소용돌이치는 화염이 힘을 잃었다. 조금 전까지 미쳐 날뛰었던 것이 믿기지 않을 만큼, 화염의 기세가 급속도로 수그러들었다.

화염이 사라진 후, 커다란 원형의 터가 그 자리에 남았다. 그 자리에 있던 모든 것이 불타 없어져 그저 새하얀 재만이 남은 그 장소를, 모든 것을 지켜본 마법사들은 멍하니 바라보았다.

"……." "……."

나나오가 소리 없이 눈물을 흘렸다. 올리버가 눈을 감고 묵도했다.

그렇게, 자연스럽게 같은 생각을 했다. …저 두 사람의 마음은, 어디로 갔을까.

답은 아무도 알지 못한다. 그러나 그것이 어디가 되었건, 한 가지는 확실하다.

분명 지금도 그곳에서… 그들은, 함께 있으리라.

에필로그

지상에서 소동이 일어난 것과 거의 비슷한 시각. 미궁 1층 '고요한 미로'에서 한 소년이 콧노래를 부르며 그곳의 통로를 걷고 있었다.

"~~♪ ~~~♪ ~~~♪"

자칭 전학생인 유리 레이크다. 교사와 미궁을 탐색하고 다니는 게 요즈음 그의 일과였다.

위험한 일을 몇 번이나 당하기는 했지만, 좌우간 호기심에 멈출 수가 없었다. 아직 본 적 없는 것, 들은 적 없는 소리, 맡은 적 없는 냄새, 접한 적 없는 감촉, 먹어 본 적 없는 맛… 그러한 모든 '미지'에 대한 미칠 듯한 충동이 그를 움직이게 했다. 그 원천이 무엇인지는 그 자신도 알지 못했다.

"…응?"

문득, 유리의 발걸음이 멈췄다. 같은 통로의 앞에서 누군가가 걸어오고 있다는 걸 알아챘기 때문이다. 넉넉한 푸른 로브를 걸친 철학자 같은 행색이다. 그런 인상을 풍기는 것이 누구였는지 기억해 내고자 유리는 팔짱을 낀 채 생각에 잠겼다.

"어~~~ 음… 아, 맞아, 생각났다! 데메트리오 선생님! 별일이네요, 이런 데서 만나다니! 선생님은 미궁에서 뭘…."

타고난 붙임성을 발휘해 그가 말을 건 순간. 남자의 왼손이 그 얼굴을 움켜쥐었다.

"잠에 빠져라—알툼 솜넘."

주문 영창과 동시에 몸이 움찔하더니, 유리의 팔다리가 힘을 잃고 축 늘어졌다. 그렇게 됐음에도 데메트리오는 소년의 얼굴에서 손을 떼지 않고, 눈을 꼭 감은 채 같은 자세를 유지했다. 마치 **붙잡은 것에서 무언가를 읽어 내기라도** 하듯이.

"……."

"이것 참. 몇 번을 봐도 대단한걸, 데메트리오 선생. 당신의 분혼(分魂)은."

표표한 목소리가 울렸다. 데메트리오의 대각선 위쪽 천장에 풍성한 금빛 롤 헤어를 늘어뜨린 남자가 거꾸로 서 있었다. 킴벌리의 비상근 교사, 테오도르 맥팔렌이다.

"영혼을 '지(知)'의 측면과 '무지(無知)'의 측면으로 나눠서 다룬다라. …나도 실제로 볼 때까지는 상상도 못 했지 뭐야. 이런 형태의 사역마가 있으리라고는."

그런 소리를 하며 천장에서 뛰어내린 테오도르는 천문학 교사의 옆에 나란히 섰다. 동시에 데메트리오의 손에서 해방된 유리의 몸은 바닥에 털썩 쓰러졌다. 기절한 소년의 앳된 기색이 남은 얼굴을 롤 헤어를 지닌 남자가 흥미롭다는 듯이 내려다보았다.

"이번 분신도 귀여운걸. 늘 궁금했던 건데, 옛날의 당신도 이런 느낌이었나?"

"…겉모습은 적당히 꾸몄지만, 인격 쪽은 그랬겠지. 나에게서 축적된 지식과 경험을 걷어낸 모습이니."

데메트리오가 담담하게 답했다. 자신의 일부를 내려다보는 그 눈동자에 너무 많은 것을 아는 자 특유의 우려가 떠올랐다.

"지식이란 사슬이다. 안다는 것은 잃는다는 것. 무지한 자에게만 보이는 것, 들리는 것, 접할 수 있는 것… 세계는 그러한 아이러니로 가득하지. 그것은 이곳 킴벌리도 마찬가지.

따라서 나는 '무지'를 추구했다. '무지의 지'를 얻었다. 진정한 전지(全知)에 다가가기 위해."

그 말에 테오도르가 경외심을 가지고 고개를 끄덕였다. 문제에 접근하는 방법. 그 점에 있어서 이 철학자는 다른 마법사와 근본적으로 사고방식이 달랐다.

"이 무구한 눈동자가, 머지않아 밝혀내겠지. 다리우스와 엔리코의 실종의 진상… 요컨대 우리의 적의 정체를."

길었는지 짧았는지 알 수 없는 시간 동안 기절해 있던 유리는 딱딱한 바닥 위에서 눈을 떴다.

"…으음…?"

머리를 긁적이며 멍하니 몸을 일으켰다. 주변을 두리번거리다가 뒤늦게 자신이 미궁의 통로에 잠들어 있었다는 것을 알아챘다. 왜 그렇게 되었는지, 직전의 기억은 완전히 누락되어 있었다.

"…어라아? …이상하네. 내가 이런 데서 뭘 하고 있었던 거지…?"

자신의 행동을 기묘하다 여기면서도 깊이 생각하지는 않고 자리에서 일어나 걸어 나갔다. **그 위화감**만은 순식간에 사라지도록 그의 머리는 정교하게 조정되어 있었다.

데메트리오의 분혼(分魂)이자 분신(分身)인 그는 사실 스파이로서 투입된 것이 아니다. 그 자신도 모르는 그의 임무는 무지한 자만이 가질 수 있는 시점과 사고, 지식에 얽매인 자는 취할 수 없는 행동을 통해 현재의 킴벌리에 만연한 수수께끼를 해명하는 것이다.

전학생 유리 레이크. 무구한 눈동자의 탐구자. 다시 말해서…
그는 **탐정**이었다.

6권 끝

◈작가 후기◈

안녕하세요, 우노 보쿠토입니다. …격동의 2학년은 이렇게 막을 내렸습니다.

범인 색출에 선거, 교사도 학생들도 저마다 책모를 꾸미는 가운데… 오직 그녀만이 그런 것은 개의치 않고 끝까지 자신의 마도를 추구했습니다. 그 모습을 본 마법사들의 기억에 결코 잊을 수 없는 빛을 새겨 넣으면서 말이죠.

하늘을 가로지른 한 줄기 유성과 그 궤적이 마지막으로 도달한 장소. 이것이 본교(本校)가 자랑하는 한 쌍의 빗자루 기수와 캐처를 둘러싼 이야기의 결말입니다.

한편, 새로운 파란의 예감도 빼놓을 수 없지요. 선거, 암투, 그리고 탐정… 지금의 킴벌리에는 너무도 복잡한 역학관계가 소용돌이치고 있습니다. 그것이 어떻게 움직이고, 서로 어떤 영향을 미칠지는, 그 누구도 정확하게 예상할 수 없습니다. 단지 모두가 하나같이 자신들이 반드시 이기리라고 믿을 따름이지요.

다음 마의 기운이 곳곳에 감돌고 있습니다. 실수로 나락에 떨어지지 않도록… 당신도 모쪼록 발치를 잘 살피시기를.

우노 보쿠토

일곱 개의 마검이 지배한다 [6]

2025년 10월 10일 초판 발행

저자 우노 보쿠토 | **일러스트** 미유키 루리아 | **옮긴이** 정대식
발행인 정동훈 | **편집인** 여영아
편집 팀장 김은실 황정아 | **편집** 노혜림
발행처 (주)학산문화사 | 서울특별시 동작구 상도로 282 학산빌딩
편집부 02.828.8838(전화) | **영업부** 02.828.8986(전화)
홈페이지 www.haksanpub.co.kr | **등록** 1995년 7월 1일 | **등록번호** 제3-632호

ISBN 979-11-411-6136-1 04830
ISBN 979-11-411-0914-1 (세트)

값 7,000원

미술 소녀×미술 소년의
청춘 그라피티!
미술부원이라는 이유로
학교 비품 제작을 떠맡은 신타로.
익숙하지 않은 공구 작업을 하다 보니
아주 무섭게 생긴 여자아이가
이쪽을 노려보는데…!
그녀는 신타로의 톱을 빼앗더니
현란한 손놀림으로 판자를
자르기 시작한다…!!
0.5인분의 연인
HANNINMAE NO KOIBITO
©2023 by Daichi Kawada/SHUEISHA Inc.
(주)학산문화사